JE T'EN VEUX, JE T'AIME

Du même auteur
Aux éditions Jean-Claude Lattès et Marabout
(au format de poche) :
L'Intelligence du cœur, 1997, et Marabout n° 3580.
Au cœur des émotions de l'enfant, 1999, et Marabout n° 3171.
Que se passe-t-il en moi ?, 2001, et Marabout n° 3671.
L'Année du bonheur, 2001.

Aux éditions La Méridienne :
Le Corps messager, avec Hélène Roubeix, 1988, 1998, édition augmentée et rééditée en coéd. avec Desclée de Brouwer en 2003.

Aux éditions Belfond :
Trouver son propre chemin, 1991, Presse Pocket, 1992.

Aux éditions Dervy :
L'Alchimie du bonheur, 1992, 1998.
Le Défi des mères, avec Anne-Marie Filliozat, 1994.

Isabelle Filliozat

JE T'EN VEUX, JE T'AIME

ou comment réparer la relation à ses parents

•MARABOUT•

À Anne,

Qui avant d'être ma grand-mère
est la mère de mon père.

En prière à tous les parents
qui n'osent regarder
la réalité des blessures infligées
consciemment ou non
à leurs enfants.

Et en hommage à tous ceux
qui ouvrent leur cœur
à leurs descendants
comme à leurs ascendants.

Sommaire

INTRODUCTION

« Je vous attends en bas. » Je m'éclipse délicatement et referme la porte derrière moi. La mère et la fille s'étreignent. Je respecte leur intimité retrouvée. Je descends les escaliers de ma salle de thérapie avec le sentiment du travail accompli. Une fois de plus la magie a opéré. La relation qui semblait si conflictuelle et douloureuse s'est transformée en lien tendre et constructif. J'aime aider à la restauration du dialogue entre deux êtres, rétablir ainsi le lien d'amour.

Il est fréquent de parler de ses parents en psychothérapie. Il l'est moins de les inviter à une séance. Il est banal d'évoquer les blessures de l'enfance, il l'est moins de chercher à les réparer avec la participation active des parents. Depuis quelques années, il m'arrive de plus en plus souvent de recevoir les parents de mes clients pour des séances intenses en émotions.

La première fois, c'était il y a plus de quinze ans. Une femme me disait son désarroi et son impuissance face à ses géniteurs. « Ils ne m'écoutent pas, disait-elle... c'est facile pour toi de m'inciter à leur parler, tu n'es pas en face d'eux. Je veux leur parler en ta présence. » J'ai donné mon accord. Les parents ont eux aussi accepté. Et j'ai assisté à l'une des plus belles scènes de mon expérience de psychothérapeute. Nous avions bloqué deux heures pour avoir du temps. Le père et la mère, venus de province pour l'occasion, ont écouté leur fille... Ils ont parlé. Ils se sont dit ce qu'ils n'avaient jamais pu formuler à haute voix... Les larmes ont coulé. « Papa, j'ai quarante-cinq ans, c'est la première fois que je te vois pleurer... » Au bout d'une heure, ils étaient dans les bras les uns des autres.

J'ai ainsi découvert le bénéfice de la présence d'un « tiers facilitant » dans ces rencontres familiales. Mes interventions se réduisent au minimum. Je me contente de poser quelques règles de protection et de fonctionnement et de les faire respecter. Ce ne sont pas mes qualités propres qui font la magie, mais l'espace de parole et d'écoute proposé, dans un cadre de non-jugement.

Encouragée par cette première expérience, je l'ai répétée aussi souvent que possible. J'ai entendu de nombreux : « C'est la première fois que tu me dis "je t'aime" », « Tu ne m'avais jamais dit cela... », « Je n'imaginais pas que tu souffrais à ce point »... Je suis chaque fois aussi émue. Il suffit de si peu ! Tant de parents ont juste besoin d'une permission et de quelques encouragements pour oser livrer leur cœur ! Quand mes clients réussissent à surmonter leur résistance à convier leurs parents, la réconciliation est souvent au rendez-vous. Les plus récalcitrants s'ouvrent... pour autant que le moment soit juste. En effet, quelques échecs m'ont permis d'affiner ce travail. Quand le rendez-vous intervient trop tôt dans la thérapie, les parents n'entendent pas ou ne comprennent pas. Nous en verrons les raisons plus loin dans ce livre.

Des psy (*psychologues*, *psychanalystes*, *psychothérapeutes*, psy*chiatres*), des spiritualistes, des religieux, des philosophes parlent des parents, des blessures de l'enfance et du pardon. Cette thématique du pardon fait couler beaucoup d'encre. La question est sensible et les positions sont souvent tranchées. Il y a les tenants de la nécessité du pardon inconditionnel pour la simple raison que ce sont nos parents et que la colère serait « mauvaise ». Et il y a ceux (plus rares) qui disent le pardon impossible et conseillent la prise de distance avec la famille.

Sans idée préconçue sur la nécessité ou non d'un pardon pour la guérison, j'ai accompagné, depuis plus de vingt ans, des centaines de personnes sur le chemin de leur autonomie. Parmi elles, certaines ont pardonné, d'autres non. Il m'est apparu que le pardon ne se commande pas. Il arrive, ou non, comme terme d'un parcours. J'en suis parvenue à la conclusion qu'il n'est certainement pas un objectif. Il est un cadeau. Un pardon posé un peu hâtivement dissimule la blessure, mais ne la guérit pas. Il soulage parfois une tension, donnant l'illusion d'une libération, mais ne délivre pas de la souffrance profondément enfouie. Combien de personnes annoncent avoir pardonné à leurs parents et pourtant conservent une violence (envers autrui ou retournée contre elles) témoignant d'émotions encore refoulées.

Le pardon n'est pas un outil de *guérison de la blessure*. Il n'est pas nécessaire à la libération de son passé. Il l'est en revanche à la restauration de l'intimité. Le pardon est un mouvement d'amour qui *répare la relation*. Je travaille de plus en plus sur la réconciliation. Car je crois en la capacité de chacun de s'ouvrir à l'autre. Je crois au pouvoir de l'empathie, de l'amour et de la parole dans la réparation des relations blessées.

Toutefois, avant de se parler, il y a un chemin de guérison intérieure à parcourir, sous peine d'aggraver la situation. Quand on est encore trop envahi par les émotions du passé, la rencontre risque d'être conflictuelle. Je vais donc, après l'avoir décrit, vous accompagner tout au long du processus thérapeutique. Après avoir esquissé un bilan de votre relation à vos parents, nous franchirons les étapes une à une.

Certaines blessures ont été engendrées par les circonstances, par la nature (tremblements de terre, éruptions volcaniques, inondations...), par la société (injustice sociale, guerres...), par l'école. Sans dévaloriser ni l'importance ni la signification, dans nos histoires personnelles, de ces souffrances, nous ne traiterons dans ce livre portant sur la réconciliation avec les parents que des blessures directement ou indirectement occasionnées par ces derniers.

Considérant nos cicatrices, nous plongerons dans le passé pour retrouver notre vécu. Nous écouterons ensuite la voix des parents. Il sera utile de comprendre ce qui se passe aussi en eux. Cela éclairera notre histoire, pourra donner du sens à certaines de nos intuitions. Nous apprendrons à tolérer deux réalités, à ne pas éteindre ou refouler nos émotions en écoutant l'autre. Dans cette aventure vers l'intimité, il s'agit de ne pas nous enfermer dans une position binaire « bien/mal », et d'entendre la complexité de l'affectivité humaine. Quelles qu'aient été les motivations de nos parents à agir comme ils l'ont fait, nous avons le droit de ressentir et d'exprimer de la colère pour nous réparer. La colère contre les parents est une étape qui suscite de nombreuses et parfois violentes réactions. Ces résistances ont des racines multiples. Nous les entendrons pour les dépasser et entrer davantage en contact avec nous-mêmes avant d'oser la rencontre avec nos parents. Lettre ou tête-à-tête ? Ou bien rencontre chez le psy ? Dans tous les cas une préparation est indispensable pour être entendu. Si la montagne peut paraître escarpée, l'aventure en vaut toutefois la peine. Ne laissons pas gagner l'indifférence, osons reconstruire des relations riches de sens.

Je remercie ici toutes les personnes qui m'ont confié leur histoire et leurs émotions en psychothérapie ou en stage, et qui m'ont autorisée à publier leurs courriers. Il m'est arrivé de mêler plusieurs parcours pour aider à la compréhension de certains mécanismes psychiques, de modifier certains éléments pour garantir le secret professionnel. Sauf demande explicite, les prénoms sont tous inventés.

Quelle que soit l'ambiance actuelle de vos rapports avec vos parents, la lecture de ce livre est susceptible de déclencher de nombreuses émotions en vous. Si vous avez l'impression d'être déjà au-delà de cela... Vérifiez. La peur de confronter ses parents est souvent à l'origine d'un pardon un peu trop vite accordé. Attention, vous conserveriez vos symptômes...

Ne précipitez jamais les choses. Vous pouvez avoir envie de courir chez vos parents pour vider votre sac... Vous vous soulageriez peut-être mais créeriez-vous un vrai dialogue ? Ce serait un « passage à l'acte » comme disent les psys. C'est-à-dire une action impulsive qui a pour but d'éviter de ressentir vraiment ce qui se passe en soi. Accordez-vous le temps de maturation nécessaire. En allant trop vite, vous gommeriez des étapes utiles. Poursuivez votre lecture. Écrivez vos sentiments, vos émotions, vos pensées au fur et à mesure sur un cahier.

Bonne route sur le chemin de la réconciliation avec vos parents. Je suis à vos côtés*.

---

* Vous pouvez me poser des questions sur le site filliozat.net

I

Pourquoi remuer le passé ?

Il y a ceux et celles qui téléphonent à leur maman tous les jours et ceux qui n'appellent jamais. Il y a ceux qui ont bâti leur maison près de leurs parents et ceux qui ont déménagé le plus loin possible. Il y a ceux qui ont du mal à prendre une décision sans papa, maman, et ceux pour qui Noël, un mariage ou un enterrement sont les seules concessions à l'obligation familiale. Aucune relation n'est semblable à une autre. Chacune est riche, et parfois lourde, d'une longue histoire. Il y a un tel passé entre nos parents et nous, une telle charge affective ; la bonne distance est difficile à maintenir. Tant du côté de l'enfant que de celui du parent, la juste attitude est tout sauf simple. La plupart des gens se résignent à ce qu'il en soit ainsi, sûrs que rien ne pourrait changer. Quelques codes de conduite régissent des rencontres que personne ne remet en cause.

1

Une relation complexe

Comme tous les dimanches, Jacqueline emmène son mari et ses enfants déjeuner chez ses parents. La conversation porte sur la nourriture, les maladies des absents et la météo. Parfois quelques discussions sur l'éducation (« les jeunes ne sont plus ce qu'ils étaient ») ou la politique (« c'est la faute du gouvernement ») passionnent les débats. Tout le monde s'ennuie un peu, mais personne ne remet en question ce rendez-vous obligatoire du dimanche midi. « Ce sont mes parents ! » dit Jacqueline d'un ton fataliste.

Les enfants aiment leurs parents... Les parents aiment leurs enfants... la plupart du temps. On pourrait penser que la relation parent/enfant serait la plus proche, la plus intime des relations... C'est rarement le cas. Nombre de relations sont, comme celle de Jacqueline avec ses parents, superficielles, marquées par les rituels, un peu d'ennui et l'habitude. La relation peut être distante ou intrusive, faussement intime. Elle peut être orageuse ou silencieuse, superficielle ou de contrainte. Elle peut être souffrante et tendue, ou neutre et insipide. Elle est rarement équilibrée, saine et harmonieuse. Pourquoi ? Parce que l'harmonie* implique l'expression de la colère tout autant que celle de l'amour, deux émotions particulièrement interdites dans notre société. Même quand l'amour est au rendez-vous,

---

* Harmonie est le nom d'une déesse grecque qui a pour parents Arès et Aphrodite, c'est-à-dire le dieu de la guerre, du conflit (Mars en latin), et la déesse de l'amour (Vénus).

il n'est pas suffisant pour permettre une relation fluide et intime. L'intimité requiert l'authenticité. Et se montrer authentique, c'est oser exprimer de soi, de la relation, de ses besoins, oser manifester ses émotions, partager ses sentiments. Or, en famille, on n'ose guère parler de sentiments – ou superficiellement. Le plus souvent on enterre les blessures, on cache les douleurs. Pleurer devant autrui est considéré comme malvenu. Les peurs sont dévalorisées. Même l'expression de l'amour est limitée dans de nombreuses familles. Les manifestations de tendresse sont restreintes à quelques bises le matin et le soir. Quand le sentiment d'amour est fragile, le besoin d'appartenance se satisfait d'une relation superficielle que nous redoutons de menacer.

Vivre ensemble génère pourtant obligatoirement nombre de conflits, chacun ayant naturellement des besoins spécifiques et parfois incompatibles. En lui-même le conflit est sain, il permet les indispensables ajustements pour que chacun trouve sa place dans le groupe. Les conflits entre parents et enfants sont non seulement inévitables, mais ils sont nécessaires et structurants d'une relation vivante et dynamique. Cependant, au sein de la famille, ils sont en général mal accueillis. Les dissensions sont mises en sourdine, les révoltes enfantines sont matées, les plaintes sont dévalorisées, les demandes peu écoutées. S'il est bien sûr des familles où chacun est entendu, respecté et valorisé, de par notre méconnaissance culturelle du processus émotionnel, une véritable écoute mutuelle est rare. De nombreux parents, mal à l'aise avec la colère notamment, et n'ayant jamais appris à l'accueillir, usent de leur pouvoir pour l'interdire à leurs rejetons. Certains, carencés par leur histoire, sont dépendants de la reconnaissance de leur descendance. Ils ont du mal à supporter les mouvements de colère et peuvent avoir tendance à les interpréter comme des ruptures d'amour. De leur côté, les enfants devenus adultes restent terrifiés à l'idée d'entrer dans une véritable opposition avec leurs géniteurs. Ils craignent de perdre leur amour, de leur faire du mal, voire de les tuer ! Tant de la responsabilité du parent que de celle de l'enfant devenu adulte, les conflits ne sont pas résolus, ils sont étouffés, évités ou niés.

La peur de perdre l'amour est d'autant plus forte qu'il y en a eu peu. Paradoxalement, certains vont préférer vivre très loin de leurs parents et les voir le moins possible pour ne pas risquer de les perdre en se confrontant à eux ! Philippe n'a pas vu ses géniteurs depuis onze ans. Il ne leur a même pas annoncé la naissance de son fils. « Quand je ne les vois pas, je souffre moins de leur indifférence à mon égard », souffle-t-il.

Ce n'est pas parce qu'on ne se dispute jamais qu'il n'y a pas de colère. Lorsque nous avons été blessé – que nous ayons enterré ou non la conscience de notre blessure –, nous conservons du ressentiment envers celui qui nous a blessé. Cette rancœur est souvent inconsciente. Par exemple, il est fréquent d'entendre des adultes dire « j'adore mes parents, je ne leur en veux pas du tout » et de les voir traiter ces derniers avec mépris, se montrer agressifs, s'ennuyer avec eux, ne rien avoir à leur dire ou refuser de les voir. Ils oublient que **l'ennui est un symptôme de refoulement émotionnel**.

Et puis nous continuons d'attendre des parents ce qu'ils ne peuvent nous donner tant que nous ne le demandons pas, parce qu'ils ne savent pas, et nous restons avec la souffrance.

« Ils ne changeront pas, je n'ai rien à espérer, dit Philippe. Pourtant, je n'arrive pas à accepter la situation. Je continue d'attendre leur reconnaissance. Je les crois quand ils me disent qu'ils m'aiment. Ils m'aiment avec leurs possibilités. Mais en réalité, je n'existe pas pour eux. Mon père ne peut pas s'empêcher de me rabaisser, et ma mère ne veut pas parler d'elle. »

Certains enfants font des efforts pour satisfaire ce qu'ils imaginent être les attentes de leurs parents, pour ne recevoir que blessures en retour. Barnabé nous l'avoue : « Quand je vais voir mon père pour lui faire plaisir, je ressors blessé, en morceaux, et je fais des cauchemars toute la nuit. » Brigitte vit une expérience similaire : « Chaque fois que je vais voir ma mère, je vomis le soir. » Pourquoi ne pas dénoncer les antagonismes, dire les frustrations, clarifier les malentendus et assainir la relation ?

Quand on ne peut pas dire ce qui nous brûle les lèvres, quand on ne peut pas parler de la relation, quand on veut taire ses rancœurs, on n'ose peu à peu plus parler de rien. La relation devient superficielle. Quand les orages ne peuvent exploser, quand la pluie n'arrive pas à tomber, le ciel reste chargé, lourd, pesant. Les émotions refoulées font le lit d'une agressivité larvée. Les inévitables blessures, frustrations et injustices qui ponctuent toute vie en commun ne peuvent être ni dites, ni entendues, ni *a fortiori* guéries.

La relation parent/enfant paraît naturelle. Cependant, si on y réfléchit bien, elle nécessite des capacités d'adaptation phénoménales ! Nous ne sommes pas les mêmes à deux mois, à quinze ans, à trente ans ou à soixante-dix. Nous n'avons pas les mêmes besoins tout au long de notre vie. Parce que les enfants grandissent et les parents vieillissent, la relation est naturellement en perpétuel déséquilibre et en recherche d'équilibre. Elle doit se modifier sans cesse pour respecter l'évolution des deux parties. On ne peut s'installer dans un schéma relationnel simple sans risquer d'enfermer l'une ou l'autre. Cette flexibilité nécessite une sécurité intérieure suffisante. « Maman, je n'ai plus douze ans ! » On entend si souvent cette petite phrase. Peine perdue, le parent ne veut pas entendre. Est-ce pure habitude ou a-t-il besoin de voir une petite fille de douze ans en face de lui pour se sentir utile ? Un parent peut préférer arrêter le temps, refuser de voir grandir sa progéniture. Par manque de pouvoir sur sa propre vie, il peut chercher à maintenir (plus ou moins consciemment) son pouvoir sur ses enfants. Tous ces jeux de pouvoir pèsent sur la relation. Ce qui n'est pas réglé est encore là, sur la table, perceptible entre le rôti et les haricots verts. Alors, pour ne pas voir, chacun plonge dans son assiette.

Le lien parent-enfant est très spécial. Il dure plus longtemps et nous marque plus profondément qu'aucun autre. Il se crée à la conception de l'enfant. Il ne se termine pas avec le décès des parents, tant on porte leur image en soi toute sa vie. Le père de Fanny est décédé voici cinq ans. Pourtant elle n'arrive pas à se libérer de son emprise. Il est là, à ses côtés presque au quotidien, l'inhibant dans ses décisions. L'idée de sa désapprobation la pétrifie et la limite dans ses choix. La relation établie dans les premiers jours, mois, années de la vie forme le modèle de nos relations futures Nous avons acquis des structures de pensée, des schémas comportementaux, des réactions affectives de protection qui composent notre personnalité. L'empreinte des parents ne s'efface pas avec leur disparition. Et, si la frustration a marqué notre relation, de leur tombe, ils continuent de nous regarder. Tant que les différends ne sont pas réglés, leur fantôme demeure autour de nous. Rancœurs, terreurs, désespoirs, conscients ou non, alimentent nos croyances négatives sur nous-même, les autres et le monde.

Que les parents soient vivants ou aient déjà traversé le fleuve ne change guère à l'affaire. Les disparus restent longtemps bien vivants dans nos têtes. La relation aux parents nous concerne tous. Elle n'est simple pour personne. Ceux qui la disent telle ont refoulé dans leur inconscient la manière dont elle détermine leur existence.

Le lien parent/enfant est un lien « obligatoire » en ce sens que, né dans une famille, nous ne pouvons décider de changer de parents biologiques. Nous sommes à jamais les héritiers de ceux qui nous ont donné la vie. Nos parents non plus, ne nous ont pas toujours choisi... Le seul choix qui s'offre à nous est celui de la relation que nous établissons. Autant décider d'être heureux ensemble !

2

Malaise dans la relation

Nos parents ne souffrent pas moins que nous de la superficialité des relations. La plupart du temps, ils ne savent tout simplement pas comment faire ou être autrement. Ils sont souvent habitués à l'absence de communication depuis leur plus tendre enfance et n'ont peut-être pas connu l'intimité. Pourtant ils peuvent en éprouver le manque. Pour éviter de sentir la souffrance de l'absence d'un véritable lien, ils peuvent mettre en place des comportements qui les rendent d'agaçants à insupportables. Ils sont ravis que vous leur rendiez visite, pourtant maman passe son dimanche dans la cuisine, et papa au jardin, vous les voyez à peine… Ils sont fiers si vous terminez votre assiette et remportez le soir salades et confitures maison, mais ne savent pas vous prendre dans les bras ou parler vrai. Jacqueline n'a plus envie d'aller chez ses parents. Elle me confie : « On dirait que ma mère garde des choses à faire pour mon arrivée. Je ne peux pas me mettre sur une chaise longue. Il y a les petits pois à écosser, les pots à ranger, les volets à repeindre… Je n'en peux plus. Nous n'avons jamais une vraie discussion, il faut toujours faire, faire, faire… » Faire ensemble peut être chaleureux et sympathique pour autant que ce ne soit pas une contrainte, une obligation parce qu'on ne sait pas quoi se dire. Alors on reste à bavarder debout dans la cuisine en épluchant les pommes de terre. Qui ose dire à sa mère : « Maman, pose ça tout de suite et viens t'asseoir sur le canapé pour discuter ! »

Certains parents vous traitent comme si vous étiez

resté un gamin. D'autres (ou les mêmes à d'autres moments) renversent la relation et attendent de leur descendance une prise en charge, un maternage qu'ils n'ont pas reçu de leurs propres parents. Madeleine inonde sa fille de commentaires sur la bonne façon de faire la vaisselle. Paul se propose, s'impose, pour tous les bricolages de l'appartement de sa fille. Camille passe chez son fils tous les mardis pour prendre son linge et le lui rend repassé, au grand dam de sa belle-fille. Gilberte se plaint de son dos, de ses varices, de son foie et gémit quand son fils lui annonce qu'il ne viendra pas ce jeudi midi... Ces attitudes ont pour but de maintenir un lien tout en contenant l'émergence des vrais sentiments. Les parents se montrent d'autant plus désagréables que la douleur du manque d'intimité est forte. Dès lors que l'intimité est rétablie, nombre de ces comportements tombent d'eux-mêmes. « Jamais je n'aurais cru qu'elle pourrait changer à ce point, c'est fou, depuis que nous avons parlé, elle n'est plus la même femme. Maintenant, je dois dire que j'ai du plaisir à la voir. C'était tout à fait inconcevable pour moi avant », dit Muriel de sa maman. De son côté, la mère de Muriel reconnaît : « Depuis que ma fille m'a parlé, c'est plus facile avec elle. J'ose être moi et je la comprends mieux. »

Les attitudes exaspérantes sont des tentatives de contact, ce sont, pour nombre d'entre elles, des symptômes signifiant que la relation est malade ! Ne dites plus avec fatalisme de vos parents : « Ils sont comme ça. » Ces comportements les aident à ne pas sentir le manque d'intimité. La prochaine fois que vous serez agacé par la conduite d'un de vos parents, regardez-le avec tendresse, et voyez combien la relation d'intimité avec vous lui manque. Que cela vous donne du courage pour la rétablir...

3

Interprétations et malentendus

André et Bernard ne se parlent plus. Ils sont fâchés. Christine, femme d'André et sœur de Bernard, écoute chacun se confier à elle. « Quel fainéant ton frère, se plaint André. Je refais la peinture du salon, je répare la plomberie de la salle de bains, il ne bouge pas. Depuis le début des travaux, il vient pourtant chez nous tous les week-ends. Il me regarde, et il ne fait rien. Il me nargue ou quoi ? »

Christine accueille les sentiments de son mari, et, curieuse de comprendre, elle se met à l'écoute de son frère. « Quel con ton mari, soupire ce dernier. Quand je pense que je suis venu toutes les semaines me présenter chez toi et que, pas une seule fois, André ne m'a demandé de l'aider ! Je le sais, il me prend pour un incapable. » Surprise par cette conclusion, Christine l'informe qu'André aurait bien aimé que Bernard l'aide. « Mais non, il ne voulait pas, réplique Bernard, s'il l'avait voulu, il me l'aurait demandé ! »

Christine est alors retournée auprès de son mari, lui répéter les termes de Bernard, qui répondit : « Je n'allais pas prendre le risque de lui demander. S'il m'avait dit non ! »

« Chacun voit midi à sa porte », dit-on. C'est l'incontournable vérité. Nous ne pouvons avoir le même point de vue sur les choses, nous sommes des êtres différents. Nous interprétons les événements chacun à notre manière en fonction de notre position et de notre histoire. La relation parent/enfant est probablement celle dans laquelle on retrouve le plus de malentendus. Comment un nourrisson peut-il interpréter un geste de sa maman de la même manière que cette dernière ? Il n'a pas encore la possibilité de se décentrer suffisamment de son expérience directe pour imaginer des causes aux comportements de maman qui ne soient pas directement liées à lui. Il ne sait pas encore se « mettre à sa place ». Beaucoup de parents n'arrivent pas non plus à se mettre à la place de leur enfant, cela impliquerait de réveiller leurs sentiments d'enfant et cette régression leur fait trop peur ou est entachée de projections.

Sans parole, ni écoute mutuelle, la guerre est inévitable. Se parler, se dire les choses, c'est se donner la chance de clarifier les malentendus.

« Je suis convaincue de ce que mon père va me dire... », me confiait Nadia. Elle était absolument certaine que son père désirait un garçon parce qu'ils avaient eu trois filles avant elle... En réalité son père n'avait jamais eu ce désir. Il était tout à fait heureux d'avoir une quatrième fille. (Si, si ! Vous voyez... vous doutez !) Dans le travail psychothérapeutique, Nadia a mieux compris les racines de cette croyance. Elle a pu voir comment elle avait déduit de sa situation qu'il valait mieux être un garçon et comment elle s'était inconsciemment conformée à cette décision en s'habillant, se coiffant, comme un garçon. Elle était devenue un garçon manqué, non parce que son père le désirait, mais parce que cela la protégeait. En effet, elle était la favorite de son papa. Sa mère ne prenant pas sa place de femme, il emmenait sa fille au restaurant, en promenade... Il la traitait comme son épouse. Nadia était bien sûr attirée par son père, mais elle ne voulait pas de cette confusion. Comment conjuguer proximité et intimité sans risquer la sexualisation de la relation ? Être un garçon lui est apparu comme une solution plus protectrice. Cela établissait une distance entre elle et son père qui la rassurait. De plus, les modèles sexués que lui présentaient ses parents ne pouvaient que l'orienter vers la masculinité. Dans son inconscient avait dû se dérouler un discours de ce style : « De quel sexe suis-je ? Je ne veux pas ressembler à maman. Une femme, je le vois, n'est pas très heureuse. Elle reste à la maison et ploie sous les tâches ménagères. Elle est comme maman, dépressive. En revanche, la position d'homme est intéressante. Papa est plus libre que maman, il paraît heureux, il sort, va au restaurant, au spectacle, il travaille, il se réalise… »

Si son père portait une part de responsabilité dans le choix de Nadia, ce n'était pas d'avoir désiré un garçon, mais d'avoir maintenu cette injustice dans son couple. Nadia ne pouvait prendre sa mère comme modèle. Pour acquérir la même liberté que son père, il fallait être du sexe masculin. Être un garçon permettait à Nadia tout à la fois de s'approcher de son père sans risquer l'inceste, et de s'envisager un avenir autre que celui de maman.

En découvrant les véritables raisons de son allure masculine, Nadia s'est reconnectée à elle-même. Elle a pu s'aimer davantage, reconnaître et aimer sa propre féminité.

Cet exemple de Nadia nous permet d'entrevoir la complexité de la formation des croyances qui nous dirigent dans la vie. Gardons-nous des interprétations hâtives. Les messages adressés à Nadia par son père étaient complexes. Le problème n'était pas qu'il ait désiré un garçon. Il aimait que sa fille soit une fille. Il le lui confirmait en la sortant à son côté comme une femme et en lui achetant des cadeaux (dont des robes qu'elle ne mettait pas…). Toutefois, par le modèle de couple qu'il lui montrait il lui adressait le message « Il vaut mieux être un homme », et, par son ambivalence : « Sexuellement, ne me tente pas trop. »

Nos parents nous adressent toutes sortes de messages, verbalement et non verbalement, consciemment et inconsciemment. Les enfants écoutent les messages, consciemment et inconsciemment, ils les interprètent en fonction des éléments à leur disposition.

Lucien a repris le travail de son père. Qui lui-même l'avait repris de son père en insistant sur sa fidélité filiale. Lucien a entendu le message : « Tu dois être fidèle toi aussi. » Or, en réalité, le père de Lucien m'a confié combien il regrettait que son fils n'ait pas suivi une autre voie. Il avait conscience de s'être fourvoyé dans son choix professionnel. Hélas, il n'avait jamais pensé à l'exprimer à son fils. Il pensait que le laisser libre de choisir en se contentant de lui dire « fais ce qu'il te plaît » était suffisant. Pour être vraiment libre de choisir sa destinée, Lucien aurait eu besoin d'être libéré de l'obligation de fidélité. Il aurait eu besoin que son père lui dise directement : « Fais autre chose, s'il te plaît, je me suis trompé en reprenant l'affaire de mon père. Ne fais pas l'erreur de prendre ma suite. Tu es mon fils bien-aimé quel que soit le travail que tu choisis, tu n'as pas besoin de souffrir comme moi. » Voyez combien le défaut de parole peut orienter une destinée. Mieux vaut tard que jamais. Nous avons toutes sortes de convictions sur ce que pensent et ressentent nos parents, sans avoir jamais vérifié.

Dans mon cabinet, Servane pleure. Entre deux sanglots, elle glisse à sa mère, assise face à elle : « Tu ne m'aimes pas, tu me critiques tout le temps... » La maman écoute de tout son cœur. Elle accueille l'émotion de sa fille. « Je vois bien que tu désapprouves tous mes choix. » La maman tombe des nues. Elle demande des précisions, des exemples. « Dans mon premier appartement, j'étais fière de te montrer ma décoration. Tu ne disais rien. Quand tu as vu mes rideaux jaunes, tu as dit : "Jamais je n'aurais mis ça chez moi !" » Là, la maman n'y tint plus. « Mais pas du tout, je ne voulais pas te critiquer, bien au contraire, tu ne peux pas savoir combien je t'admire, tu as toujours de bonnes idées, ces rideaux étaient lumineux, ils étaient splendides. C'était tellement original. Quand j'ai dit que "jamais je n'aurais mis cela chez moi", c'était parce que je me comparais, moi je ne suis pas aussi créative que toi, je n'aurais pas osé, je t'enviais d'oser. La preuve que je les aime ces rideaux, quand tu les as décrochés, tu voulais les jeter, je les ai récupérés. Ils sont dans ma cave. »

Les malentendus ! Ils forment quatre-vingts pour cent de nos difficultés relationnelles ! Si on ne se parle pas, si on ne partage pas son vécu, ses sentiments, ses interprétations, on reste avec des convictions parfois douloureuses.

Arriverai-je à retranscrire en mots la complexité des sentiments humains ? La complexité de la vie humaine ?

Sébastien a tant supplié ses parents de lui faire un petit frère ou une petite sœur, ils ne s'attendaient pas à sa réaction lorsqu'ils lui ont enfin présenté Valérian, son nouveau petit frère. Sébastien était très en colère, il s'est montré d'une jalousie féroce. Depuis cette naissance, son regard n'a plus jamais été le même. Comment comprendre Sébastien ? Il voulait pourtant un petit frère… ou plutôt il avait en lui une image de frère qui correspondait à ses besoins. Il voulait un copain pour jouer avec lui, ne pas être tout seul dans sa chambre, que sais-je… Il ne s'était pas représenté que viendrait s'installer dans la famille un nourrisson qui accaparerait sa maman et tout l'entourage. Pour un petit garçon, il est injuste de lui imposer un petit frère ou une petite sœur. Pour un parent, il est juste d'avoir deux ou trois enfants.

Juste pour l'un, injuste pour l'autre... On voit l'inanité de la recherche du fautif. « Chacun voit midi à sa porte » signifie aussi que chacun a le droit de ressentir un événement ou une situation comme il l'entend. Ses affects ne disent rien de la réalité de l'autre. Nous avons le droit d'éprouver de la colère et toutes sortes d'émotions face à des situations parfaitement gérées par nos parents de leur point de vue. **Avoir le droit d'exprimer de la colère ne signifie pas que l'autre a tort !** C'est une précision importante, tant nous avons tendance à confondre. J'entends si souvent : « Je ne peux pas lui en vouloir, ce n'est pas sa faute »...

4

Est-ce bien nécessaire de remuer le passé ?

Sur la durée de la relation parent/enfant, face à cette complexité, à cette intensité affective, comment imaginer une relation sans nuages ? Nous avons forcément des choses à nous dire, sous peine de voir la relation s'étioler. Pourtant, Laurence tente de me convaincre de l'absence de problème avec ses géniteurs : « Je ne les ai pas vus depuis trois ans. Je ne leur en veux pas du tout. Je n'ai pas envie de les voir, c'est tout. » Pour quelle raison n'aurait-elle pas envie de les voir si leur lien était aussi libre qu'elle le soutient ? En réalité, elle les craint. Elle a peur d'être jugée, dévalorisée. Elle préfère éviter de se confronter à eux, tant elle leur confère encore de pouvoir sur elle. Cette crainte est très répandue. De nombreux adultes nient l'importance de leur relation à leurs parents. Ils banalisent ou exagèrent, préfèrent laisser la question de côté. Certains se montrent prêts à faire des années de psychothérapie ou de psychanalyse, mais refusent de parler vrai à leurs parents. « Est-ce vraiment nécessaire de remuer le passé avec eux ? » Telle est la question qui revient, lancinante, lourde de craintes et de souffrances. Toutes les excuses sont évoquées : « mon père est un homme âgé », « il a changé » ou « il n'a pas changé », « ma mère a un cancer », « cela lui ferait trop de mal ». Certains annulent leur vérité : « je n'ai pas de colère envers mes parents, je les aime. Je ne me vois pas leur parler », « je n'ai pas besoin de me réconcilier, je ne suis pas fâchée ». D'autres invoquent avoir déjà dépassé ce stade : « Inutile, j'ai déjà pardonné. » Il y a aussi les vengeurs : « Jamais, il m'a fait trop de mal, je ne veux pas qu'il s'en tire à si bon compte. »

Que de résistances à rencontrer ces personnes qui ont été (et sont) nos parents ! Il est pourtant naturel et normal d'avoir besoin de faire des mises au point au cours d'une relation aussi longue et complexe que la relation parent/enfant. Qu'est-ce qui nous intimide tant ?

Pendant des siècles, on a prôné un prétendu respect des parents. Ce respect n'était en réalité que peur et soumission. Il était au service du maintien des traditions, de l'ordre établi, du pouvoir des ancêtres. Sur le plan de l'évolution, n'est-il pas paradoxal de craindre davantage le jugement de ses parents que celui de ses enfants ? Il n'est qu'à voir l'état de notre planète pour constater où cette attitude nous a menés.

Des dizaines de parents sont venus me consulter, des centaines ont reçu des lettres de leurs enfants. La plupart des parents ont exprimé à leur enfant : « Je n'imaginais pas que tu avais souffert à ce point... J'aurais aimé en prendre conscience plus tôt... Je n'aurais pas fait ce que j'ai fait, comment puis-je réparer ? » J'ai vu dans mon cabinet des parents fantastiques. Ils entraient rigides, terrifiés, énervés, distants... Ils ressortaient attendris, à l'écoute, chaleureux et aimants...

Je peux compter sur les doigts d'une main ceux qui ont refusé d'entendre leur enfant, ceux qui sont restés insensibles et centrés sur eux-mêmes. Ils existent, c'est vrai, j'en ai rencontré dans ma propre famille. Toutes les retrouvailles ne sont pas idylliques et certains parents résistent avec beaucoup d'énergie à nos tentatives de contact authentique. Il y a des raisons à cela, nous les analyserons un peu plus loin.

On peut évoluer énormément sans remettre en cause

ses parents, sans accéder à l'émotion de l'Enfant en soi. On peut améliorer sa vie affective, sa vie professionnelle, acquérir de la confiance, de l'aisance sociale... Mais il reste en nous une zone de fragilité, une zone inauthentique.

Quand on ne peut parler de son histoire à ses parents, on ne peut exister en face d'eux en tant que personne. On s'éloigne, physiquement ou psychiquement, ou on se sacrifie... Et la souffrance continue. Si nous ne disons rien, nos parents continuent de manifester des attitudes qui nous blessent.

Pourquoi parler à ses parents ?

Tout d'abord : POURQUOI PAS ?

Ensuite, eh bien tout simplement pour redonner vie aux repas de famille, retrouver une relation pleine et riche avec ses parents, cesser de souffrir, devenir véritablement adulte et libéré de son passé. Remuer le fond du verre surtout s'il est plein de boue est nécessaire pour le nettoyer. Cacher une plaie sans l'avoir au préalable bien désinfectée et recousue est dangereux. Et ce, d'autant plus qu'elle est profonde. Ainsi dissimulée aux regards, elle s'infecte et le mal progresse, gagnant d'autres parties du corps physique et psychique.

Parents et enfants ont tout à gagner à parcourir le chemin de la réconciliation. À condition de respecter un certain nombre de lois psychiques et de règles relationnelles que nous découvrirons ensemble, le seul véritable risque est de rétablir l'amour, l'harmonie de la relation et davantage de solidarité entre les générations.

Vous savez maintenant « pourquoi » remuer le passé. Passons maintenant à la question de « comment » le remuer. Avant de le remuer avec nos parents, entreprenons de le remuer en nous. Osons regarder notre vérité sans fard. Considérons nos blessures et commençons à écouter la plainte de l'enfant en nous.

II

Histoires, blessures et cicatrices

Le plus difficile à évoquer avec nos parents sont les blessures qu'ils nous ont infligées, les peines de l'enfant que nous étions. Je n'attribue pas tous les malheurs d'un être à son enfance... De multiples facteurs font une vie. Il reste toutefois indéniable que les blessures infligées à l'âge tendre de la construction de la personnalité laissent une empreinte durable. Le système nerveux en formation peut conserver des séquelles indélébiles de traumatismes.

Chaque jour dans mon cabinet, j'écoute mes clients me confier leurs blessures... Quand j'écris ce livre, je travaille depuis vingt-trois ans, et je ne suis pas blasée. La réalité est pire que l'imaginaire. Il m'arrive d'entendre des histoires si dures, que, racontées au cinéma, personne ne les croirait vraies. L'imagination en termes de cruauté est fabuleuse. Parfois, je me prends à rêver à ce que pourrait être l'humanité si l'on mettait cette énergie au service de l'amour et du respect...

1

Regarder la vérité

Dévalorisations, menaces, coups, chantage affectif, mépris, enfermements, privations, humiliations, insultes qu'on peine à croire sorties de la bouche de parents... La liste est longue. Il est important de dénoncer cet état de fait. De nombreux enfants souffrent, encore aujourd'hui. Malgré l'idée actuelle qu'ils seraient « rois ». Si les enfants sont effectivement moins frappés et plus écoutés que ceux d'hier, le véritable respect est encore loin.

Il y a des parents dont la violence est terrifiante. En lisant les lignes qui suivent vous pourrez être tenté de croire que j'exagère. C'est aussi ce que l'on dit aux enfants qui ont traversé l'horreur. Pourtant leurs souvenirs sont là, et quiconque a travaillé avec des enfants maltraités sait combien ces derniers cherchent plutôt à protéger leurs parents, à minimiser l'impact des agressions dont ils ont été victimes. Nombre d'adultes ont oublié ce qui leur est arrivé. Et pourtant leur corps s'en souvient. Les tensions subsistent. L'inconscient conserve les marques. La maltraitance grave existe, plus souvent qu'on ne veut le croire. Cessons de protéger à tout prix l'image idéalisée des parents. Cessons d'accorder à ces derniers un pardon inconditionnel sous le simple prétexte qu'ils sont nos géniteurs. Ce sont des humains comme tout le monde. La norme sociale qui interdit d'accuser ses parents a été édictée par... eux. Le mot « accuser » signifie « regarder ». Nous devons regarder la vérité sous peine de ne pouvoir guérir.

Non, tous les parents n'aiment pas leurs enfants. Non, tous les parents ne font pas du mieux qu'ils peuvent. Et de nombreux parents ont des problèmes de violence et de pouvoir. Pourquoi taire la vérité ? Respecter véritablement ses parents, c'est les aider dans leur mission de parentage. Le sens de l'évolution stipule que les enfants ont la responsabilité de faire mieux que leurs parents. Il nous incombe de faire avancer l'humanité d'un pas supplémentaire à chaque génération. Pour cela, considérons les erreurs, dénonçons les dysfonctionnements.

Il n'y a pas de parent parfait, il n'y a pas d'enfance parfaite. Une jeunesse idéale serait-elle sans frustration ? sans blessure d'aucune sorte ? Comment grandir alors, comment se confronter à l'extérieur, comment sentir ses limites, éprouver sa puissance ? Toute personnalité se construit à partir de frustrations et de blessures. Ce ne sont pas les frustrations, les injustices ou les blessures qui traumatisent, mais bien l'interdit de les considérer comme telles, associé à l'impossibilité d'exprimer les émotions qui permettaient d'en guérir. Cessons de protéger les parents, les enseignants, tous ces adultes en position de pouvoir sur l'enfant pour protéger plutôt ce dernier. **Les droits de l'enfant ne peuvent être reconnus que si l'agresseur est confronté aux conséquences de ses actes.** Nous allons donc consacrer ce chapitre à regarder ce qui peut se passer entre des parents et leurs enfants. La « liste » qui suit n'est hélas pas exhaustive. J'ai à dessein mêlé maltraitance grave et maltraitance banale, pour souligner l'importance de cette dernière. Lisez ce chapitre avec votre cœur. Sans jugement, cherchez à éprouver dans votre corps ce que peut ressentir l'enfant dans chaque situation.

2

Abus de pouvoir

Les adultes sont plus forts, plus puissants que les enfants. Ces derniers sont petits, vulnérables et surtout dépendants. Pour toutes sortes de raisons qui leur appartiennent, les parents peuvent être tentés d'abuser de leur pouvoir. C'est malheureusement si facile. Il y a peu de garde-fous. Et affronter ses émotions, maîtriser ses automatismes psychiques est si difficile.

L'autoritarisme est le mode de jeu de pouvoir le plus évident. Le parent se montre autoritaire voire persécuteur, violent, humiliant, il peut être ouvertement méchant envers l'enfant. Il assoit son pouvoir par la peur. Ses outils ? les châtiments corporels et/ou les dévalorisations, « tu ne vaux rien, regarde ta sœur qui elle réussit… », et/ou les menaces. Allant du fréquent et néanmoins toxique « si tu ne travailles pas, tu vas redoubler », à beaucoup plus grave : « si tu ne travailles pas, tu seras chômeur », « si tu te comportes comme ça tu ne trouveras pas à te marier », « de toute façon, tu finiras sous les ponts »… L'enfant, hélas, croit désespérément son parent. Avec un parent autoritaire, l'enfant est soumis par la peur.

La double contrainte est aussi un jeu de pouvoir très déstabilisant. Laura exprime très bien le problème de ces messages doubles qui mettent l'enfant dans l'impossibilité d'agir correctement. « Tu disais souvent : “Si tu demandes tu n'auras rien” et quand on disait qu'on avait souhaité quelque chose un jour, tu disais : “Eh bien, pourquoi ne pas avoir demandé ?” » Écoutons aussi l'expérience de Jacques : « On ne savait jamais comment réagir. Le soir quand on rentrait de l'école, si on passait le visage par la porte du salon pour te dire bonjour tu criais de ne pas te déranger, et quand nous montions sans faire de bruit, tu te fâchais parce qu'on était montés sans te saluer. » L'enfant est démuni, il ne sait pas comment se comporter pour ne pas encourir la fureur parentale. La double contrainte est parfois plus subtile, quand le message verbal contredit le message non verbal, inconscient. L'enfant est prisonnier, il ne peut que déplaire, soit au conscient, soit à l'inconscient de son parent.

Le chantage affectif est un autre jeu de pouvoir très utilisé par beaucoup de parents : « Te souviens-tu du plaisir que tu avais à me couper les cheveux alors que j'aurais tant aimé les avoir longs. Tous les moyens étaient bons pour y parvenir, le pire c'est ce jour où maman était absente et que tu m'as demandé gentiment : “Tu veux faire plaisir à ta mère ?” Ça puait le piège à plein nez, mais il m'était impossible de dire non ; oui je veux faire plaisir à maman, “Bon assieds-toi là, je vais te couper les cheveux.” Salaud, t'es vraiment un salaud de faire pareil chantage affectif. Coupe, coupe mais ne mêle pas ma mère à cela, elle s'en fout de mes cheveux. »

Le chantage affectif peut être franc : « fais cela pour me faire plaisir », « tu n'es pas gentil », ou, le parent soulignant sa dépendance, et jouant la victime, « tu me rendras folle », « je me sacrifie pour toi » ou « je suis si malade », mettant la responsabilité de la situation sur les épaules de l'enfant et instillant un sentiment de culpabilité. Se poser en victime est un jeu subtil, il est non moins redoutable, et d'autant plus pervers que l'enfant ne voit pas que le parent se joue de lui. Comment accuser une pauvre victime ?

Il y a aussi le pouvoir des papa et maman-poule, qui

ne laissent pas leurs petits agir et prendre des risques mais accomplissent les choses à leur place. Ils sont toujours à leurs côtés, leur évitant les difficultés, aplanissant le terrain devant eux sous le prétexte de les protéger, satisfaisant leurs besoins et désirs avant qu'ils n'aient pu être formulés, voire identifiés. Ils contrôlent ainsi sans y paraître. Et comment se méfier, ces parents-là sont si gentils, si dévoués !

Le pouvoir de l'adulte sur son enfant empêche ce dernier de se développer comme une personne autonome. Il reste le partenaire de jeu du parent, se soumet à ses besoins. Les relations enfantines modèlent nos relations futures. Quand l'enfant arrive à rester lucide sur ses parents, quand il parvient à se dire « maman est énervée » plutôt que « je suis vilain », « papa fait son cirque » plutôt que « je suis un moins que rien » il ne se laisse pas atteindre dans son identité, il construit ses compétences de résilience*, il ne conserve pas de séquelles. En revanche, quand il n'identifie pas les relations établies par ses parents comme des jeux de pouvoir, s'il protège une image idéalisée de ses géniteurs comme étant foncièrement bons et aimants dans leurs attitudes, il doit en conclure à sa propre culpabilité. Il se vit incapable, mauvais, indigne...

Cette destruction de l'enfant n'est pas un but du parent. C'est en quelque sorte un dommage collatéral d'une guerre menée sur un autre front. Les jeux de pouvoir ont tous une même fonction, éviter la résurgence d'émotions refoulées. Cette motivation est toujours présente bien que le plus souvent inconsciente : taire le passé, oublier son histoire personnelle. Par peur de la remise en cause, les parents veulent

---

* Pour mieux cerner ce concept de résilience, voir *Les Vilains Petits Canards* de Boris Cyrulnik, éd. Odile Jacob.

conserver un sentiment de supériorité. Pour cela, ils croient devoir maintenir l'autre en état d'infériorité, l'humilier suffisamment pour qu'il ne se rebelle pas et surtout ne devienne pas autonome. En réalité, c'est leur passé qu'ils tentent ainsi de maintenir en laisse. Ils se voient (inconsciemment) dans leur enfant. En maltraitant celui-ci, en prenant la position de leurs propres parents, c'est l'enfant à l'intérieur d'eux qu'ils continuent à humilier et à maltraiter.

Certains parents, par défaut d'estime d'eux-mêmes et manque de sécurité intérieure, ne veulent pas être dépassés. Je me souviendrai longtemps de la réponse hallucinante d'une mère. Sa fille lui demandait la permission d'être plus heureuse qu'elle. La mère lui a répondu : « Je te souhaite d'être au moins aussi heureuse que moi. » Elle n'a pas pu lui donner cette permission de la dépasser. Et puis cette demande la confrontait à l'idée que sa vie n'avait pas toujours été si heureuse qu'elle aurait voulu le faire croire. Elle ne le supportait pas. D'autres parents, par peur de mourir, peuvent chercher à se prolonger. Ils désirent que leurs enfants suivent les traces par eux dessinées.

L'abus de pouvoir n'est pas facile à détecter. De la petite tape sur la main du bébé à la culpabilisation : « je me sacrifie pour toi, tu n'as pas le droit de me faire de la peine » ; du jugement : « tu es méchant » au rejet : « je n'aime pas les enfants méchants » ; du chantage affectif aux diverses formes : « tu n'aimes plus ta maman ? » ou « si tu ne fais pas cela, je ne t'aime plus », de la directive donnée au coiffeur sans consulter l'enfant : « coupez-lui les cheveux bien court » au choix de sa destinée « tu feras ingénieur » ; il prend tant de formes. L'adulte souvent n'est pas conscient d'abuser de son pouvoir. Il lui paraît normal d'obtenir obéissance par tout moyen à sa disposition et de disposer du corps de l'enfant. Il ne se représente pas la négation de liberté imposée par ce style d'éducation. Il est aisé de punir, menacer, dévaloriser un enfant pour obtenir sa soumission. Il est moins facile de se pencher sur ses besoins et de réfléchir à l'attitude juste qui lui permettra de grandir. Il y a abus de pouvoir dès lors que l'enfant n'est pas respecté dans ses besoins et en tant que personne. Il est naturel et utile que le parent use de son pouvoir sur l'enfant pour assurer sa protection. Cela devient excessif dès lors que l'enfant est humilié, dévalorisé, privé de ses repères internes que sont ses émotions, privé de la possibilité d'exercer son jugement personnel et de développer du pouvoir sur sa propre vie.

Pour savoir si vous êtes victime d'un abus de pouvoir (conscient ou non) de la part de vos parents, observez vos réactions. L'abus se tapit derrière toute résistance à parler authentiquement de cœur à cœur avec ses parents. Si vos parents n'ont pas abusé de leur pouvoir, vous n'avez pas peur d'eux. Vous ne craignez pas de leur montrer votre cœur. En vous confrontant à l'idée de la colère envers vos parents, vous aurez la mesure de vos craintes et de votre soumission, du pouvoir excessif qu'ils ont encore sur vous.

3

Un objet à aimer

« Profitez-en bien. C'est mignon quand c'est petit, vous verrez, quand ça grandit... Il vous échappe, il a son petit caractère », clament tant de femmes croisées chez vous ou dans la rue quand vous portez votre nourrisson dans vos bras. Ce qu'elles disent est ahurissant... Elles n'en ont pas conscience. L'enfant est considéré comme leur propriété, un enfant-poupée à aimer. Sur la porte de l'école primaire, une annonce : « Mme Dupont, professeur de gymnastique, sera absente jusqu'au 15 avril. Elle joue à la poupée avec délices. » Mme Dupont venait d'avoir un enfant ! L'inconscience de celui qui avait affiché ces mots (j'ose espérer que ce n'était pas elle) est atterrante.

Un bébé aime totalement ses parents. Il est une source d'amour inconditionnel qui semble inépuisable. Certains parents sont tentés d'en abuser, plus ou moins consciemment, pour satisfaire leurs besoins affectifs. Il est naturel et normal pour un père ou une mère de fondre de bonheur quand son enfant lui dit « je t'aime ». Il l'est moins de limiter la vie affective de son enfant pour le garder à soi.

« Il n'est qu'à moi ! » dit Marielle de son bébé de quelques mois. Elle le sort très peu, limitant ses possibilités d'établir des contacts avec autrui.

« C'est mon gros nounours, j'aime bien être avec lui », dit Jeanine de son fils de vingt-six ans. Inutile de dire que ce dernier a du mal à trouver un travail, et à sortir de sa dépression. Il vit chez sa maman et ne s'autorise à s'échapper que par la drogue et les bouffées délirantes.

Êtes-vous considéré comme un sujet par vos parents, ou comme un objet ? Un sujet a droit à ses pensées propres, à sa différence, à ses émotions, à ses manières de vivre personnelles. Un objet est le prolongement du désir des parents. Vos parents vous regardent-ils vivre avec intérêt, curiosité pour votre façon de vivre et admiration ? Ou s'attendent-ils à ce que vous fonctionniez comme eux sans vous poser de questions sur votre quotidien, vos pensées ou votre vécu, voire en vous jugeant ?

4

Le viol

Je lis dans l'hebdomadaire *Courrier international* une brève qui me soulève le cœur : une petite fille de neuf mois a été violée et sodomisée par six hommes ! Ils lui ont de plus transmis le sida !... Comment cette petite fille peut-elle guérir un jour d'une telle agression ? En Australie, une femme sur trois a été violée. Cette violence effarante, partout sur terre, ne nous épargne pas. Dans mon cabinet, j'ai rencontré un bébé de quelques mois violé par son père, une femme violée par son père dès l'âge de deux ans jusqu'à quatorze, un garçon sodomisé par son papa à l'âge de trois ans... Dans les pays industrialisés, une femme sur six ou sur sept sera victime d'un viol au cours de sa vie*. Un garçon sur dix. Ces chiffres sont si effarants qu'il est tentant de les croire faux. Ces agressions sont massivement intrafamiliales. C'est l'oncle, le beau-père, le grand-père, l'ami proche ou le père qui souvent ne se contentent pas d'une fois mais terrorisent un(e) enfant pendant des mois, des années.

Le père de Gérard conviait des amis, des voisins, et selon l'inspiration du moment les invitait moyennant quelques pièces à profiter du jeune garçon dans la chambre adjacente, ou le prenait lui-même devant eux. Tous riaient abondamment. Où donc était la mère ? Gérard ne s'en souvient pas. Elle servait les hommes puis s'esquivait-elle ? En tout cas, elle ne le protégeait pas.

---

* Unicef.fr

Tous les soirs dans son lit, Louise était pétrifiée. Elle priait pour que son père la laisse enfin tranquille. De six à treize ans, elle a subi ses assauts. Il venait la rejoindre dès que sa femme était couchée. Louise pleurait, suppliait. Elle disait avoir mal au ventre, rien n'y faisait. Il la prenait de force. Louise n'en a jamais parlé à sa mère. Cette dernière savait-elle ? Le cauchemar s'est arrêté avec ses premières règles. Le père s'est tourné vers la cadette.

L'enfant sous terreur n'ose pas parler à sa maman. Et quand il parle, il est fréquent que sa mère ne l'écoute pas, ne le croie pas, voire l'accuse de poser des problèmes, d'avoir séduit son agresseur, d'être le fautif. Certaines mères préfèrent ignorer, elles ferment les yeux sur le regard éteint et le manque de joie de leur fils ou de leur fille. Nombre d'entre elles ont subi la même chose. Elles ne veulent pas s'en souvenir. Elles ne se posent pas les questions qui leur permettraient de voir la vérité. D'autres sont conscientes de ce qui se passe, mais en minimisent les implications pour leur enfant. Par commodité, elles ferment les yeux sur les agissements de l'agresseur, et sur la blessure de l'enfant. D'autres se montrent jalouses de leur fille, invectivent cette dernière, mais ne reprochent rien à leur mari. D'autres encore sont activement complices des viols. La maman d'Yvonne n'ignorait rien. C'est elle qui menait sa fille à son père tout en la traitant de salope et de putain ! Quand la mère de Xavière a découvert que sa fille était enceinte de son père à quatorze ans, elle n'a plus jamais laissé le père seul avec sa fille. Elle a organisé l'avortement. Et l'inceste s'est arrêté. Elle a protégé Xavière concrètement, mais ne lui a jamais parlé ou posé de questions sur ce qui s'était passé. Elle est intervenue en silence pour stopper les abus, mais aucune parole de réconfort n'a pansé les blessures de Xavière.

On dit que les thérapies font remonter de faux souvenirs. La mémoire procède par reconstruction, et le cerveau ne fait pas la différence entre le réel et l'imaginaire, c'est vrai. Il peut arriver qu'une personne se construise un scénario qui ne lui appartient pas, c'est vrai. Le corps, lui, ne ment pas et il conserve le souvenir de ce qui s'est passé. De manière générale, le doute est plus présent que l'affirmation. Reconnaître « j'ai été violé par mon père », « je suis victime d'inceste », soulève une telle vague émotionnelle que la plupart des victimes refoulent cette vérité.

Une jeune femme d'une trentaine d'années se souvenait vaguement avoir été hospitalisée en Angleterre à l'âge de quatorze ans. Elle a pu consulter son dossier aux archives de l'hôpital en question. Elle y était entrée pour avortement, enceinte de son père ! Comment se construire avec cela ? Pour continuer de grandir, pour vivre une vie de jeune fille, elle avait effacé tout souvenir de sa mémoire.

Le viol peut aussi prendre des formes plus banales. Une petite fille était tous les samedis soir (*sic*) tenue par sa mère les jambes ouvertes pendant que son père lui infligeait un lavement ! Inutile de préciser qu'aujourd'hui ses jambes sont bien fermées même à son mari.

Le père de Sophie conservait des revues pornographiques sous son lit. Les enfants y avaient accès facilement. Et lorsque le père les surprenait en train de les feuilleter, il ne disait rien. Plus, les cassettes porno traînaient près du téléviseur. Un jour les enfants en ont glissé une dans le magnétoscope… Papa est passé devant eux. Il n'a rien dit, rien fait. De nos jours, le fait d'imposer à des enfants des images pornographiques est passible de poursuites judiciaires. Cela constitue une effraction de leur intimité par des images qui n'ont rien à y faire. Sans aller jusqu'à l'acte sexuel, sous couvert d'initiation, de nombreux pères tripotent les seins de leur fille, leur montrent leur pénis, voire leur proposent d'y glisser un préservatif pour « les initier » !

Les mères ne sont pas exemptes de troubles. Certaines lavent encore leur petit garçon et passent la main sur le pénis alors que l'enfant serait tout à fait capable de le faire seul. D'autres le masturbent « pour le calmer et l'aider à dormir ». Tout est possible et, malheureusement, se rencontre. Les pères peuvent aussi s'intéresser au sexe de leur petit garçon, et les mères à celui de leur fille.

Freud avait découvert combien les enfants pouvaient subir de cruels sévices sexuels. Auprès de Charcot, à la morgue, il a assisté à de nombreuses autopsies. Freud a vu de ses yeux des petits corps atrocement mutilés, des vagins et des anus défoncés. Il a vu des cadavres de nourrissons torturés et violés. L'effarante vérité lui a permis d'élaborer sa théorie sur l'origine de l'hystérie. Hélas, la société n'était pas prête à accueillir ce genre de révélation. Freud a subi de nombreuses pressions et a fini par remettre en cause sa théorie. Ce n'était plus l'adulte qui avait eu des mouvements sexuels indus, mais l'enfant qui fantasmait de faire l'amour avec ses parents !

En réalité, si les petits garçons veulent se marier avec leur maman et les petites filles avec leur papa, le traumatisme vient de la transgression par le parent et non du désir de l'enfant.

Quelle était l'attitude de vos parents face à la sexualité ? Quelle image vous ont-ils transmise ? Ont-ils respecté votre corps ?

5

Insultes, jugements et dévalorisations

« Une autre chose me revient que j'ai envie que tu saches, quand j'étais à la maternelle, le jour de la kermesse tu es venu au spectacle, j'étais fière que tu sois venu me voir danser, après tu m'as dis "oh oui, c'était bien, dommage que tu dansais en retard par rapport aux autres enfants", donc eux dansaient bien, moi pas, moi je gâchais le spectacle ! Ce jour-là tu m'as gâché ma joie, ma confiance en moi-même. »

Marine n'était peut-être pas en rythme avec les autres, quelle importance ? Cette remarque en apparence objective, venant d'un papa, devient une terrible dévalorisation. Marine attendait des félicitations, un accompagnement de sa joie, une attention portée à ses sentiments, de l'admiration pour ce qu'elle avait réussi, pas une observation sur ce qu'elle avait raté. Quelques mots suffisent pour blesser l'enfant profondément et casser la relation.

Nombre de parents vont jusqu'à insulter leurs enfants. Voici quelques lignes extraites de la lettre d'Alain à son père :

> « *Mes opinions ne comptaient pas. Dès que j'étais en désaccord avec toi, sans même écouter, tu répétais : "Tu nous emmerdes !" Tu m'as dit bien souvent que je n'étais bon à rien, tu me critiquais sans cesse. Tu me traitais de "petit con". Tu disais : "Ce que t'es con, quel con, tu les accumules, les conneries."* »

Que ressentez-vous lorsque votre père ou votre mère vous traite de nul, de vermine, de putain, de bon à rien ? Ça fait mal, très mal. Le parent n'a souvent pas conscience de l'impact de ces insultes proférées sous le coup d'une exaspération non maîtrisée. Mais elles s'inscrivent comme au fer rouge dans la chair de l'enfant ou de l'adolescent.

« Tu n'es ni belle, ni riche, ni intelligente, tu ne te marieras jamais. » Voici les termes insultants assenés régulièrement par Geneviève à sa fille Lucie. Une phrase pour blesser, des mots pour humilier, dévaloriser, rabaisser… Des mots qui ont fait mal, très mal, à Lucie. Elle s'est tout de même mariée, bien que tardivement, mais a longtemps conservé la conviction de sa laideur et de son inintelligence. Lucie a vraiment cru sa mère. Elle a cru que les mots de sa mère s'adressaient à elle. Pourtant une autre phrase, prononcée en forme de malédiction, aurait pu lui mettre la puce à l'oreille. « N'aie jamais d'enfants, tu les mènerais tous au cimetière ! » La sentence résonne encore dans sa tête. À chaque accouchement, elle était terrifiée, craignant que la prédiction de sa génitrice ne se réalise. Derrière une insulte, derrière un jugement, se profilent des blessures, des besoins. **La plupart des insultes sont des projections.** Jeune fille, Lucie n'avait pas les ressources pour identifier cela. Mais quand elle évoque avec moi cette époque, la souffrance de sa mère lui apparaît évidente. Ces mots si terribles parlaient en réalité d'elle, Geneviève, et non de sa fille. Mariée tard, par arrangement organisé par un notaire et non par amour, fille d'une mère cruelle, envahissante et dévalorisante, Geneviève avait d'elle-même une pauvre image. Laide ? Comment se sentir belle quand on n'est pas heureuse en amour ? Pas riche ? Elle était loin d'être pauvre, mais les histoires d'argent étaient compliquées dans sa famille d'origine et dans son couple. Inintelligente ? Elle était peu cultivée en dehors de l'art d'accommoder viandes ou poissons, de faire pousser les bégonias, et de faire courir fil et aiguille sur des tissus. Cantonnée au foyer et aux tâches ménagères, son intelligence avait du mal à s'exprimer. On peut imaginer que Geneviève ne supportait pas la jeunesse, la liberté, la beauté, l'intelligence et surtout l'indépendance de sa fille. Lucie devait subir le même joug, souffrir comme elle avait souffert, se marier avec le parti qui lui aurait été choisi, rester vivre auprès d'elle dans la grande maison familiale... Et voir mourir au moins un de ses enfants. En effet, depuis trois générations, un enfant mourait d'un problème de poumons ou d'étouffement. Une tuberculose avait emporté le fils de Geneviève. Tous les dimanches, pendant des années, elle avait emmené la petite Lucie au cimetière pour se recueillir sur la tombe.

« N'aie jamais d'enfant, tu les mènerais tous au cimetière ! », disait-elle. C'était son propre vécu, son histoire à elle. Elle avait en effet le sentiment d'avoir mené son gamin au cimetière, d'autant que sa mère le lui rappelait fréquemment : « Si tu ne l'avais pas mis à l'école, ce ne serait pas arrivé, si tu m'avais écoutée... » Pour ne pas ressentir cette blessure, Geneviève la projetait sur sa fille. Au lieu d'identifier la douleur de sa mère, Lucie entendait la sentence comme une dévalorisation de ses capacités à élever un enfant. Connaissant son histoire, les mots utilisés pour humilier sa fille prennent toute leur signification. **Derrière une insulte se cache toujours une blessure, un besoin, ou une émotion.** En injuriant sa fille, Geneviève tentait de mettre à distance sa propre détresse. Elle cherchait à recouvrer un peu d'autorité sur son enfant à défaut d'en avoir sur sa propre vie. Lucie, grâce à son travail personnel, a pu rendre à sa mère ses émotions, et se détacher de cette condamnation. Ses enfants sont grands, et en vie.

Jules est en échec scolaire. Sa mère, exaspérée par ses notes désastreuses, lâche « tu n'es pas capable de faire des études ». La sentence frappe Jules en plein cœur. Il a mal. Il sait qu'il rencontre des difficultés, mais sa mère vient de lui asséner ce qu'il prend pour une vérité : « incapable de faire des études » signifie pour lui « quels que soient mes efforts, ils seront inutiles ». Cette certitude ne le motive évidemment pas à faire quelque progrès que ce soit ! Qu'est-ce qui pousse cette maman à juger et à démotiver ainsi son fils ? Elle l'aime pourtant profondément, elle est très attachée à lui. Un peu trop peut-être… À seize ans, Jules ne prend pas le bus tout seul. La petite phrase de maman résonne d'autant plus à ses oreilles qu'il se sent souvent incapable de se débrouiller seul. L'insulte de cette mère révèle son désir caché. Si son fils ne fait pas d'études, s'il ne grandit pas, s'il ne réussit pas, il va rester à la maison, près d'elle.

Voici un extrait de la lettre de Virginie, écoutons dans ses mots l'impact du jugement de son père :

> *« J'ai souvent l'impression, lorsque je parle ou fais quelque chose, que tu analyses, que tu décortiques ce que je viens de dire. Avant d'entreprendre une discussion, une remarque, une action, je sens déjà une oppression m'envahir, je sens déjà le jugement, la critique. Tu rentrais le soir vers 18 heures. Depuis que j'étais revenue du lycée, j'appréhendais ton arrivée, je me sentais mal à l'aise. Je me demandais ce que j'allais bien pouvoir te dire, ce que tu allais penser de moi… Dès que j'entendais ta clef tourner dans la serrure, mon cœur s'emballait, je me levais, je te faisais la bise, lançais une banalité et me précipitais dans la cuisine. Je préparais le repas pour n'avoir pas le temps d'en dire*

davantage. Je n'ai pas le souvenir d'avoir été spontanée avec toi. Je m'arrangeais toujours pour dire ce que tu attendais de moi, des banalités. Je ne supportais pas les silences en ta présence. J'étais gênée de ne rien dire mais je ne savais pas quoi dire. Combien de fois à la table familiale tu m'as lancé : "Virginie ne parle pas ! Dis quelque chose ! Ne sois pas muette ! Elle n'a rien à dire, tu crois que c'est drôle pour nous de manger avec quelqu'un qui ne dit jamais rien ?" Je ne savais plus où me mettre. J'étais terrifiée et honteuse. »

Il est très probable que le père de Virginie était à mille lieues d'imaginer la terreur qu'il inspirait à sa fille. Il ne se mettait pas à sa place. Il avait besoin d'avoir toujours raison et ne voyait pas à quel point cela pouvait détruire tant la personnalité de sa fille que leur relation. L'atmosphère de jugement était si oppressante que Virginie n'avait pas d'espace pour s'exprimer. Et, comble d'ironie et de détresse, son père lui reprochait son silence, son manque d'aisance !

Vos parents vous insultaient-ils ? Quelles étaient leurs insultes et dévalorisations favorites à votre égard ?
Avez-vous souvenir d'avoir été brisé(e) dans vos attentes d'encouragement, de soutien, de félicitations ?
Quels jugements vos parents portaient-ils sur vous ?
Maintenant réfléchissez. Avec ce que vous savez de leur histoire, que pouvez-vous entendre de vos parents dans les termes de leurs insultes, de leurs jugements ?

6

Blessures « gratuites »

Dans la famille de Pauline, on n'aimait pas les chats. Ses parents les tuaient. Ils auraient pu le faire en dehors de sa présence, mais non. Ils les tuaient sous son nez. À la ferme passaient de nombreux chats et régulièrement des chatons étaient trouvés. Désespérément, Pauline aurait voulu un petit animal à câliner. Un jour, elle réussit à subtiliser une petite boule chaude et douce à la surveillance de sa mère. Le chaton grandit. Il vécut dehors, dans les forêts alentour. Il ne venait que sur son appel, ayant compris qu'il valait mieux ne pas se montrer. Hélas Pauline dut partir en pension. Le chat fut tué pendant son absence. « Elle a réussi à l'avoir », a pensé Pauline. Sa solitude lui a semblé plus immense et plus profonde que jamais. Le seul ami auquel elle pouvait confier ses malheurs, le seul avec lequel elle échangeait un peu de tendresse, lui avait été retiré. Elle n'avait décidément droit à aucun secours, aucune tendresse. Cela lui était définitivement interdit.

Petite fille, Catherine devait accompagner son père à la chasse. Elle aimait bien marcher dans la nature, mais elle détestait voir la souffrance des animaux. Officiellement pour l'aguerrir, en réalité pour jouir de l'étendue de sa domination sur sa fillette de huit ans, son père l'obligeait à achever les faisans et lapins blessés en les frappant contre sa botte ! Catherine a appris l'abnégation. Elle a appris à se soumettre et à mettre de côté ses émotions.

Marc a les larmes aux yeux quand il évoque ce Noël effroyable. Il avait cinq, six ou sept ans, il ne sait plus.

En revanche, il revoit la scène avec une terrible précision. Ses parents l'avaient menacé de le dénoncer au Père Noël. « Tu es un mauvais garçon » lui serinaient-ils. Mais il ne pouvait croire qu'il n'y aurait rien pour lui. Ce matin-là, quand ses parents lui ont ouvert la porte sur le salon, il n'y avait ni paquet coloré ni ruban dans la pièce. Il avait pourtant bien mis ses souliers l'un à côté de l'autre devant la cheminée. Un martinet y trônait ! Qui peut mesurer l'effondrement de cet enfant ? Était-ce une mauvaise blague ? Non, une sévère punition. Qu'avait-il fait pour recevoir à Noël un martinet pour seul présent ? Il n'en conserve aucun souvenir. Heureusement, son grand-père l'affectionnait particulièrement et lui avait acheté quelques cadeaux que ses parents n'avaient pas osé subtiliser. Ils s'étaient contentés de les dissimuler dans une pièce adjacente. Marc a pu les découvrir, humiliation supplémentaire, sous le bureau de son père ! Pouvez-vous imaginer ce qu'a vécu le petit Marc ?

Peut-on encore aimer des parents qui sont capables de vous faire aussi mal ? Marc en a conçu un sentiment d'indignité que, devenu adulte, il a tenté de combler en s'achetant de beaux objets, de beaux cadeaux...

Ces humiliations s'impriment profondément dans le psychisme, détruisent l'image de soi et la confiance en l'autre. Quelles relations peut-on élaborer avec autrui quand on a été traité ainsi ? Quand l'autre a des comportements aussi arbitraires à quoi se raccrocher ? Quand vos propres parents font preuve d'une telle cruauté envers vous, où trouver de la sécurité ?

Il y a aussi les parents qui racontent des histoires pour terrifier, humilier, ou enlever tout espoir à un enfant. Le père de Lucienne lui disait que les glaces étaient du poison. Elle était terrifiée quand ses copines en achetaient et tentait de les dissuader de les lécher, jusqu'à ce qu'elle comprenne, vraiment tard, que son père lui avait menti. Le père Fouettard, le grand méchant loup, l'ogre qui va te manger, le policier qui va t'emporter… Les inventions terrorisantes des adultes ont effrayé avec succès des millions d'enfants. Les parents ne se rendent pas compte de la portée de leurs menaces. L'enfant les prend très au sérieux. Quand il fait des cauchemars parce qu'il a peur du loup et de ses grandes dents, le parent le juge volontiers ridicule, il se moque en disant qu'il n'y a pas de loup dans sa chambre, il ne se souvient même pas d'avoir dit en blaguant : « Quand les enfants ne sont pas sages, le loup vient les croquer… »

« Ne suce pas ton pouce, tu vas le faire fondre », « inutile de me cacher quoi que ce soit, mon petit doigt me dit tout », « si tu mens ton nez va s'allonger », l'imaginaire de l'enfant est déjà naturellement peuplé de fantasmes. Utiliser cette richesse imaginaire pour obtenir obéissance est une grande violence faite à l'enfant. Le rôle de l'adulte est au contraire d'aider l'enfant à faire la part de l'imaginaire et de la réalité.

Le mensonge « anodin » et la menace sont trop souvent utilisés dans l'éducation pour ne pas avoir à expliquer, ne pas avoir à réfléchir ou se simplifier la vie. Je ne sais pas quelle maman a dit la première : « Ne mange pas la pâte à tarte crue, ça fait mal au ventre. » C'était vraisemblablement pour protéger la présentation de son dîner, mais son enfant l'a crue, et les générations suivantes ont absorbé l'idée comme une information fiable et scientifique ! Moi-même, je me suis entendue le dire un jour à ma fille… avant de réfléchir à l'inanité de la chose. En effet, comment un mélange de beurre cru, de farine crue, et d'œuf cru, à condition que le tout soit frais bien entendu, pourrait-il être plus toxique que le même mélange cuit ? Le beurre cru est bourré de vitamines, le beurre cuit de toxines. Une cuillère à soupe par jour de farine crue est recommandée par le Dr Kousmine*. Nos ancêtres gobaient volontiers des œufs crus et les mêmes grand-mères qui nous faisaient croire que la pâte à tarte crue engendrait des maux de ventre nous faisaient ingurgiter des mixtures dans lesquelles elles mélangeaient un œuf cru pour nous fortifier ! Les vitamines sont détruites par la cuisson, et nombre de nutriments sont altérés...

Hélas, les enfants croient leurs parents ! Pour la pâte à tarte, ce n'est pas trop grave si ce n'est que cela propage des idées fausses sur la nourriture, mais, pour d'autres choses, c'est dramatique pour l'enfant. Écoutons Irène :

« Me reviennent toutes les douleurs et les humiliations de mon enfance... Pourquoi avoir tenté de me faire croire que j'étais une enfant adoptée “recueillie sur les marches de l'église” ou pire encore, la fille de ce Mitraillette qui représentait pour vous l'image même de la déchéance : entre alcoolisme et fainéantise ? Moi je vous reconnaissais comme mes parents véritables et je désirais seulement grandir dans la sécurité auprès de vous, entourée de votre protection, de votre amour. Je n'avais même pas droit au statut d'être humain. Vous m'avez considérée de longs mois durant, peut-être des années, comme “un chimpanzé ou un chien” selon votre expression. Pourquoi avoir laissé mes frères m'interpeller et me traiter comme un chien. Te souviens-tu, maman, du seul cadeau que papa m'ait jamais fait : un ours en peluche bleu qu'il m'avait rapporté de la foire. Pourquoi l'as-tu nommé “poison” ? Je désirais simplement apprécier ce cadeau. Pourquoi m'avoir gâché ce qui aurait dû être plaisir et réjouissance ? »

---

* Médecin nutritionniste mondialement connue.

Vos parents vous mentaient-ils parfois pour vous manipuler ?
Ont-ils fait preuve de cruauté à votre égard ?
Comment ? Par des gestes, des mots ?

7

Les coups

Le papa de Pierre utilisait le martinet. Un jour, les enfants se sont groupés et ont coupé les lanières de cet instrument de torture. Découvrant le forfait, le tortionnaire a saisi son ceinturon pour les marquer de sa loi. Papa était d'une violence terrible. Ses rages étaient terrifiantes. On ne savait jamais quand la punition allait tomber. Pierre était à l'affût du moindre bruit indiquant la présence de son père, et son humeur. Allure et lourdeur des pas, son de la voix, rythme de la respiration... Le garçon était sur le qui-vive en permanence.

Géraldine était la seule frappée dans la famille. Sans qu'elle ait jamais compris pourquoi, ses frères et sœurs étaient épargnés par la violence, la confirmant ainsi dans son indignité. Elle se souvient surtout des yeux froids et durs de son père, brillants de haine. Elle était terrifiée par ces yeux. Il suffisait d'un regard pour qu'elle se réfugie à l'intérieur d'elle-même à défaut de pouvoir rentrer sous terre. Son père la voulait parfaite. La moindre contrariété déclenchait des foudres. D'une voix métallique, il lui signifiait sa disgrâce. Elle ne pouvait lui échapper. Il savourait son pouvoir sur elle. Prenant son temps avant de taper. Il commençait par des frappes précises, mesurées... Il lui est arrivé de finir par bourrer de coups de pied une Géraldine recroquevillée sur le carrelage.

La mère de Laura la battait tous les jours. Elle la tenait par les épaules et faisait résonner sa tête contre les murs. Elle la pinçait, lui tordait les bras, la brûlait... Laura suppliait son père de ne pas la laisser avec sa mère. Ce n'était pas une maman. Pas de tendresse à attendre de ce côté-là. Que des coups et des humiliations. Son papa en revanche était très doux. Il était le seul à l'embrasser, à la prendre sur les genoux. Mais Laura n'osait pas lui dire ce qui se passait dès qu'il partait au travail.

Dans de trop nombreuses familles, pincements d'oreille, gifles et fessées pleuvent. « Les enfants ne s'en portent pas plus mal et personne n'en est mort », arguent les défenseurs de la violence, qu'ils refusent d'ailleurs de nommer telle. Pas si sûr ! Des enfants meurent d'avoir été secoués ou tapés. Et quand ils vivent, la projection du fragile cerveau d'un côté à l'autre de la boîte crânienne peut engendrer des destructions neuronales qui altéreront leurs facultés mentales à vie. De plus, Jacqueline Cornet* a montré qu'une personne frappée dans son enfance (même « légèrement ») a davantage de risques de subir un accident de voiture. Quand on prend l'habitude d'être cogné, que ce soit par d'autres humains ou par des voitures...

« Mes parents ne m'ont jamais frappé », « Je n'étais pas un enfant battu ». Combien de fois ai-je entendu ces phrases... suivies de : « Oh, j'ai bien reçu quelques gifles » ou « une bonne fessée de temps en temps, ça remet les idées en place ». Ou encore, quelques séances plus tard au décours de la relation d'une frasque enfantine... « Ce jour-là, elle m'a giflé... » Les coups sont si répandus qu'ils sont minimisés au point de n'être même plus reconnus comme tels. Combien faut-il en recevoir pour considérer qu'on a été battu ?

Marielle a suivi une psychanalyse pendant treize ans.

---

* *Faut-il battre les enfants. La relation entre les accidents et la violence éducative*, Hommes et Perspectives, 1997.

Elle me confie : « C'est vrai, j'ai été battue et humiliée par mon père et je n'en ai jamais parlé à personne. Invraisemblable, non ? Depuis trois jours, quand je pense à cela, mes larmes n'arrêtent pas de couler. » L'interdit de considérer les gestes de son père comme de la violence était si fort qu'elle n'avait pas pu le lever, même en treize années de psychanalyse. Jamais, elle n'avait été invitée à regarder les comportements toxiques de son père à son égard. Jamais sa thérapeute n'avait insisté quand elle évoquait incidemment une gifle paternelle. Elle avait été fortement battue par son père mais avait appris à considérer cela comme normal.

Il est habituel que les brutalités ne soient pas vues comme telles. Aucun parent n'aime à se reconnaître violent. Ils minimisent : « Je t'ai juste un peu secoué. » Ils banalisent : « Tu n'es pas le seul à avoir reçu une gifle », « une fessée de temps en temps, ça ne fait pas de mal », « tu n'as pas été un enfant martyr ». Ils se justifient : « Tu étais infernal » ou « c'était la méthode à l'époque », ou encore nient carrément : « je ne t'ai jamais frappé ». Les parents portent le message : « Quand je te frappe, ce n'est pas de la violence, c'est de l'éducation. Quand je te cogne, ce ne sont pas des coups, ce sont de justes châtiments. »

Voici un extrait de la lettre d'Alain à son père :

« Aussi loin que je me souvienne, tu m'as toujours frappé pour me punir. Tu me donnais des baffes, tu me tirais les cheveux, parfois même tu me cognais la tête contre le mur de la chambre, ce qui immanquablement me faisait pleurer, ce qui te permettait de dire "arrête de pleurer ou je t'en colle une autre". Tout cela au nom de tes principes d'éducation ! Les récitations rentraient à coups de baffes. J'étais terrorisé à l'idée que tu fasses irruption dans ma chambre pour contrôler mon travail.

Même si je disais que je n'y arrivais pas, je prenais une raclée. »

Outre la totale inefficacité des coups pour engendrer autre chose que la peur, l'humiliation, l'envie de vengeance et la violence, ils abîment la personne, profondément. Les coups ne marquent peut-être pas la peau, ils s'inscrivent profondément dans chaque cellule du corps et impriment solidement des automatismes de soumission ou d'agressivité.

La violence n'est pas une méthode de résolution des conflits. Elle blesse davantage qu'on ne veut le croire. Un rapport de l'OMS daté de novembre 2002 a montré que difficultés scolaires, délinquance, violence, dépression, alcoolisme, abus de drogue, maladies diverses et même accidents, ont très souvent pour origine des violences, **même modérées**, subies dans l'enfance. La violence parentale doit être dénoncée. D'autant qu'elle est interdite par la loi, sauf à considérer que l'enfant n'est pas une personne... C'est exactement ce qui se passe. L'enfant frappé se vit comme objet, perd à chaque coup une part de son autonomie de sujet. Au-delà de la brûlure de la joue, toute gifle est une humiliation. Quand une maman donne une petite tape sur la main de son bambin pour qu'il ne touche pas à ceci ou cela, elle instaure un réflexe conditionné, elle ne fait pas appel à son intelligence. C'est une dévalorisation. La fessée fait mal aux fesses et à l'âme. Elle est un abus de pouvoir, une mainmise sur le corps de l'enfant. Le parent fesse pour que l'enfant se rappelle... De nombreux adultes se souviennent effectivement d'une fessée mémorable, sans avoir aucune mémoire de ce qui l'a déclenchée. Est-elle vraiment éducative ?

En France, d'après un sondage SOFRES de janvier 1999, 80 % des parents donnent à leurs enfants gifles et fessées quand ce ne sont pas des coups de martinet ou de ceinture. Onze pays se sont déjà dotés d'une loi spécifique interdisant toute violence sur son enfant, y compris les fessées, gifles, tapes et autres secousses. La France n'en fait pas partie. Un homme qui bat son enfant a très souvent été frappé dans son enfance, mais la phrase n'est pas transitive. Tout homme frappé dans son enfance ne bat pas son enfant. Contrairement à ce qu'on entend souvent, on peut donner ce que l'on n'a pas reçu. Pour se réparer de la violence subie, il est nécessaire tout d'abord de la reconnaître comme telle, et comme injuste. Inefficace et nocive, rien, pas même la pire bêtise commise, ne justifie la violence.

Avez-vous subi des coups ? Qu'ils se nomment claques, chiquenaudes, calottes, baffes, beignes, roustes, taloches, tartes, torgnoles, fessées, gifles, raclées, tapes, soufflets, corrections, rossées... ? Avez-vous été secoué, pincé, poussé, tiré, brutalisé d'une manière ou d'une autre ?

8

Interdits et directives

« Ne mets pas tes doigts dans la prise de courant, ne monte jamais dans la voiture d'un inconnu, ne frappe pas ton frère, ne joue pas à “chiche que je descends sur les rails du métro” »... Un certain nombre d'interdits sont nécessaires. D'autres sont nettement moins justifiés et ont pour seul intérêt la tranquillité parentale. « J'entends encore les “ne mets pas tes coudes sur la table”, “tiens-toi droit”, etc. Je me prenais aussitôt une baffe si, je te cite, je n'obtempérais pas. » Un trop grand nombre d'interdits et de directives « Ne fais pas ceci, ne fais pas cela, termine ton assiette, range ta chambre, mets le couvert... » finit par restreindre l'espace psychique de l'enfant. La quantité d'ordres donnés par jour à un enfant est phénoménale. Les formules de politesse, s'il te plaît, merci, sont exigées de lui mais trop fréquemment omises par l'adulte qui estime être en droit d'être obéi. S'il est naturel de faire des demandes à ses enfants, la formulation est importante. Chaque ordre est reçu comme une mise à distance, une prise de pouvoir, une attente de soumission et non de collaboration responsable à la vie familiale. Les ordres sont d'autant plus blessants qu'ils ne sont pas assortis de suffisamment de mots d'amour, de tendresse, de marques de confiance et de valorisation.

Les tout-petits ont besoin d'avoir la permission de crapahuter à quatre pattes et de toucher à tout ce qui est à leur portée. Charge au parent d'aménager l'espace pour que les petites mains ne tripotent pas d'objet fragile ou dangereux. Si, dès cet âge tendre, il y a davantage d'interdits que de permissions, le petit se rétracte dans son désir d'aventure...

Il est interdit de parler à table, de sortir de table, de manger le fruit avant la viande, de monter sur un escabeau, d'ouvrir l'armoire, de grignoter entre les repas*. Dans certaines familles, même les besoins les plus naturels sont réglementés. Pipi et caca sont surveillés, quantifiés et doivent être produits à heures fixes. Trop d'interdits, d'ordres ou de contrôle limite l'espace de croissance de la personnalité.

Pour autant, un enfant a besoin de recevoir de ses parents des informations claires sur les règles d'une vie en commun et sur les conséquences de ses actes. Sous peine de ne pas interdire, les parents de Théo le laissaient faire ce qu'il voulait. À sept ans, il sautait sur les canapés pendant que les adultes tentaient péniblement une conversation, arrivait pour manger quand ses parents terminaient, ou mangeait avec ses doigts en s'installant sous la table ! Le laxisme n'est pas la liberté. Théo pouvait déranger ses parents sans encourir leur colère. Il pouvait envahir leur espace sans rencontrer d'opposition. Exercer un pouvoir excessif sur ses parents est déstabilisant pour un enfant, et en réalité lui ôte du pouvoir sur lui-même. L'enfant est certes très content d'avoir des adultes à son service, et manifeste sa fureur quand ils lui imposent des limites, mais il a besoin de rencontrer de vraies personnes en face de lui, des adultes qui connaissent leurs propres besoins et savent les faire respecter.

Dès deux ans, un enfant doit avoir un certain nombre de choix à opérer pour construire sa confiance

---

* Selon Françoise Dolto et de nombreux pédiatres, les enfants ont besoin de manger en petites quantités toutes les deux heures.

en lui, ses frontières et construire son sentiment d'être une personne. Certains parents continuent de décider des vêtements que porte leur rejeton. Les habits sont une extension de l'identité. Quand ils sont choisis chaque jour par le parent, l'enfant reste l'extension de la personne de ce dernier. Des mamans peuvent aller jusqu'à couper les cheveux de leur fille contre son gré pour avoir moins de travail à les brosser ! C'est une atteinte portée au corps de l'enfant, à son image, et signifie « tu m'appartiens ».

Avoir un enfant qui « mange de tout », qui n'est « pas difficile », est certainement satisfaisant pour les parents… Ce n'est pas forcément bon signe pour le futur. Cet enfant saura certes s'adapter, se conformer… saura-t-il aussi s'affirmer ? Affirmer des goûts et des besoins spécifiques ?

L'adolescent organise l'espace de sa chambre, tapisse les murs de dessins, photos et autres posters qui parlent de ce qu'il aime. Ce n'est pas seulement de la décoration, c'est une personnalisation de l'espace utile à la construction de la confiance en soi. Mireille n'avait pas le droit de planter une seule punaise, cela aurait abîmé le mur. Sa maman préférait abîmer sa fille plutôt que la paroi ! Pouvait-elle être inconsciente à ce point des besoins de sa fille ? Peut-être. Elle-même vivait dans un désert culturel et n'avait pas droit à une quelconque personnalité. Comment aurait-elle vu ce besoin chez son enfant ? Il n'empêche, Mireille a souffert et n'a pas pu se particulariser à la période si sensible de l'adolescence. Aujourd'hui, à quarante-deux ans, elle a encore du mal à savoir ce qu'elle désire, ce qu'elle aime et ce qu'elle n'aime pas. Elle n'est pas consciente de ses besoins et a tendance à fonctionner par devoir plus que par plaisir. Elle ne sait pas qui elle est et ne goûte pas la joie de vivre.

En dehors des interdits assurant la protection de l'enfant et des autres, les permissions sont plus appropriées pour un développement harmonieux. Permissions d'exister, de ressentir, de s'attacher, d'être intime, d'être soi, de montrer ses émotions, de penser, d'explorer, d'avoir du plaisir, d'être un enfant, de grandir, de réussir... Les permissions sont des tuteurs plus efficaces que les interdits pour aider à la croissance.

Parmi les permissions ci-dessus, quelles sont celles que vous avez reçues ?
Quels interdits vous limitent encore ?

9

Alcoolisme, troubles psychiques, des parents inquiétants

« Le matin je partais à l'école à peu près tranquille, je te savais au travail. Le midi, j'espérais toujours que tu ne rentrerais pas déjeuner ; quand c'était le cas et que nous le savions en arrivant c'était la fête, peu importait ce qu'il y avait dans l'assiette, tu n'étais pas là c'était la fête, le droit d'avoir faim, de sourire, de rire. Et puis à la sortie de l'école l'appréhension de la soirée commençait, je te guettais derrière le rideau de la salle à manger, quand je voyais ta voiture arriver, je prévenais tout le monde, c'était la panique, nous ne savions que faire, moi en tout cas je ne savais pas, quoi que je fasse ce ne serait pas le moment, j'aurais aimé disparaître chaque soir. Quand tu rentrais tôt, j'étais terriblement déçue, le calvaire commençait tôt. Quand les heures passaient et que tu n'étais pas encore rentré, l'angoisse me crispait le ventre, plus tu rentrerais tard et plus tu serais bourré et certainement violent. Après les scènes les plus terribles, quand je croyais que tu allais tuer maman, le soir le plus souvent, j'allais me coucher, des fois cela continuait dans mon lit, je tremblais, je pleurais, je me mordais les mains, je me levais, je m'habillais, subitement quelques minutes de calme, je me recouchais, puis à nouveau tes cris, ton poing sur la table, les portes qui claquaient, quand après des heures de cette horreur, calmé tu te couchais enfin, moi j'étais assise dans mon lit, souvent toute habillée à écouter, le plus longtemps possible je m'empêchais de dormir,

l'oreille aux aguets, j'avais peur que tu tues maman pendant son sommeil. »

Ce témoignage parle de lui-même. On entend la terreur au quotidien vécue par cet enfant.

Sous l'emprise de la drogue, de l'alcool, ou de troubles mentaux, le parent ne s'appartient plus. Ses actes sont incohérents, impossibles à anticiper, arbitraires.

> « *Je me souviens des yeux fous de ma mère, elle se mettait à raconter n'importe quoi, elle parlait vite, elle riait fort. Elle pouvait m'attraper pour m'embrasser et me donner un coup de pied la seconde suivante. Je ne savais jamais dans quel état elle allait être. À d'autres moments, elle s'écroulait sur la table de la cuisine, endormie.* »

Devant cette instabilité de l'humeur, l'enfant est démuni. Le comportement de son parent est trop étrange. Il ne peut lui donner sens. En général, il se culpabilise. Se sentir responsable des états de son parent lui rend un semblant de contrôle sur ce qui se passe.

Voyons ce que Judith a écrit à son père :

> « *J'avais peur quand l'ambulance arrivait au milieu de la nuit, quand les infirmiers t'emmenaient de force. J'avais honte devant les voisins. J'avais honte aussi quand tu criais par la fenêtre. J'avais honte de ton apparence, avec ton pantalon qui descendait sur tes genoux.* »

Non seulement la peur et l'insécurité sont là, quotidiennes, mais la honte envahit l'enfant et perturbe ses relations sociales. La honte n'est pas directement liée à l'état du parent, mais à la difficulté de communication. Quand l'enfant ne comprend pas ce qui se passe, quand on ne lui parle pas, quand on ne lui explique pas, il se sent coupable, fautif, il porte la honte. On peut avoir honte d'être riche ou pauvre, l'enfant n'est pas honteux quand il est heureux et que ses parents sont chaleureux et aimants. **La honte est toujours associée à une carence affective.**

L'un de vos parents buvait-il ? Prenait-il des stupéfiants, des somnifères qui modifiaient son humeur ou ses comportements ?
L'un de vos parents a-t-il des antécédents psychiatriques ?
Vos parents vous faisaient-ils peur ?
Avez-vous eu honte de vos parents ? pour quelles raisons ?
Qu'est-ce qui vous aurait permis d'avoir moins honte ?

10

Besoins ignorés

« La naissance de mes enfants n'a rien changé à ma vie », clame fièrement Nathalie. Elle travaille beaucoup et sort toujours autant. Elle voit peu ses petits, estimant que la qualité de présence est plus importante que la quantité. C'est une nounou qui assure toutes les tâches ingrates – ou considérées telles par Nathalie – c'est elle qui les baigne, les change, les nourrit... Nathalie n'a plus que les câlins, les rires et les jeux. Comme bien des papas ! Ce n'est plus une maman à qui l'on confie ses soucis. On ne parle pas de la même manière à quelqu'un qui partage le quotidien et à une personne qu'on voit juste pour le plaisir. Flore et Justine ont bien compris que leur maman les aimait quand elles ne posaient pas de problème, quand elles étaient heureuses. Elles ont placé un masque sur leur visage et ne montrent jamais à leur mère leur véritable identité.

Avec une maman comme avec un papa, on a besoin de pouvoir se sentir suffisamment en sécurité pour montrer tous les aspects de soi. Pouvoir dire « ça ne va pas », « j'ai besoin de ceci ou cela ». On a besoin de pouvoir confier ses malheurs, se plaindre de la dureté de la vie... Nathalie croit avoir une bonne relation avec ses enfants, mais elle ignore leurs besoins.

Au contraire de Nathalie, Yvan et Eloïse ne sortent jamais. Ils refusent toutes les invitations et leur porte est fermée aux visiteurs... pour cause de bébé. Leur nourrisson a pourtant deux ans, mais ils ne veulent pas le perturber dans son rythme. Il doit dîner à 18 heures, dormir à 19 heures. À première vue, ces parents se préoccupent vraiment du bien-être de leur bébé. Leur vie tourne autour de lui, s'agence en fonction de lui. À ceci près que ce n'est plus un bébé, et que tout être humain en développement a besoin de ruptures de rythmes et de sollicitations variées. Yvan et Eloïse ignorent un certain nombre des besoins de leur fils.

« Maman, j'aurais tellement eu besoin que tu me prennes dans tes bras. » Le besoin de tendresse et d'intimité est un des premiers exprimés. Lisons cet extrait de la lettre de Fatima :

> *« Je garde le douloureux souvenir de ces années interminables où tu venais, chaque soir, embrasser ma petite sœur dans la chambre voisine. Et chaque soir, j'espérais que peut-être, exceptionnellement, tu viendrais une fois m'embrasser moi aussi... J'attendais, j'attendais toujours en vain... Car chaque soir tu redescendais sans même entrouvrir la porte de ma chambre... Alors, désespérée, je m'enfonçais dans les draps pour pleurer en silence jusqu'à ce que le sommeil ait raison de ma peine... Que de soirs ai-je pleuré ainsi quand je me serais contentée d'un seul tout petit câlin... Je t'ai aussi écrit des petits mots, des lettres ou des cartes parfumées et fleuries où je te disais mon amour ; seulement je n'osais pas te les offrir, sachant d'avance combien je serais rejetée ! Si seulement tu avais su m'écouter, me regarder... mais non, je ne comptais vraiment pas... »*

Quelle détresse dans ces mots ! Comment cette maman a-t-elle pu rester ainsi, des années durant, enfermée dans cette ignorance des besoins de sa fille ? Jamais elle n'a su que, malgré son attitude, sa fille l'aimait désespérément. En général, l'oppresseur est certain d'être détesté, ce qui augmente sa haine. On déteste ceux à qui on fait mal. Plus elle ignorait sa fille, plus elle la haïssait du mal qu'elle lui faisait.

« Tu n'as pas honte ? Tout le monde te regarde. » La grand-mère secoue son petit-fils. « Tu vas arrêter de pleurer, hein, tu vas arrêter ? » Le petit garçon devait avoir trois ans. Je ne sais pas pourquoi il pleurait. Je ne sais pas pour quelle raison ses larmes mettaient si fort en colère sa grand-mère. Mais rien ne justifie de faire honte à un enfant, encore moins en public. Il est très probable que la grand-mère avait honte. Elle craignait le regard des gens sur elle et non sur son petit-fils. Les larmes ne paraissaient peut-être pas justifiées à la grand-mère, elles exprimaient toutefois un besoin qui n'a pas été entendu. L'enfant souffre doublement, de la non-satisfaction de son besoin, mais aussi de se sentir humilié. Il ravalera peut-être ses larmes, mais haïra sa grand-maman qui n'aura pas su l'entendre.

« Ne pleure pas, ne crie pas, n'aie pas peur... » « Ne lui téléphonez pas pendant la semaine de colonie, ne lui écrivez pas, vous provoqueriez une crise de larmes. » Les adultes n'aiment pas entendre les émotions des enfants.

Tout enfant a besoin de se sentir accepté, reconnu, écouté, aimé, respecté, valorisé. Il a besoin d'avoir le droit de s'exprimer et d'être entendu. « Ne demande pas, ce n'est pas poli. », « Si tu réclames, tu n'auras rien ! », « Plus tu demandes, moins tu auras. » Ayant appris à refouler ses attentes, la personne devenue adulte aura bien du mal à reconnaître ses besoins et à formuler des demandes.

Vos parents étaient-ils attentifs à vos besoins ?
Comment y répondaient-ils ?
Aviez-vous le droit de demander ?
Comment vos parents réagissaient-ils à l'expression de vos émotions ? Les écoutaient-ils ou cherchaient-ils à les faire taire ?

11

Secrets et non-dits

Dans le temps, on ne savait pas que les bébés comprenaient tant de choses. On ignorait que les fœtus entendaient les pensées de leur mère. On ne savait pas que les nourrissons réagissaient aux émotions de leurs parents. Le bébé était considéré comme un tube digestif. Il fallait le nourrir, éventuellement le dresser, et protéger son « innocence ».

On ne parlait guère à l'enfant. Il n'était pas informé quand papa perdait son travail ou maman faisait une fausse-couche. C'était le silence sur le suicide de l'oncle Marcel, le cancer de la tante Marie, le cambriolage de la maison de vacances, le feu dans l'usine de grand-père, la maladie, puis le décès du petit frère, l'arrière-grand-mère à l'asile psychiatrique, le grand-père collabo, l'amant de grand-mère, ou les problèmes d'argent… On ne préparait pas un enfant au déménagement proche. Il était transporté ici ou là. C'est dire si les secrets de tous ordres ont eu de l'espace pour se développer !

Au quotidien, on ne parlait pas à l'enfant. On amenait le bébé chez la grand-mère sans l'informer du nombre d'heures qu'il y resterait, ni même lui préciser que maman reviendrait ! Puisque la grand-mère est gentille, tout va bien. On attendait que le petit garçon de quatre ans ait le dos tourné pour le laisser chez une tante, sans lui préciser la date de retour… Laissant l'enfant sans repères, terrorisé à l'idée d'être abandonné, sans pouvoir sur sa vie.

Il y a les simples non-dits, c'est-à-dire les choses que

les adultes ne pensent pas utiles à dire à leurs enfants parce qu'ils ne se représentent pas que cela puisse avoir de l'importance ou qu'ils pensent que les enfants ne comprendraient pas ou n'ont pas besoin de l'information. Et il y a les secrets, les informations activement cachés. Les non-dits interdisent à l'enfant de mettre des mots sur certaines de ses émotions. Les secrets le coupent d'une partie de lui-même. Le secret est le plus souvent inutile et a des conséquences désastreuses. Il ne protège pas les enfants. Bien au contraire, il les insécurise. Les enfants sentent les émotions des adultes, ils perçoivent que quelque chose est là qui ne leur est pas dit... Ils se disent que si on ne leur dit pas c'est que ce doit être absolument terrible. Ce qui est caché est fantasmé. Et le fantasme a tendance à être pire que la réalité.

On ne dit pas un secret brutalement à un enfant. Il s'agit tout d'abord d'écouter ce qu'il sait, ce qu'il se dit, ce qu'il imagine. Un secret énoncé sans préparation soit ne sera pas entendu, soit sera comme une effraction dans la vie psychique de l'enfant. L'enfant s'est construit sa vérité. Pour entendre autre chose, il a besoin de « nettoyer » ses croyances. Le rôle des adultes, parents ou psychothérapeute, est d'aider l'enfant à se poser des questions, et à faire émerger la question qu'il pourra poser à ses parents et qui aura du sens pour lui. Les parents peuvent alors répondre en levant le secret. L'enfant sera prêt à le recevoir.

L'existence d'un secret est à suspecter dès lors que l'on a exploré les autres pistes et qu'un symptôme reste incompréhensible. Par symptôme, j'entends un comportement répétitif et compulsif ou un événement brutal, violent, sans cause explicable. Jules a deux mois quand sa maman le laisse tomber à terre. Hélène est dans tous ses états... C'est trop étrange, elle cherche à comprendre. Comme toutes les mamans, elle est parfois ambivalente vis-à-vis de son petit garçon... Mais pas au point de le laisser tomber ! Non. Nous cherchons ensemble. Elle me parle de son rêve de la nuit : elle perdait un sac. L'intuition me vient : aurait-elle eu, fœtus, un jumeau à ses côtés dans le ventre de sa mère ? Renseignement pris, sa mère l'ignore, elle relate toutefois avoir perdu beaucoup de sang à deux mois de grossesse, au point de croire à une fausse-couche ! L'hypothèse de la présence d'un jumeau était soutenable. Et surtout, elle parlait en profondeur à Hélène. Elle donnait du sens à nombre de ses sentiments. Ce jumeau disparu dans le silence avait besoin d'être reconnu... Il reparaissait symboliquement dans la vie d'Hélène dans cette chute de Jules.

Grace ne rencontre que des hommes mariés... En osant mettre bout à bout un certain nombre d'informations à sa disposition, elle comprend enfin que son père trompait régulièrement sa mère. Les maîtresses étaient nettement mieux loties que l'épouse, humiliée, rabaissée. Le message entendu par l'inconscient de Grace était clair : « Mieux vaut être la maîtresse que l'épouse. » Elle a pu en parler à son père, qui a raconté sans difficulté ses aventures amoureuses et son histoire de couple. Ils ont partagé dans une honnêté, une intimité, et un respect mutuel qu'elle n'avait jamais connus avec son papa. Elle a mieux compris l'histoire de ce dernier et a pu s'en détacher. Ses émotions ont été entendues. Grace a pu rencontrer un homme disponible dans le mois qui a suivi la levée du secret.

À vingt-six ans, Ysaure a découvert que son père était homosexuel. Certes ce fut une révélation douloureuse, mais la douleur était de mesurer combien elle avait été étrangère à cet homme pendant toute son enfance et une bonne partie de sa jeunesse. Elle en a voulu terriblement à son père et à sa mère de ne lui avoir jamais rien dit. Elle avait devant les yeux un couple qui n'en était pas un. Aucun des quatre enfants ne savait. Aucun n'arrivait à fonder une famille.

Personne n'a rien dit à Juliana (quatre ans) quand sa grand-mère est décédée. De toute façon elle la voyait si peu… Pourtant, suite à l'enterrement, Juliana a fait des cauchemars terribles. Elle se réveillait toutes les nuits et ne s'est calmée que lorsque tout lui a été raconté.

Irène se sentait coupable depuis sa naissance, une honte terrible. Après une longue enquête, elle a découvert le secret de son origine. Elle est le fruit de l'inceste de son grand-père avec sa mère. Nouvelle terrible… qui pourtant l'a soulagée. Tout s'expliquait enfin. Pourquoi son grand-père la traitait comme sa fille, pourquoi sa grand-mère la détestait, pourquoi sa mère préférait sa sœur, pourquoi elle ressemblait si peu à l'homme que jusque-là elle appelait papa, pourquoi ce dernier était si dur avec elle… Mais aussi pourquoi elle n'avait jamais été baptisée alors que sa petite sœur l'avait été.

Le propre d'un secret, c'est d'être secret. Si vous suspectez un secret dans votre famille, parlez-en à plusieurs personnes. « J'ai l'impression que quelque chose a été caché à quelqu'un dans notre famille, ça te dit quelque chose ? » Si les révélations ne sont pas immédiates, ajoutez : « Si c'était le cas, tu me le dirais ? » Si vous suspectez qu'il s'agit d'un acte ou d'une situation dont vos parents pourraient avoir honte, parlez-en à l'occasion d'une émission de télévision, d'un livre. Évoquez le sujet. Dites à vos parents à quel point c'est important pour vous et à quoi vous servirait l'information. La plupart des gens cachent les choses par honte ou parce qu'ils ne mesurent pas l'impact que cela peut avoir sur autrui. Ils craignent en les révélant de bousculer un équilibre. Pourtant le soulagement est au rendez-vous quand le secret est levé.

Les secrets de famille portent sur la naissance des enfants (adoptés, abandonnés, naturels ou adultérins), sur le mariage (divorce, premier amour déçu, maîtresse, amant...), d'autres portent sur une origine étrangère, sur des comportements réprouvés, sur la maladie mentale, l'alcoolisme, le suicide, la prison... Nous risquons inconsciemment de prendre en charge toute souffrance non reconnue de nos ancêtres. Comme le dit très bien Martine à propos de son arrière-grand-mère paternelle : « J'ai l'impression que personne n'a reconnu sa souffrance, personne ne s'est mis à sa place. J'occupe aujourd'hui sa place, je revis les mêmes symptômes. »

Suspectez-vous l'existence de secrets dans votre histoire ? Y a-t-il des trous, des incohérences dans votre passé ?
Y a-t-il une branche de la famille dont on ne parle pas ? Connaissez-vous tous vos arrière-grands-parents, oncles et tantes ?
Votre famille a-t-elle tendance à passer certains faits sous silence ? Comment parle-t-on des disparus, des accidents, des problèmes personnels dans la famille ?

12

Complicités

Nous avons deux parents, également responsables de notre survie et de notre bien-être. En thérapie, un parent est souvent mis en avant. C'est lui qui nous a le plus blessé, qui a été le plus dur ou le plus absent... Nous effaçons la part de responsabilité du second, ou le voyons comme victime du premier. La douleur de ne pas être protégé de l'agresseur est pourtant forte. Il est fréquent que le couple parental utilise son enfant comme arbitre, comme exutoire, ou l'implique dans ses conflits. « Va demander à ton père le chèque pour la pension alimentaire ».

Le père de Mathieu était alcoolique. Quand il avait bu, c'est-à-dire tous les jours, les cris résonnaient dans la maison et les coups pleuvaient sur les enfants. Sa présence terrifiait Mathieu. Pourtant, sa mère l'envoyait régulièrement, ses sœurs ou lui, chercher leur tortionnaire au café du village. Mathieu allait le quérir, le supplier de rentrer. Il le ramenait à la maison... pour être frappé. Quel jeu jouait cette mère ? Comment peut-on imposer cela à un enfant ? Non seulement la mère ne se séparait pas de son mari, non seulement elle ne disait rien quand il les frappait – elle pleurait parfois en disant « tu vas les tuer, tu vas les tuer... » – mais elle les obligeait à aller chercher leur bourreau.

Pour entendre la détresse de l'enfant qui n'est pas défendu par sa maman, écoutons Nadine dans sa lettre à sa mère :

« J'encaissais les insultes de ton mari (je n'arrive pas à dire mon père) à longueur de temps. Il a reconnu, il y a quelques années seulement, qu'il m'insultait parce qu'il ne s'entendait pas avec toi. Je te servais donc de bouclier contre lui. Il me disait "Il n'y a que les mauvaises herbes qui poussent aussi vite", "grosse vache !", "t'es tarée !", "t'es folle !", "t'es grosse !"... Et je souffrais d'être insultée si souvent. C'était injuste ! Et tu ne m'as jamais, jamais défendue. Jamais tu n'as osé dire "Non, ce n'est pas juste, c'est pas vrai, elle n'est pas tarée, ce n'est pas une grosse vache, elle n'est pas folle, tu n'as pas le droit de l'insulter, elle ne le mérite en aucune façon." Ça aurait été normal que tu interviennes pour me défendre si tu m'avais aimée. Tu m'as laissé me faire insulter si souvent, petite fille, puis adolescente. Tout être humain et surtout tout enfant a le droit au respect. J'ai énormément souffert d'avoir été aussi souvent insultée, sans que personne, et surtout toi, ma mère, ne dise jamais RIEN ! Aujourd'hui encore, j'en pleure et j'en hurle de colère. »

Lisons encore cet extrait d'une lettre de Sabine à sa mère :

« Lorsque mon père "plaisantait" au sujet des voitures "quatre chevaux, quatre portes, quatre places", son rêve. J'avais mal. Une fois de plus, puisque nous étions cinq, j'étais la cinquième. Celle qui n'avait pas de place dans la voiture, celle par la faute de laquelle il "n'était pas pratique de partir en vacances". Une fois de plus, face à mon immense tristesse, à ma colère, à mon sentiment de n'être pas à ma place, tu ne disais rien. Tu le laissais dire. Tu consentais ? JAMAIS une seule fois lors de cette "plaisanterie" tu n'as dit : "Nous sommes cinq, nous avons trois enfants, une voiture de quatre places ne nous convient pas." »

L'enfant a terriblement besoin que l'autre parent intervienne et rectifie. Les parents usent souvent de l'argument de la nécessité de faire front commun face aux enfants pour ne pas les perturber. Quand un parent s'oppose à la violence de l'autre, il s'entend souvent dire qu'il le désavoue devant les enfants, qu'il lui fait perdre la face... Tous ces arguments sont abusifs, mais malheureusement font souvent mouche.

Récemment, furieuse vis-à-vis de mon fils de sept ans, je lui ai asséné : « Pas d'ordinateur pendant un mois ! » Il était très malheureux. Son père est intervenu :

« Ta maman était très en colère, c'est pour cela qu'elle t'a interdit de jouer sur l'ordinateur pendant un mois. Tu te rends compte à quel point elle était en colère ?

– Oui, j'ai mis de l'eau sur l'ordinateur sans faire exprès, et après j'ai essuyé, mais elle a encore trouvé de l'eau dessus.

– Tu comprends qu'elle ait été très en colère pour cela ?

– Oui.

– Tu t'engages à prendre soin de ton ordinateur ?

– Oui.

– OK, tu n'y joues plus pour aujourd'hui, tu pourras y jouer demain. »

Confisquer l'ordinateur pendant une aussi longue durée aurait été inefficace et injuste. Ma réaction avait été excessive. Du moment que ma colère était entendue, j'étais satisfaite. J'étais contente que mon compagnon soit intervenu sans me désavouer tout en rétablissant une sanction plus juste pour Adrien.

Il est très important que l'autre parent ose s'opposer à une injustice et prenne parti pour l'enfant, surtout dans le cas de violences. Voici, à ce sujet, un extrait d'une lettre d'Aglaë :

« Tu savais, papa, combien ma mère me frappait. Une seule fois, quand j'avais deux ans, tu m'as confiée à une voisine. Ce jour-là, tu as eu peur qu'elle ne me tue. Mais tous les autres jours ? Tu voyais pourtant les bleus sur mon corps, mon regard suppliant, pourquoi ne m'as-tu pas protégée ? Tu étais le seul qui me prenait sur tes genoux, le seul qui m'aimait, j'avais une confiance immense en toi. Et pourtant, tu me laissais tous les jours avec elle. Je n'avais jamais osé t'en vouloir. Tu étais mon seul espoir. J'avais si peur de te perdre. »

Le parent qui ne frappe pas se présente parfois comme victime lui aussi, se mettant sur le même rang que l'enfant.

Kevin déteste son père. Ce dernier buvait, hurlait, tapait ou restait silencieux pendant des heures et des jours. Sa mère était plus douce et Kevin avait toujours cru qu'elle était la victime de son père. Il cherchait même à protéger sa maman. Elle se plaignait, il se faisait son confident. Intérieurement, il devenait son protecteur ! Jamais sa maman ne s'est insurgée contre ce renversement des responsabilités. Elle commençait nombre de phrases par « Sans ton père... ». Elle est pourtant restée avec lui toute sa vie. À soixante-dix ans, elle dit encore : « Vivement qu'il meure, je n'en peux plus. » Pourtant, elle avoue aussi : « Même si j'avais les moyens, je n'aurais pas la force de partir. » Elle était liée à son mari au-delà de ce qu'elle voulait bien avouer. Elle avait été sa complice pendant toutes ces années. Quand il frappait, elle ne disait rien. Elle n'allait même pas consoler son fils. Elle renforçait son pouvoir en disant aux enfants « Chut, taisez-vous, n'excitez pas votre père », les rendant responsables de la violence qui s'abattait sur eux !

S'il est vrai que dans de trop nombreux pays, les femmes n'ont pas de pouvoir personnel et ne peuvent se séparer sans encourir une lourde punition, ce n'est pas le cas en France. Les barreaux qui emprisonnaient la mère de Kevin étaient psychiques.

Si le père de Kevin n'a pas su se libérer de sa prison de violence, sa mère n'a pas su se libérer de sa soumission. Tous deux ont transmis à Kevin leur profond sentiment d'impuissance. Après avoir pris contact avec la terreur ressentie nourrisson, Kevin a eu besoin d'exprimer son émotion de dégoût pour l'attitude de sa mère. Au début, il osait à peine le ressentir. Il n'allait plus voir sa mère pour ne pas être en contact avec ces affects si violents. Après avoir, lors d'une séance de psychothérapie, laissé le dégoût le traverser, après avoir craché dans une bassine, libéré de ces toxines, il a pu de nouveau la rencontrer et l'aimer. Prouvant, une fois encore, que **l'émotion, si violente soit-elle, une fois exprimée, libère les tensions et restaure la qualité de la relation**.

Il est souvent plus facile d'en vouloir directement au parent le plus ouvertement violent, à celui qui a divorcé, qui a trompé… Lucas en veut terriblement à sa mère d'être partie. Elle a quitté la maison alors qu'il avait six ans, sans rien dire. Sa colère est justifiée, bien sûr, mais il l'utilise aussi pour occulter toute colère envers son père. Ce dernier s'est pourtant servi de lui et de sa sœur pour combler son désespoir, affectivement et sexuellement. Ce père était très dur, et dépendant des enfants, exigeant une fidélité extrême. Mais il s'est occupé d'eux, il les a nourris, abrités pendant toutes ces années, alors que leur mère les a abandonnés. Tant que Lucas ne verra que la « faute » de sa maman, sans tenter de comprendre la situation complexe de ce couple, il ne pourra se libérer.

La responsabilité des enfants est portée par les deux parents. À moins d'être séparés, ils assument à deux l'éducation de leur enfant. Un père frappe sa fille ? Il ne peut le faire qu'avec la complicité active ou passive de la mère. On ne peut faire porter toute la responsabilité sur les épaules d'une seule personne. Certes, l'une des deux s'est peut-être montrée plus violente que l'autre, plus évidemment persécutrice. Mais quel était le rôle joué par l'autre parent ? Le rôle de victime n'est pas moins puissant dans les jeux de pouvoir. Il arrive aussi qu'un parent déclenche le comportement de l'autre.

Vos parents intervenaient-ils quand l'autre exagérait ? Savaient-ils chacun vous défendre devant la violence physique ou verbale de l'autre ?
Cherchaient-ils à vous montrer « un front commun » ou osaient-ils manifester leurs différences ?
Avez-vous l'impression que l'un de vos parents vous a fait plus mal que l'autre ? Considérez la responsabilité de chacun.

13

Projections

Encore une originalité de la relation parent/enfant, les deux sont trois. Un enfant a deux parents. C'est une relation triangulaire. La plupart du temps, il vit avec les deux. Mais même lorsque l'un des parents est parti depuis sa conception ou sa naissance, il existe pour lui en tant que géniteur, et ce dernier prend d'autant plus de place dans son espace psychique qu'il est absent. Difficile de penser papa sans maman, difficile pour maman de penser son enfant en dehors du père… Sans compter les frères et sœurs.

Toute mère a conçu son enfant avec un homme*. Dans l'enfant, elle voit aussi le fils de cet homme. Elle peut projeter plus ou moins consciemment des éléments positifs ou négatifs de sa relation avec cet homme sur l'enfant. De même, un père ne peut pas ne pas voir la mère de l'enfant dans ce dernier, et risque de projeter lui aussi des éléments de sa relation amoureuse sur l'enfant. Cela alourdit singulièrement la relation.

Outre ces projections, le comportement de l'un influe sur l'attitude de l'autre. Une mère peut se montrer très possessive et envahissante en réaction à l'absence du père. Un homme peut développer un côté hyperprotecteur face à une femme dépendante. Une famille est un système en équilibre/déséquilibre. L'enfant aussi ajuste ses réactions en fonction de cet

* À vrai dire ce n'est plus tout à fait vrai aujourd'hui. Les FIV, fécondation in vitro, ont modifié la donne. Il reste que le spermatozoïde est issu d'un homme…

équilibre familial. Il peut par exemple développer une maladie pour permettre à ses parents de prendre soin de lui et de se sentir « sains », utiles et puissants. Quand il y a plusieurs enfants, chacun trouve sa place en respectant l'équilibre relationnel, parfois au détriment de l'épanouissement de sa personnalité.

Voyez-vous avec les yeux de votre père. Voit-il en vous l'image de votre mère ?
Prenez maintenant les yeux de votre mère. Que voyez-vous ?
À qui vous a-t-on dit que vous ressembliez le plus ? Pour quelles raisons ?
La relation de vos parents entre eux a-t-elle tendance à influer sur leur attitude à votre égard ?

14

Les pièges de l'inconscient

« Je ne supporte pas ce comportement chez Magali », « Quand Martin fait cela, je deviens folle. » L'enfant ne comprend pas que son comportement déclenche de telles foudres. Il ne sait pas qu'il réveille des émotions refoulées depuis longtemps chez son père ou sa mère. Inévitablement, les parents retrouvent en leur rejeton leur propre enfance et leurs rapports parfois difficiles avec leurs propres parents. Face à certains gestes, mots, attitudes de leur enfant, ils replongent dans leur passé, se revoient, se remémorent la réaction de leurs parents, et sont envahis de l'émotion de l'époque. Tout ceci se passe en une fraction de seconde et reste souvent inconscient. En fait, c'est leur cerveau qui naturellement associe avec le passé. L'émotion alors submerge le parent sans qu'il comprenne bien ce qui se passe en lui. Envahi, il ne maîtrise pas ses impulsions. C'est à ce moment-là qu'il tempête, frappe, hurle… comme il aurait aimé pouvoir le faire contre son parent ou comme il voyait ses parents le faire. L'impulsion violente évite de ressentir l'humiliation, la blessure du passé. L'enfant est effaré par l'intensité de la réaction de son parent. S'il peut la reconnaître comme excessive et venue du passé, il peut la tolérer. Si le parent lui fait croire que la réaction est proportionnelle à son acte (ne pas manger sa soupe, avoir une mauvaise note, renverser son verre…), face à cette disproportion, l'enfant entend qu'on lui reproche quelque chose au-delà de l'acte et en conçoit de la honte sur sa personne.

La situation est d'autant plus complexe que, tout en

étant fou de rage contre l'enfant, il est fréquent que le parent lui donne parallèlement et inconsciemment la permission (que l'enfant entend comme un ordre) de se comporter ainsi. Écoutons Françoise parler de moments difficiles de sa relation avec son fils, Antoine : « Mon fils a fait de plus en plus de colères, maltraitant les objets et le chat, moi j'étais très en colère après lui de le voir casser et frapper. Il frappait, je frappais, il frappait, je frappais, il frappait… Je voulais à tout prix le faire céder, le faire plier. Avec rage. Je lui disais que j'allais le briser. Une fois la colère passée, j'étais malheureuse de traiter ainsi mon petit garçon. Et puis dans le fond, j'étais fière qu'il ne se laisse pas écraser. » Par ces mots, cette maman exprime bien son ambivalence. Elle est étonnamment consciente de ce qui se passe en elle vis-à-vis de son petit garçon. Cette ambivalence n'est pas toujours aussi consciente. Ces informations sur ce que vit la maman éclairent le comportement d'Antoine. L'intensité de ses rages n'est qu'adaptation, obéissance aux ordres inconscients de maman. Consciemment, Françoise réprouvait le comportement de son fils, elle supportait très mal ses rébellions. Et tout à la fois, intérieurement, elle était heureuse de le voir réagir et s'affirmer ainsi, comme elle n'avait jamais pu le faire petite fille. Antoine « réparait » l'enfance de sa maman. Son comportement était au service des besoins émotionnels inconscients de sa mère et non des siens. C'est le « clair de terre sur la lune », l'expression est d'Alain Crespelle*. Elle reflète bien cette projection de l'ombre du parent sur l'enfant. Une bonne partie de notre « caractère » et nombre de nos réactions émotionnelles exagérées ne

---

* Psychothérapeute et enseignant en analyse transactionnelle, auprès de qui j'ai énormément appris. Il est décédé en 1999.

nous appartiennent pas. Et reflètent les conflits non gérés de nos parents.

Les parents projettent leurs conflits internes sur leurs enfants et ces derniers se mettent (inconsciemment) au service des besoins affectifs inassouvis de leurs ascendants. Ils tentent de répondre aux attentes conscientes de leurs parents, mais aussi à leur demande cachée, ce qui n'est pas toujours simple. « Je dois avouer que lorsque Thomas pleure, refuse de rester à la garderie et s'accroche à moi, cela me fait plaisir quelque part... Je suis importante pour lui. » Ce pauvre petit Thomas n'a guère le choix. Pour faire plaisir à sa maman, pour la remplir, il pleure dans ses bras. Il n'est pas vraiment libre de se précipiter joyeusement vers l'assistante maternelle.

Gilles est au collège, il chahute en classe et se montre volontiers insolent envers les professeurs. Son père, Hervé, réprimande ouvertement ces attitudes et le punit sévèrement quand il reçoit une plainte du principal. Le collège menace Gilles de renvoi. Les parents, démunis, viennent me voir pour trouver une solution. Après les avoir écoutés ensemble, je fais sortir les parents et je reste avec Gilles. Il se justifie tout d'abord en accusant l'extérieur, puis il me confie : « Je ne sais pas pourquoi je fais ça, je ne peux pas m'en empêcher. Je ne veux pas être une lavette. » Gilles retourne dans la salle d'attente et je reçois le père, qui confesse : « Je l'engueule, je suis vraiment furieux de son comportement, mais dans le fond je suis fier de lui, il ne se laisse pas faire, il se rebelle, je l'admire. C'est dur à dire, mais c'est la réalité, s'il était obéissant, je le mépriserais. » Hervé punit son fils d'autant plus durement qu'il ne veut pas lui montrer cette appréciation secrète. Mais les enfants entendent les messages inconscients comme s'ils étaient des ordres. Le malheureux Gilles est coincé.

Il préfère encourir la fureur de son paternel que son mépris. Il lui montre qu'il n'est pas une lavette. Tous les enfants le savent (inconsciemment), mieux vaut déplaire au conscient des parents qu'à leur inconscient !

Comment entretenir une relation facile et harmonieuse dans ces conditions ? Tant que chacun n'est pas au clair avec ce qu'il porte dans son réservoir inconscient, le lien est nourri de malentendus, de rancœurs et d'incompréhensions.

L'inconscient, c'est aussi le silo des affects refoulés depuis des temps immémoriaux. Y siègent nombre de conflits non résolus par nos ancêtres. Sur ce lien complexe qu'est la relation à nos parents pèse le poids des transmissions transgénérationnelles, c'est-à-dire des éléments inconscients qui passent d'une génération à l'autre. Dans la famille de Lucie, depuis quatre générations, l'aîné décède suite à un problème pulmonaire ou en lien avec la respiration. Depuis cinq générations, les garçons de la famille de Lucas se cassent ou se blessent au pouce autour de l'âge de cinq ans. Chaque génération porte le poids des secrets ancestraux, des drames vécus par les générations précédentes. Les fantômes d'oncles, de tantes, de grands-parents et arrière-grands-parents que nous n'avons pas connus peuvent hanter les relations parents-enfant. Eux aussi sont là, autour de la table du salon…

Souvenez-vous de réactions excessives de vos parents. Qu'est-ce qui les déclenchait ?
Connaissez-vous suffisamment l'histoire de vos parents ?
Comment réagissaient leurs propres parents dans les mêmes circonstances ? Quels droits et quelles permissions avaient vos parents ? Qu'est-ce qui leur était interdit ?

Pouvez-vous relier certaines attitudes à leur passé ?
Pouvez-vous reconnaître certains de vos traits de caractère comme des réponses aux désirs inconscients d'un de vos parents ?
Que connaissez-vous de votre arbre généalogique ?
Que savez-vous des histoires de vos ancêtres ?

15

Poème

Permettez-moi pour clore ce chapitre de vous offrir ce beau poème d'une de mes clientes à sa mère :

MAMAN

Tout dort, dans la maison bien close
L'enfant dans son berceau doré
La chatte près de l'âtre rose
Et les livres dans leurs casiers…

Deux petits lits, un rose, un bleu
Et le grand au milieu
Et dans la pièce sombre
Toute remplie d'ombres
Le silence est total.

Je crie « Maman, t'es là ? »
Mais tu ne réponds pas
Je le redis encore
Mais rien, tout semble mort.

Soudain, j'ai l'impression
Qu'il n'y a plus personne
Et je sens l'émotion
Et la peur m'envahir
Quitter ces lieux, partir
Surtout ne pas rester
Dans ce lieu déserté.

Non, tu n'es plus là
L'angoisse monte, et déjà
Je descends de mon lit
À tâtons dans la nuit

J'enfile mes chaussures
Sans même les lacer
Et vais, d'un pas pressé
Dans la pièce d'à côté

Le silence est partout
Il me pousse à m'enfuir
Comment faire pour atteindre
La fenêtre et l'ouvrir

Je déplace une chaise
Et grimpe sur la table
Je cherche à tâtons
Je trouve le bouton

Et je retrouve enfin
Le vrai contour des choses
Dans la pièce close
Tout éclairée, soudain.

Puis j'ouvre la fenêtre
Dehors la nuit est claire
Et je hisse la chaise
Que je lance en arrière

Puis, tout en me tenant
Très délicatement,
Je pose mes deux pieds
Sur la chaise tombée

Je touche enfin le sol
Et sans plus réfléchir
Je vais droit devant moi
Dans un seul but, partir

Partir, loin de ce lieu
Où tout est silencieux
Où il n'y a pas de vie
Et où toute seule, je suis

Dans les rues silencieuses
J'avance à pas feutrés
En cherchant du regard
Une silhouette amie

Où donc es-tu partie ?
Où vais-je te retrouver ?
Pourquoi m'as-tu laissée ?
J'ai peur et je frissonne
Pourquoi tu m'abandonnes ?
Que va-t-il advenir ?
Que vais-je devenir ?

Petite silhouette blanche
Dans la nuit obscure
Poussée par la souffrance,
Et qui rase les murs

Vers quoi te diriges-tu
Ainsi à demi nue
En scrutant devant toi
Les visages inconnus

Soudain des voix, des rires
Et un attroupement

Qui est cette sauvageonne
Et puis ta voix résonne
« C'est elle, c'est mon enfant. »

Tu me soulèves du sol
Tu me prends dans tes bras
Tu me traites de « folle »
Tu me serres contre toi

Et puis tu me reposes
Par terre, et l'on refait
Ensemble le chemin
Me tenant par la main
Cette main où je m'accroche
Que je ne veux plus lâcher
Car j'ai peur de te perdre
Ne plus te retrouver

J'ai eu si peur Maman
Et je ne dis plus rien
Je m'accroche à ta main
Mais tu sembles en colère
Et tu ne sauras pas
Comme j'ai eu froid
Seule, toute seule, sans toi.

Et si, toutes ces nuits
Je t'ai appelée souvent
« Maman, t'es là, Maman ? »
Il ne faut pas m'en vouloir
J'ai tant de désespoir
Et je ne sais que croire

J'etais un « boulet » pour toi
Tu ne m'as pas voulue

Et pourtant, j'étais là

J'étais une enfant triste
Un reproche vivant
Une nécessité
Qu'il fallait assumer

Peut-être as-tu fini
À la fin par m'aimer
Mais, à ce moment-là
Tu étais très loin de moi
Et j'avais l'impression
D'être ta punition.

Nicole Toupet

III

Du côté des parents

Je suis mère et je suis fille... Ou peut-être devrais-je dire le contraire. Une véritable réconciliation exige l'écoute et la compréhension des deux points de vue, celui des parents et celui de l'enfant. ***Il n'y a pas de « faute ». Il y a des blessures, des manques, des erreurs, de l'ignorance, de la souffrance.*** *Toutes les mères et tous les pères que j'ai rencontrés désiraient consciemment rendre leur enfant heureux. Même s'ils n'y réussissaient pas. Certains étaient conscients de maltraiter leur enfant, et désiraient entreprendre une psychothérapie pour réussir à maîtriser les impulsions violentes et destructrices qui les animaient. Aucun(e) n'a été mauvais(e) ou méchant(e) de son plein gré. Ce sont ceux et celles qui sont venu(e)s me voir, certes... Je n'ai pas de croyance en une quelconque bonté naturelle des humains. Je ne crois pas non plus en une méchanceté, violence ou cruauté originelle qu'il faudrait vaincre par l'éducation. Je vois de puissants mécanismes psychiques dirigeant les comportements, tant que la conscience ne les reconnaît pas.*

Les joies et les angoisses, la culpabilité et la fierté, l'émerveillement d'avoir donné la vie et la crainte de ne pas être à la hauteur, les sentiments vécus par les parents sont complexes et souvent ambivalents. Fatigue, fragilité psychique, et ignorance des processus psychologiques compliquent encore la relation.

1

Le poids d'une histoire

Les choses ne sont pas plus simples pour nos parents que pour nous. Eux aussi ont refoulé nombre d'émotions depuis notre conception, et ce n'est pas sans rejaillir sur la relation d'aujourd'hui. Projections, colères indicibles, la relation est colorée par le passé.

Certains parents sont animés d'impulsions destructrices à l'égard de leurs enfants. Ils revendiquent leur pouvoir sur eux et peuvent prononcer des phrases terribles : « je te détruirai », « tu n'es qu'un cloporte », « tu n'es plus mon enfant », « je préférerais te voir morte que de te voir me désobéir ! », « tu es une putain », « tu ne trouveras jamais à te marier », « tu finiras sous les ponts », « j'aurais dû avorter »... Je n'ai pas inventé ces phrases. Elles ont réellement été prononcées par des parents à leur progéniture. Cette haine est parfois limitée à certains âges de l'enfant, déclenchée par la confrontation à certaines situations. Elle est parfois contrebalancée même si jamais réellement compensée par des moments de tendresse, de réel intérêt, voire d'amour. D'autres fois, elle envahit toute la relation. L'enfant n'a alors aucun soutien à espérer de son parent. Pourtant cette haine ne le concerne pas. Cet adulte dont il dépend, enfermé par la répression des émotions de sa propre enfance, est impuissant devant les mécanismes de projection de ses fureurs.

D'autres parents sont totalement anesthésiés et n'ont aucune conscience de ce que leur rejeton peut ressentir. Petits, ils se sont insensibilisés pour ne pas ressentir leur douleur. Ignorer les émotions de leur fils ou de leur fille leur permet de maintenir le voile sur leur propre histoire. Ils répètent alors, plus ou moins consciemment, ce qui les a fait souffrir dans leur enfance. Ils peuvent punir, insulter, humilier, battre, violer, sans avoir conscience de la blessure infligée. Parce qu'eux-mêmes ont été punis, insultés, humiliés, battus, violés sans avoir le droit d'y voir une blessure, sans avoir le droit de se plaindre ou de se réparer.

« Il voyait bien qu'il me faisait mal, il était tout à fait conscient de me faire souffrir, il le faisait exprès », souligne Grégoire. Oui, et non. Grégoire a raison, son père lui infligeait cette souffrance dans le but de le blesser, de le soumettre, de lui faire mal. ET Grégoire a tort. Je pense que son père ne mesurait pas combien il le faisait souffrir. Même les personnes les plus violentes, qui semblent éprouver le désir de faire mal, qui paraissent prendre du plaisir à la douleur de l'autre, ne ressentent pas la souffrance telle qu'elle est vécue par leur victime, elles sont coupées de toute empathie. Elles impriment la douleur dans la chair de l'autre pour ne pas la ressentir dans la leur. Leur jouissance est liée au sentiment de pouvoir. Pouvoir qui contrebalance leur impuissance d'enfant.

Les parents prisonniers de leur violence peuvent maltraiter tous leurs enfants, ou réserver les mauvais traitements à celui ou celle qui est du même sexe et/ou se situe à la même place qu'eux dans la fratrie. Jeanne était la seconde, elle a été très violente envers sa deuxième fille. Jamais elle n'a touché aucun de ses trois autres enfants. Elle-même était la seule frappée dans sa famille d'origine.

Il arrive aussi qu'un parent maltraite alors qu'il n'a pas vécu directement la maltraitance, mais en a été témoin. Michel a conscience d'être plus dur avec son fils aîné qu'avec les autres. Lui-même était le second.

Impuissant, il entendait les hurlements de son frère aîné, et détestait cette situation. Pour quelque obscure raison, son père ne s'attaquait jamais à lui. Pas rassuré pour autant, il n'osait pas tourner sa colère contre son père. Il en voulait à son frangin « d'attirer » ainsi les ennuis, tout en se culpabilisant de ces mauvaises pensées. Dès qu'il a pu identifier la projection du fantôme de son frère aîné sur son fils, exprimer de la colère envers son père, éprouver de la compassion pour son frère, et de l'empathie pour le petit Michel qu'il était, il a pu libérer son fils de l'excessive sévérité dont il était l'objet. D'autres parents refusent de se poser des questions. Ils laissent leur inconscient diriger leur vie. Et ils transmettent à leur descendance le poids des questions et blessures restées en suspens dans les générations précédentes.

Oui, il y a des parents qui n'aiment pas leur enfant. Ils ne peuvent pas l'aimer, empêchés par leur propre histoire. Il y a aussi des parents qui cherchent consciemment à aimer mais qui ne parviennent pas à se retenir de blesser. Ils disent et font le contraire de ce qu'ils pensent. Josée, par exemple, se sent impuissante devant sa fille Agnès. Son plus profond désir est de l'aimer et de pouvoir le lui dire. Elle rentre chez elle pleine d'amour, déterminée à prononcer des mots tendres. À peine a-t-elle passé la porte, elle se met à hurler sur sa gamine pour une histoire de chaussure dépassant de la penderie. Josée a conscience d'être injuste et de se mettre en colère de manière tout à fait excessive. Elle n'arrive pourtant pas à s'en empêcher. La tendresse lui est interdite. Elle n'en a jamais reçu, dans sa famille on valorisait la colère. La tendresse, c'était pour les faibles… Peut-on dire que Josée n'aime pas ses enfants ? Elle n'a pas de comportement aimant, donc effectivement, elle manque d'amour pour eux. Cependant elle a un sincère désir de les aimer et ressent un grand désespoir à ne pas réussir à le leur montrer.

Prendre conscience du vécu des parents ne vise pas à les excuser de leurs comportements abusifs, encore moins à éteindre toute colère à leur égard, mais bien au contraire à permettre l'expression d'une vraie colère menant vers la réparation et la réconciliation. Comprendre le vécu de ses parents aide à se libérer du poids de la culpabilité. L'enfant a tendance à assumer toute la responsabilité dans ce qui lui arrive, d'autant que nombre de parents renforcent cette dynamique pour se dédouaner de leurs comportements abusifs. Il croit facilement que si papa le frappe, c'est *parce qu'* il a été méchant ou fait une énorme bêtise, que maman le surprotège *parce qu'* il est incapable de se débrouiller tout seul, que papa la viole *parce qu'*elle était trop jolie, trop désirable et l'attirait, que maman était dépressive *parce qu'* il n'avait pas de bons résultats à l'école, faisait du bruit en jouant ou tapait son petit frère, que si papa l'ignore, c'est *parce qu'* il est un moins que rien... Or ce n'est pas vrai. La réalité est : maman ne m'aime pas parce qu'elle est incapable d'aimer de par son histoire. Papa me viole parce qu'il est impuissant à rencontrer sexuellement une femme autonome de son âge et qu'il est anesthésié par le viol qu'il a lui-même subi petit. Maman me gifle parce qu'elle ne veut pas sentir la douleur de la gifle reçue de sa propre maman. Papa me dit que je suis un nul parce qu'il a échoué à ses examens de fin d'étude... Voir cette réalité permet de cesser de s'attribuer la responsabilité du comportement de nos parents à notre égard, et nous aide à nous libérer de croyances négatives sur nous-même.

De plus, cela permet d'identifier le poids des générations précédentes. Derrière nos parents, il y a nos grands-parents et leur histoire. Toutes les blessures non reconnues, non guéries dans les générations précédentes vont être remises en mémoire dans notre vie ou dans celle de nos enfants. Pour s'en libérer, il vaut mieux les regarder en face. Considérer le vécu de nos parents est donc aussi en ce sens une manière de s'occuper de soi.

2

Être mère

« Pour moi, il est aussi naturel d'être mère que d'être astronaute », souligne Harriet Lerner dans son livre *Mère un jour, mère toujours*. Depuis quelques années, le mythe de la maternité merveilleuse s'effrite. L'instinct maternel est mis en doute. Winnicott, pédiatre-psychanalyste anglais, a transformé l'exigence de « bonne mère » en « suffisamment bonne mère ». Françoise Dolto nous a confié que, quoi que nous fassions, nous serions toujours un jour ou l'autre vécue comme une mauvaise mère par nos enfants. Elle a même ajouté que cela faisait partie de leur nécessaire développement, d'une opposition structurante de leur identité, d'un pas indispensable pour une réelle autonomie. Et pourtant, individuellement, nombre de mères continuent de s'évaluer en fonction d'un fantasme de ce que devrait être une « bonne mère ». Ce jugement permanent induit un fort sentiment de culpabilité. Lequel, c'est un comble, les empêche d'être attentives au vécu de leurs enfants. Centrée sur elle-même, trop préoccupée de la protection de son image, la mère ne peut plus entendre les émotions de ses enfants. Elle agit en fonction du critère « comment se comporte une bonne mère ? » plutôt que « de quoi a besoin mon enfant ? ». Il n'y a qu'à voir le désespoir des mamans aux prises avec un enfant hurlant dans la rue ou dans un supermarché pour constater que le regard des autres est d'une terrible importance. Le regard de l'enfant n'a hélas pas le même poids. L'adulte a honte devant les autres adultes (sur lesquels il projette ses parents), il n'a pas honte devant l'enfant qu'il maltraite.

La maternité est une expérience complexe. La félicité totale et permanente est une illusion. L'expérience de l'état de mère implique toutes sortes de doutes, de peurs, de frustrations… On peut adorer ses chérubins, et les haïr par instants… Ils sont certes merveilleux, mais aussi facteurs de stress, de fatigue, de tensions. Non seulement ils mettent le désordre dans la maison mais aussi dans le couple et dans votre vie professionnelle et amicale. Un enfant paraît et tout est bouleversé. Cette transformation peut être heureuse, elle entraîne néanmoins toutes sortes de sentiments.

De plus, un tout-petit n'a pas une conversation passionnante. Quand on stoppe une activité professionnelle riche de stimulations, une journée de face à face avec bébé peut paraître fade et vide. Pour peu que le parent ait quelques difficultés avec l'intimité, ce tête-à-tête peut devenir très angoissant. Mais l'image est si culpabilisante que les femmes (et les hommes) ont du mal à le dire. Souvent, elles (ils) n'osent pas même se l'avouer.

Il m'est arrivé d'entendre une mère me dire : « Je n'ai jamais eu de difficulté avec mes enfants. » Cette assertion est pour moi auréolée du voile du déni, du refoulement des inévitables sentiments complexes et ambivalents de cette période. Il est naturel de rencontrer des difficultés, tout simplement parce qu'un enfant est une personne, qui plus est, une personne en construction. Les frottements sont inévitables ET structurants. Ne rencontrer aucune difficulté, ne faire face à aucun conflit signifie que l'on a éliminé quelqu'un de la scène.

Que faire de ces peurs qui émergent ? de la colère éprouvée devant les frustrations ? S'il ne rencontre pas d'oreille à l'écoute, le parent refoule, le papa fuit dans le travail et la maman fait une dépression *post-partum*... La naissance d'un enfant bouleverse physiquement, physiologiquement, psychologiquement, affectivement, matériellement, financièrement, professionnellement, spirituellement... Elle invite à une transformation à laquelle peu sont préparés. On n'est plus jamais le même après un accouchement ou une adoption. Cette mutation ne se fait pas toujours sans heurt, elle engendre beaucoup d'émotions qui ne sont le plus souvent ni entendues, ni accompagnées. Si aujourd'hui les nouveaux « parturients » sont davantage écoutés et soutenus, nos parents, pour la plupart, ne l'ont pas été.

Certains nouveaux parents refusent le changement, luttent pour que l'arrivée de bébé ne modifie rien, ni dans leur vie sociale, ni dans leur couple, ni dans leur vie professionnelle. Ils partent se reposer à la montagne quelques jours après l'accouchement, laissant bébé aux bons soins de la grand-mère ou se targuent de sortir « comme avant » tous les soirs, avec ou sans le bébé. C'est alors l'enfant qui est nié dans ses besoins.

D'autres se soumettent à la transformation sans l'accepter vraiment. Ils ont le sentiment de sacrifier une part de leur jeunesse, de leur carrière ou de leur liberté à leur descendance. La rancœur qui en découle ne manquera pas de marquer les relations aux enfants.

Les enfants ne sont pas toujours désirés. Si les parents d'aujourd'hui disposent de nombreux moyens de contraception leur permettant d'influer sur la date de la conception, les corps n'obéissent pas toujours aux désirs conscients. Et même si les parents décident du moment de la procréation, l'enfant peut se révéler garçon ou fille, brun ou blond, handicapé ou bien formé... Les parents ne choisissent pas les caractéristiques de celui qu'ils vont accueillir. En concevant un enfant, les parents s'apprêtent à accompagner un être qu'ils ne connaissent pas. Et c'est une responsabilité à vie !

Le poids de la responsabilité engendre bien naturellement des peurs, des inquiétudes. Accompagner un enfant dans la vie, c'est merveilleux mais pas de tout repos, ni physiquement, ni émotionnellement. Que de fois un parent est renvoyé à son impuissance ? Combien de fois se sent-il démuni devant les réactions de son enfant ? Sans compter que le moindre échec ou « défaut » de l'enfant peut le renvoyer à un sentiment de culpabilité toujours prêt à se réveiller... Comment l'ambivalence ne serait-elle pas au rendez-vous ?

Vivre avec un ou des enfants est une grande source de joies au quotidien. C'est aussi fatalement une source de stress, au sens premier d'effort d'adaptation à toute sollicitation. Un enfant vous sollicite énormément dans vos ressources. Quand on ne sait pas exprimer ses émotions, ce stress a du mal à s'évacuer, il pèse sur la relation. Là encore c'est la capacité à ressentir et manifester ses affects qui va faire la différence, permettre l'harmonie de la relation.

Devenir parent est l'occasion d'une transformation majeure. Intégrer cette nouvelle dimension n'est pas simple. Rien ne prépare le couple à l'intensité du vécu de parent. Hommes et femmes le gèrent comme ils le peuvent. Le plus souvent, ils répriment leurs émotions. Pour éviter de faire face à l'intensité de leurs affects, certains se disputent avec leur conjoint, d'autres fuient dans le travail, d'autres encore se vengent sur l'enfant. Certains parents ne sont pas prêts pour l'aventure du parentage. Malgré la contraception, ils ne l'ont pas forcément choisi. Et même s'ils l'ont choisi, la confrontation avec la réalité n'est pas toujours facile.

Outre la réémergence de leur propre histoire, les parents sont sans cesse confrontés à des questions auxquelles ils n'ont pas de réponse. Les bébés ne dorment pas comme dans les livres. Les premiers mois*, les parents manquent de sommeil, et si la maman n'allaite pas**, elle peut être épuisée. Certains bébés pleurent beaucoup, laissant leurs parents exaspérés et dans une douloureuse impuissance.

Plus grands, ils refusent de dire bonjour à la dame, ils font leurs dents, des cauchemars, leurs dents, des crises de rage, refusent de mettre leur manteau par moins 5 °C. Ils s'opposent fermement au prêt de leur pelle. Ils se battent avec leur frère. Ils ne veulent pas dormir. Leurs chambres sont des capharnaüms... Ils n'aiment pas l'école, ne veulent pas travailler. Ils s'isolent pendant la récréation, se montrent violents envers les autres ou au contraire sont victimes de racket. Leur croissance est plus ou moins rapide... Qui pense à la blessure narcissique que représente le fait d'être le parent d'un enfant qui marche tard, qui parle tard, qui n'arrive pas à apprendre à lire en même temps que les autres ? Ces parents se sentent volontiers coupables, comme si toute la responsabilité (la faute) du retard de leur enfant leur incombait. Nous avons tellement tendance à chercher la norme et la comparaison.

À tous les âges, les enfants posent des questions, occasionnent des soucis, interpellent les parents. Et il y a de moins en moins de solutions toutes faites à appliquer simplement pour avoir des enfants propres, polis, obéissants, qui rangent leur chambre, réussissent à l'école et

---

* Le célèbre pédiatre T. Berry Brazelton rappelle que les enfants ne régulent pas leur sommeil avant l'âge de deux ans.

** Quand la mère allaite, elle sécrète des hormones qui modifient son sommeil. Elle n'a pas les mêmes besoins de « récupération » que les mères qui n'allaitent pas. Le corps de la mère s'adapte aux rythmes de la dyade mère-bébé.

font la fierté de leurs parents ! Mieux vaut cesser de vouloir être une bonne mère, ou un bon père, pour simplement vivre ce qu'il y a à vivre auprès de ces êtres au développement complexe que sont les enfants.

Toutes sortes de comportements parentaux excessifs, notamment de contrôle sur l'enfant, sont des défenses contre les inévitables émotions violentes – comme la peur ou la colère – liées au fait d'être parent.

Et puis, donner naissance à un enfant ne fait pas automatiquement taire tous les autres problèmes. Comment être un parent présent, disponible et attentif quand on a des soucis plein la tête ?

« Tu verras quand tu auras des enfants ! » est la phrase que presque tous les parents prononcent un jour ou l'autre.

3

Le sentiment de culpabilité des mères

Être mère n'est pas de tout repos. On ne maîtrise que très peu de choses et pourtant on se sent volontiers coupable de tout. Les seules mères qui n'éprouvent jamais de sentiment de culpabilité sont les mères maltraitantes, centrées sur elles-mêmes et insensibles (insensibilisées) à ce que vit leur enfant. Un sentiment de culpabilité sain est fait de l'attention à ce que l'autre éprouve, il est le fondement de la responsabilité et de la conscience du lien. Si ce sentiment, vécu légèrement, est naturel, il peut vite devenir excessif, disproportionné. Dès qu'il n'est plus au service de la relation, il en devient l'ennemi. Envahissant la mère, le sentiment de culpabilité altère notablement les relations mère-enfant. Plusieurs dimensions sont à l'origine d'un sentiment de culpabilité exagéré.

Si son petit tombe malade, fait pipi au lit, n'arrive pas à s'affirmer, ou présente tout autre symptôme de mal-être, elle cherche ce qui dans son attitude ou comportement a pu causer ce « désastre ». Elle est au centre du monde de l'enfant, et une pensée sur sa responsabilité est naturelle. En revanche, si elle a *besoin* d'être au centre du monde, besoin de se sentir importante parce qu'elle n'a pas été suffisamment reconnue dans le passé, sa culpabilité sera majorée d'autant.

Le sentiment de culpabilité de la mère est la contrepartie de la dépendance totale de l'enfant. Ce sentiment est d'autant plus fort que la dépendance est grande.

Donc d'autant plus fort que l'enfant est petit et que le père est peu présent, peu actif et que tout repose sur sa femme. De plus, même si les pères participent de plus en plus à la vie familiale, la mère est encore globalement considérée comme responsable de tout ce qui arrive à l'enfant.

Un peu trop consciente de son importance dans la vie de sa progéniture, une mère se sent volontiers coupable de tout. Elle peut se culpabiliser de ne pas désirer son enfant, mais aussi de le désirer ! Nouara est désespérée, elle est enceinte et elle se dit rationnellement que ce n'est pas le moment. A-t-elle envie de ce bébé ? « J'en ai besoin, me répond-elle. J'ai honte. Je sais que ce n'est pas bon d'avoir besoin de son enfant. » Tout est bon pour se culpabiliser !

Quand la femme a été, enfant, culpabilisée et humiliée par ses parents, par l'entourage ou par la société (c'est le cas de nombreuses familles pauvres, paysannes ou aux métiers dévalorisés), sa tendance à se culpabiliser est évidemment aggravée. Quand on se sent de trop depuis qu'on est une petite fille, quand on a été accusé par ses parents de tout et de rien et de faire leur malheur... le pli de la culpabilité est pris, et toute difficulté rencontrée fait resurgir les sentiments si familiers.

Une autre dynamique nourrissant le sentiment excessif de culpabilité est l'interdit posé sur la colère. Le sentiment de culpabilité est un retournement de la colère éprouvée contre soi-même. Les mères n'ont pas le droit d'éprouver frustration, blessure ou injustice, pas le droit de ressentir de la colère face à leur situation de mère. Elles sont censées nager dans la félicité, être « merveilleusement heureuses ». Moralité, leurs émotions ne trouvent pas d'issue, elles les retournent contre elles, se dévalorisent, se culpabilisent.

Elles se disent : « Je suis une mauvaise mère, j'ai

donné naissance à un enfant anormal » au lieu de : « Je suis furieuse contre ce destin, c'est injuste que j'aie à m'occuper d'un enfant anormal. »

De la même manière, elles expriment : « Je ne suis pas à la hauteur, je n'y arriverai jamais, je ne suis pas une bonne mère pour Matthieu » en lieu et place de : « Je suis furieuse d'avoir eu Matthieu si tôt, ce n'est franchement pas le moment, je déteste l'idée d'être contrainte de lâcher mes études… »

Honnêtement, que penseriez-vous si vous entendiez une mère prononcer ces mots ? Sauriez-vous accueillir sa colère, sa détresse, sa frustration ? Ou seriez-vous tenté de la raisonner ? Sauriez-vous lui manifester votre empathie ou la jugeriez-vous ? Tant que nous ne comprenons pas que l'expression de la colère nous libère, nettoie la relation et permet d'aimer plus profondément, nous avons du mal à accepter d'entendre ces mouvements naturels de colère. En exprimant son sentiment de culpabilité, la maman s'attire au contraire compassion et réassurance… Son choix est vite fait, pour le malheur de sa relation à l'enfant.

Quelles conséquences peut avoir sur l'enfant la culpabilité excessive d'une mère ?

– La mère est centrée sur elle-même et n'entend plus la réalité du vécu de l'enfant.

– Elle fait de moins en moins les choses selon son cœur et, persuadée de ne pas être « bonne », se conforme à ce que les autres lui disent ou à ce qu'elle imagine que les autres attendent d'elle.

– Se vivant comme responsable du comportement de ses enfants, de leurs notes, résultats, attitudes… Elle tend à les contrôler ou à leur en vouloir quand ils ne correspondent pas au modèle idéal.

– Il lui devient trop douloureux, trop confrontant,

d'entendre la souffrance de son enfant, elle devient sourde à ses blessures. Elle peut minimiser la gravité des problèmes rencontrés par l'enfant : « C'est pas si grave, ça s'arrangera. »

– Convaincue que si son enfant souffre, c'est de sa faute, elle refuse de le voir souffrir. Elle réprime ses pleurs : depuis « c'est pas beau de pleurer » jusqu'à « tu veux pleurer ? Je te donne une fessée, tu vas pleurer pour quelque chose ! »

– Elle surprotège ses enfants, se substitue à eux dans le but de leur éviter toute difficulté, solutionne leurs problèmes… les envahit.

– Excessivement sensible, elle peut interdire à ses enfants toute pensée personnelle, de crainte d'une remise en cause. Un enfant libre nous confronte à nous-même, à nos incohérences, à notre histoire. « Dis papa, pourquoi tu mets pas ta ceinture ? Pourquoi tu fumes ? Dis maman, tu avais dit qu'il ne faut pas taper et tu viens de taper mon frère… »

– Si elle se vit vraiment trop coupable, elle peut refuser de le sentir, effacer tout sentiment de culpabilité, et donc toute empathie pour son enfant.

– Elle peut en vouloir à l'enfant de susciter ces sentiments inconfortables, jusqu'à le haïr et le frapper pour cela.

En tant que citoyens, nous portons une responsabilité sociale, tant que les mères (et les pères) ne pourront exprimer leurs émotions de colère saine, tant qu'ils ne seront pas écoutés dans toute la réalité de leur vécu, les enfants subiront les conséquences de cette répression et de la culpabilisation excessive de leur parent.

4

Une mère a-t-elle le droit de ne pas aimer son enfant ?

Cette question m'a été posée par une mère sur un plateau de télévision. L'animateur ne m'a pas laissée répondre à cette question qui préoccupe pourtant nombre de femmes.

Il y a les femmes qui croient aimer, disent aimer leurs enfants et qui pourtant ne savent pas les aimer. Elles n'ont jamais connu l'amour et n'ont pas la moindre idée de ce que ce mot recouvre. Elles n'aiment pas leur enfant, mais ne le savent pas. Elles sont attachées à lui, mais ne ressentent pas l'émotion d'amour. Quand elles le découvrent, à l'occasion de la naissance d'un autre enfant, de la lecture d'un livre, suite à une émission de radio ou une conférence, elles désirent souvent faire le chemin pour apprendre à l'aimer. Certaines femmes ont conscience de ne pas arriver à aimer un ou plusieurs de leurs enfants. Toutes celles que j'ai rencontrées, dans mon cabinet ou ailleurs, s'en culpabilisaient, estimaient qu'il était de leur devoir d'aimer et pensaient ne pas avoir le droit de ne pas aimer leur enfant. Pourtant elles avaient de bonnes raisons de ne pas y réussir.

En fait, si les femmes se posent la question du droit de ne pas aimer, en réalité, elles voudraient avoir le droit de les aimer… Elles voudraient être accompagnées jusqu'à l'amour. Ne pas réussir à aimer son enfant est une grande blessure, témoignant bien évidemment d'une autre blessure, bien plus ancienne, non guérie.

À l'origine du manque d'amour d'une mère pour son enfant sont des émotions non dites, non exprimées, non perlaborées*. En réalité, ce n'est pas son bébé que la mère n'aime pas, c'est une part d'elle-même. Elle projette cette partie d'elle sur la personne de l'enfant pour pouvoir protéger son image. Si c'est l'enfant qui est mauvais, elle peut continuer de se vivre comme bonne. De nombreuses raisons peuvent concourir à éloigner une mère de son enfant. On peut toutefois dégager quatre grands ordres de causes : le non-désir d'enfant, un traumatisme autour de la naissance, un vécu douloureux dans sa propre enfance, un conflit avec le père ou la famille. Une femme peut ne pas avoir envie d'un enfant à ce moment-là de sa vie parce qu'elle se sent trop jeune, trop vieille, pas assez installée, pas assez riche, trop occupée, trop inactive, trop seule, mal accompagnée… bref pour toutes sortes de raisons. Même si les moyens de contraception sont aujourd'hui efficaces, ils ne le sont pas toujours à 100 %, et les femmes, peut-être inconsciemment ambivalentes, peuvent omettre de se protéger lors d'un rapport.

Une femme a le droit de ne pas désirer d'enfant. Elle a le droit de ne pas avoir désiré vous concevoir. ET vous avez le droit d'éprouver de la colère de ne pas avoir été désiré.

Le désir d'enfant est toujours complexe. Il n'y a pas de désir « pur ». Fait-on l'enfant pour lui ou pour soi ? Un peu des deux. On peut vouloir un enfant pour combler un grand vide dans sa vie, parce qu'on a peur de se confronter au monde du travail, pour garder un homme, pour remplacer un mort, pour dépasser la grande sœur, pour combler sa solitude, par désir de

---

* Perlaborer : terme psychanalytique signifiant élaborer, traverser et intégrer.

transmettre son code génétique, de se prolonger, de plaire à sa mère, de correspondre à une image de famille idéale... Tout cela est centré sur soi et non sur l'enfant. Et toutes ces raisons sont présentes confusément. Le problème vient quand ces raisons personnelles deviennent trop exigeantes, prioritaires, existentielles. L'enfant n'est alors qu'objet et non sujet.

Tout ce chapitre pourrait être écrit aussi pour le père. Mais la question semble hélas moins sensible. On permet un peu trop facilement au père de ne pas reconnaître son enfant. On attend éventuellement qu'il paye pour lui, pas forcément qu'il l'aime. (La situation change heureusement peu à peu, et les pères commencent à revendiquer leur droit à aimer les enfants et à s'en occuper.)

Bref, tout enfant a le droit d'avoir été désiré et tout parent a le droit de ne pas désirer un enfant. Le devoir du parent n'est pas de s'obliger à des sentiments qu'il n'éprouve pas, encore moins de s'en culpabiliser. Son devoir est de reconnaître sa vérité, et d'entendre la juste colère de son enfant. Comme le souligne André dans sa lettre à sa mère : « J'aurais eu besoin que tu me le dises et que tu dises que tu aurais aimé que cela se déroule autrement, que tu manifestes de l'empathie pour ce que j'ai vécu. »

L'enfant peut avoir été désiré ou non, et être accepté ou non. Des bébés non désirés sont accueillis avec beaucoup d'amour, d'autres, pourtant désirés, ne rencontrent que distance et froideur. Certains parents sont éblouis dès le premier instant de la rencontre avec leur enfant. D'autres vivent une certaine déception devant ce petit être qui se montre différent du bébé parfait qu'ils ou elles avaient imaginé. Il est laid, fripé, trop nerveux ou trop mou, il lui fait mal en tétant ou il refuse de téter. Parfois il naît malade ou infirme, ou tout simplement il ne correspond pas à l'image qu'ils ou elles s'étaient faite du chérubin et/ou de la relation mère-bébé. Ces parents-là ont besoin d'être accompagnés et soutenus pour comprendre ce qui se passe en eux et exprimer la blessure ressentie. Si ce n'est pas le cas, la blessure non dite, les émotions réprimées altéreront la relation à l'enfant. Ils ou elles détesteront ce bébé qui leur fait vivre des sentiments si peu agréables. Ils ou elles tenteront probablement de le cacher, voire de se le dissimuler à eux-mêmes, mais ils/elles seront plus durs envers lui, moins câlins, moins tolérants, moins affectueux, plus facilement excédés...

Marie me consulte pour sa fille, ou plutôt pour sa relation avec elle. Quand Daphné s'approche, elle recule. Elle n'arrive pas à l'aimer me confie-t-elle en sanglots. Daphné a aujourd'hui une dizaine d'années. Elle se plaint de la différence de traitement entre elle et son frère. Marie a le courage de venir me parler de ce qu'elle vit. Elle a conscience de crier sur sa fille pour un rien, de se montrer injuste et surtout se sent incapable de répondre à ses demandes affectives. Elle a adoré son deuxième enfant, un fils, dès sa naissance. Elle a découvert alors des émotions, des sentiments, qu'elle n'avait jamais éprouvés pour son aînée. Je lui demande de me raconter l'histoire de Daphné.

Il y a dix ans, Marie accouche d'une petite fille. Elle lui trouve les yeux tirés, l'air mongolien... Elle est soucieuse mais n'ose rien dire. Dès le lendemain, le médecin lui annonce qu'il va pratiquer sur sa fille un test pour, dit-il, vérifier l'absence de maladie génétique ! Il s'agit probablement du test de Guthrie, réalisé sur tous les nourrissons et visant à identifier les enfants atteints de phénylcétonurie. Mais, dans l'esprit de Marie, il s'agit d'un dépistage de la trisomie. Elle n'ose pas vérifier, encore moins demander les résultats du test.

Le médecin ne les lui a pas donnés. Peu à peu, face à cette absence d'information, son doute se mue en quasi-certitude. Pour ne pas trop entrer en contact avec la souffrance, Marie s'éloigne affectivement de son bébé. Elle la considère avec une certaine crainte, teintée de colère. Elle lui en veut de lui faire vivre cela. Elle se culpabilise bien sûr de ces sentiments… ce qui l'éloigne davantage encore de Daphné. Ce n'est que deux mois plus tard que, se confiant enfin à son médecin de famille, ce dernier a dissipé ses doutes… Son bébé était normal ! Mais ces deux mois ont profondément altéré la relation mère/enfant.

La culpabilité associée au recul affectif face à son bébé a installé une barrière entre elle et l'enfant. Le fossé a été creusé dès la naissance par l'absence de communication, par l'interdit porté sur les émotions. Marie aurait eu besoin d'être acceptée dans sa déception, d'être écoutée dans la formulation de ses craintes, d'être rassurée sur la santé de son bébé et surtout sur sa capacité à l'accompagner dans la vie.

Marie est venue avec Daphné dans mon cabinet. Elles ont pu se parler. Daphné a dit son désespoir et son espoir… Marie a partagé son désir de l'aimer et son sentiment d'impuissance en prenant conscience de son incapacité à y arriver. « Je ne suis pas parvenue à t'aimer jusqu'à aujourd'hui, j'ai envie de me libérer de ce qui fait nœud en moi, de devenir capable de t'embrasser, de te donner toute la tendresse que tu mérites. Même quand je t'accuse, c'est important que tu saches qu'en réalité, tu n'es pour rien dans ma violence. Je suis dure avec toi quand je suis enfermée dans mon passé. J'aimerais tant réparer… »

Il y a souvent un enfant dont le parent se sent plus proche. Il le comprend mieux, l'accepte mieux, soit parce qu'il lui ressemble davantage, soit au contraire parce qu'il lui ressemble moins… Car derrière ses attirances se profile son histoire. Quand on n'est pas en paix avec sa propre enfance, il peut être très difficile de supporter un enfant qui nous ressemble trop. Ce n'est bien entendu pas l'enfant qui est en jeu, mais ce qu'il nous rappelle de nous. Ce qui se met en travers de l'amour appartient au passé du parent. L'enfant a besoin de le savoir pour ne pas concevoir de croyance négative sur lui-même. Si le parent trouve des justifications dans le comportement ou les attitudes de son enfant pour moins l'aimer ou être moins à l'aise avec lui, en réalité, c'est son propre inconscient qui met la barrière. Il est injuste de faire croire à l'enfant qu'il est moins aimé parce qu'il est turbulent, renfermé, brun ou blond, parce qu'il lit moins ou n'aime pas les jeux de ballons. L'attirance dépend du parent, pas de l'enfant. Ce dernier répond toutefois et entretient ensuite le fossé… Il a tendance à augmenter les comportements qui déplaisent au parent pour renforcer la thèse stipulant que s'il était différent, il pourrait être aimé et ainsi protéger sa personne de l'insupportable rejet. Le raisonnement inconscient est : « Si je jouais au foot, papa m'aimerait, mais je me garde bien de jouer au foot parce qu'alors je risque de découvrir que papa ne m'aimerait toujours pas et alors là, je serais totalement démuni. »

5

La part de l'inconscient

Au-delà de toutes les difficultés matérielles et affectives que peut rencontrer un parent envers son enfant, les résurgences de sa propre histoire sont les plus virulentes. Nous avons déjà évoqué les difficultés qu'une femme (un homme) peut rencontrer pour aimer l'enfant qui se trouve à la même place qu'elle (lui) dans la fratrie. Tout au long de la croissance de sa progéniture, un parent rencontre sa propre histoire.

Les blessures du passé sont à l'origine de toutes sortes d'attentes et projections. Elles empêchent le parent de réagir sainement face à certains besoins, émotions, attitudes ou comportements de ses enfants. Il n'est pas toujours simple pour un parent de tolérer un comportement qui lui a été interdit petit. Non pas parce qu'il refuserait consciemment que ses enfants soient plus heureux que lui, mais pour ne pas entrer en contact avec la réalité de ses besoins d'enfant, ce qui réveillerait immanquablement les émotions refoulées.

Quand vos parents ont été plus durs, plus distants ou plus violents avec vous, à une certaine période de votre enfance ou adolescence, demandez-vous, ou demandez-leur, ce qu'eux-mêmes ont vécu à cet âge. Leur attitude reflète vraisemblablement une blessure non encore guérie. Parfois le souvenir revient. Le parent se dit « à cet âge, moi je n'avais pas le droit de… » ou « il n'aurait pas été question que je… ». Les souvenirs les plus accessibles à la conscience sont ceux des interdits et permissions. « Voici ce à quoi j'avais droit et ce à quoi je n'avais pas droit. » Le parent se souvient du cadre dans lequel il devait évoluer. Soit pour imposer ce même cadre à ses propres enfants, soit pour souligner combien ils sont chanceux par rapport à lui.

Le parent peut aussi se souvenir des faits ayant marqué son histoire : « J'avais ton âge quand mon père est parti », « j'avais ton âge quand nous avons déménagé »... Les états internes, les émotions et sentiments vécus ont en général plus de mal à remonter à la conscience : « J'étais si mal dans ma peau... », « je souffrais de la dureté de mes parents »... Ce sont ces états internes, ces émotions non perlaborées qui se transmettent de génération en génération, obligeant parfois les faits à se répéter eux aussi. La plaie restée ouverte cherche la guérison. Son souvenir réapparaît dans la descendance jusqu'à ce que quelqu'un la voie, la reconnaisse, entende les émotions et permette à la plaie de se refermer et de cicatriser enfin. C'est ainsi que nous voyons un de nos enfants tomber de vélo au même âge, se faire opérer de l'appendicite à l'âge auquel nous avons vécu une peur terrifiante, être violée à l'âge où nous-même l'avons été... Nos accidents et maladies ne sont pas toujours dus au hasard... Nous sommes conditionnés par les blessures de nos ancêtres. Génération après génération, les petits aînés ou les cadets se coupent l'index droit ou se tordent la jambe gauche .. C'est ainsi que nous voyons souvent apparaître sur la peau de nos enfants des cicatrices identiques aux nôtres. Soulignant que si la blessure physique est réparée, la blessure émotionnelle, elle, saigne encore.

6

La position inconfortable des pères

Les rôles sexuels sont aujourd'hui plus souples, et les pères montrent qu'ils sont tout aussi attachés à leurs enfants que les mères. Être papa est une grande aventure, ni plus ni moins compliquée et ambivalente que d'être maman. Je reçois toutes sortes de pères, du plus impliqué au plus distant. Certains pères se montrent plus maternants même que leurs femmes. Doux, tendres, attentifs aux besoins de leur tout-petit, lavant, nourrissant, se levant la nuit, prêts à passer des heures à porter, bercer, regarder, caresser. Il a probablement toujours existé des hommes plus maternels que leur femme. À ceci près que la distribution rigide des rôles ne leur permettait pas une aussi grande liberté qu'aujourd'hui dans la tendresse.

D'autres ne s'attachent pas à leurs enfants. Ils considèrent que leur éducation comme toutes les tâches matérielles incombent à la mère. Ils veulent bien les déposer à l'école le matin, mais s'ils ne les voient pas pendant quinze jours, ils n'éprouvent pas de manque. Raoul est dans ce cas. Marié, il a trois enfants. Il rentre très tard le soir et le week-end, il part skier, faire de la voile ou se repose. Il n'a jamais joué à un jeu de société avec ses enfants, a très peu l'occasion de leur parler. D'ailleurs, même s'il s'en défend, il s'ennuie vite en leur compagnie. Il ne sait pas ce qu'ils apprennent à l'école, ne connaît ni leurs amis, ni leurs enseignants, ni même leur médecin. Ce n'est pas lui qui achète les cadeaux de Noël, il n'a pas la moindre idée de ce qui leur fait plaisir. Il dit aimer ses enfants… Qui aime-t-il ? Il ne les connaît pas ! Il dit les avoir désirés... En réalité il a désiré l'image de la paternité, la fierté de voir à ses côtés de jolis garçons et filles issus de lui, pas la rencontre intime avec des êtres dépendants et aux besoins intenses.

Raoul est exilé de lui-même. Son propre père ne s'est jamais préoccupé de lui. Au cours de sa thérapie, il a pris conscience qu'il traite ses enfants comme il traite l'Enfant qui est en lui, avec distance et mépris. Se rapprochant de lui-même, osant entrer en contact avec l'immense vide laissé par la carence paternelle, il s'est du même coup rapproché de ses enfants.

Entre les deux extrêmes, il y a toutes les sortes de pères. L'image sociale est un grand piège pour les hommes. Un tout nouveau papa me disait : « Depuis que je suis père, je me sens investi d'une mission. Je me sens chasseur, pourvoyeur de nourriture. Je suis celui qui doit assurer la protection de ma femme et de mon enfant. » Son rôle de père prenait davantage de place que son ressenti. Certes, la paternité est une fonction. Mais si on l'exerce dans le cadre d'un rôle figé, on passe à côté des véritables sentiments.

Peu de pères se donnent le droit d'entrer en relation intime avec leur enfant. « Je ne vais pas le langer, je ne suis pas une femme », « parler, c'est pour les nanas », « c'est ma femme qui s'occupe de leur éducation »... En conséquence, nombre d'adultes d'aujourd'hui n'ont pas eu de papa. Au mieux, ils bénéficiaient d'un papa qui jouait avec eux. Ils sautaient en l'air, se bagarraient, opéraient toutes sortes de cabrioles viriles. Mais les câlins ? À la rigueur avec leur fille, tout au moins jusqu'à sa formation. Mais pas question de prendre un fils sur les genoux. Sur les épaules à la rigueur. Sinon, il fallait attendre d'être grand-père pour prendre un petit garçon sur les genoux pour un câlin sans le faire sauter « à dada sur mon bidet… youh ! ».

Le contact physique est nécessaire à l'intimité. Les bagarres avec papa sont des moments de complicité intenses et fondamentaux, les jeux de lancer en l'air ou dans la piscine sont super sympas (quand l'enfant aime cela), ET les papas ont le droit de montrer de la tendresse à leur garçon comme à leur fille.

IV

De la blessure au symptôme

Tous les petits d'homme vivent des blessures, éprouvent des frustrations, subissent des injustices et en souffrent. Ces souffrances sont plus ou moins graves, plus ou moins profondes. Tout enfant traverse des colères, des rages, des peurs, des terreurs, du dégoût, de la douleur... Le plus parfait parent ne peut le lui éviter. Le pourrait-il, ce serait nocif. Pour nous sentir exister, nous avons besoin de nous confronter à certaines limites. Cela nous permet de sentir notre enveloppe et de quitter l'illusion de toute-puissance. Si un enfant n'était jamais blessé, ne vivait ni manque, ni injustice, il aurait des difficultés à construire l'image de son identité, à se percevoir comme séparé de son environnement, à élaborer le sentiment de son « moi ».

Notre psychisme, comme notre corps, est équipé d'outils de guérison qui nous permettent de nous réparer des petites et grandes blessures de la vie et même de grandir des épreuves. Ces outils sont les émotions et l'élaboration mentale. Ce n'est pas l'événement, la phrase de papa ou *le geste de maman qui marquent l'enfant dans sa chair, c'est l'impossibilité de s'en réparer. Observons dans ce chapitre comment le trauma devient traumatisme**, *c'est-à-dire comment le processus de croissance et de réparation de l'individu peut être altéré.*

---

* Si les deux termes tendent à être utilisés comme étant synonymes, le mot « trauma » signifie « blessure ». Le traumatisme désigne les conséquences sur l'ensemble de l'organisme d'une lésion résultant d'une violence externe. (*Vocabulaire de la psychanalyse*, J. Laplanche et J.-B. Pontalis, PUF, 1967.)

1

La colère réparatrice

La nature nous a doté d'un outil de réparation : la colère. Cette émotion « recoud » la blessure et aide à restaurer notre intégrité. Avant d'aller plus avant dans la description du processus de la colère, il n'est peut-être pas inutile de glisser quelques définitions, tant la confusion est fréquente entre émotion et sentiment. Une émotion est une réaction physiologique de l'organisme en réaction à un stimulus. Un sentiment est un phénomène psychologique et suppose une élaboration mentale. Chacune de nos émotions a une fonction spécifique. La colère est une émotion réparatrice.

Comment répare-t-elle ? J'aime la métaphore du garagiste. Une voiture heurte votre véhicule. Vous descendez inspecter l'état de votre carrosserie. Elle enregistre une bosse concave. Vous pouvez frapper l'automobiliste responsable de l'accident, cela ne réparera pas votre voiture. Donc, vous faites un constat, établissant clairement les responsabilités de chacun et les dégâts occasionnés. Ensuite, vous conduisez votre véhicule chez le garagiste. L'expert passe constater les dégâts. Le garagiste se saisit de ses outils et frappe de l'intérieur de la carrosserie vers l'extérieur pour la redresser. C'est tout à fait l'image de la colère saine, bien que dans ce cas, tout se passe en une fraction de seconde. Puis, par l'intermédiaire de votre assureur, vous demandez réparation du préjudice au responsable de l'accident. C'est lui qui réglera la facture du garagiste (moins la franchise imposée par votre assureur).

Illustrons cela par quelques dessins :

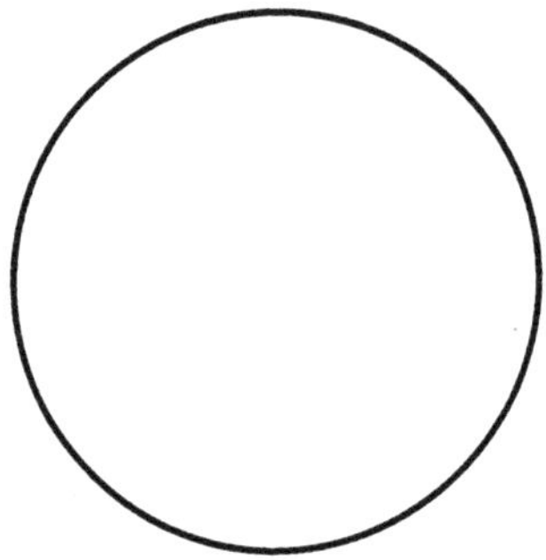

Enfant dans toute son intégrité

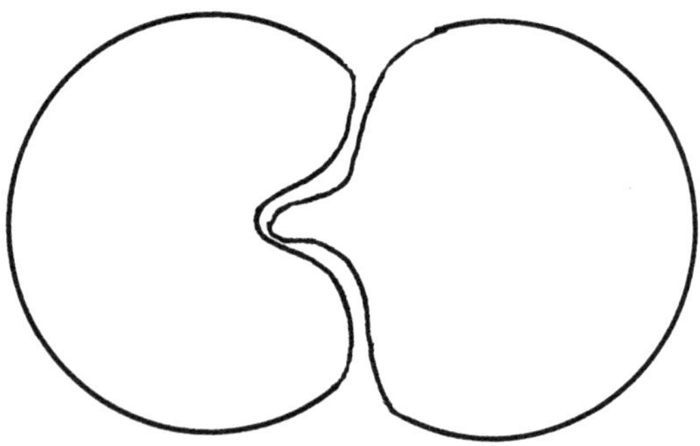

Enfant blessé par un agresseur

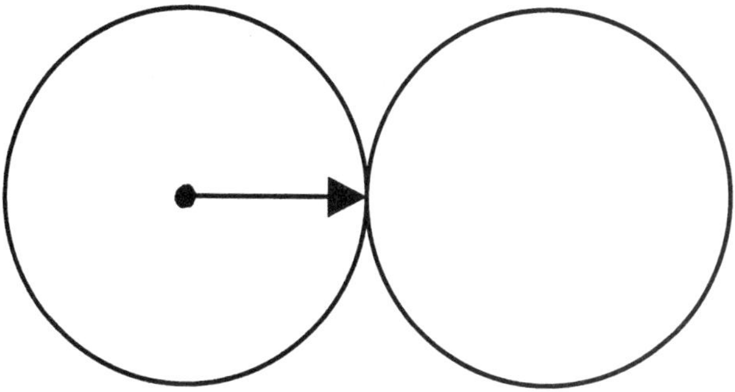

La colère part du centre de soi, repousse l'agresseur à l'extérieur et répare le sentiment d'identité et d'intégrité

Il nous devient évident que lorsqu'une personne est « hors d'elle », elle n'est pas en train d'exprimer de la colère. Elle est dans la violence. Ainsi hors d'elle, elle évite de ressentir la saine colère qu'elle éprouverait si elle était en elle. Dans l'émotion de colère (je ne parle pas ici du sentiment de colère), on est vraiment en soi, bien centré.

Analysons ensemble une situation de frustration :

Un enfant de deux ans voit un camion rouge dans une vitrine. « Je le veux », dit-il. Pour l'adulte que nous sommes, le camion est un objet, nous pouvons ou non l'acquérir sans en être modifié. Pour l'enfant, la chose est différente. Le camion rouge n'a pas véritablement une existence séparée et indépendante de lui. Le camion existe dans le prolongement de son désir. Quand il veut le camion rouge, ce dernier lui appartient déjà, il se voit avec. Plus l'enfant est petit, plus ses frontières sont floues. Le camion fait partie de lui. « Moi jouant avec le camion » est un tout. En refusant d'acheter le camion, le parent ne mesure pas toujours qu'il enlève à son enfant un morceau de sa personne. Or l'enfant se sent atteint dans son intégrité. Sans ce camion, il lui manque désormais un bout de lui-même. Sa carrosserie est cabossée. À l'instar de certains conducteurs – qui n'ont peut-être pas beaucoup grandi – il le vit comme s'il était blessé dans sa chair et le clame avec force colère !

Si l'adulte sait accueillir cette colère, l'enfant répare sa blessure et apprend sur lui-même et sa relation aux autres et aux choses. Il peut désirer sans obtenir forcément. Son identité et sa puissance ont des limites, il n'est pas détruit par le manque, il n'a pas besoin de posséder ce camion pour exister.

En revanche, si le parent n'accepte pas la colère, l'enfant comprend qu'il n'a pas le droit de se réparer de la blessure créée par ce manque en lui. Trop petit pour en considérer le motif réel, il en déduit facilement que ses parents ne le lui achètent pas pour quelque obscure raison le concernant : il n'est pas gentil, il n'est pas digne d'amour. De plus, il reste cabossé, il lui manque donc un morceau de lui. Il se considère comme non-complet. Quelqu'un d'incomplet n'est pas quelqu'un d'aussi bien que les autres... Puisque ses parents ne veulent pas entendre sa colère, c'est donc qu'ils considèrent comme juste qu'il reste cabossé. Un coup, une critique, une injustice, une humiliation... font des marques dans l'identité. Elles cabossent l'enfant. Si ce dernier ne peut se réparer en exprimant sa colère, il conserve la blessure et reste cabossé. Par la suite, voire immédiatement, il oublie qu'il a été « abîmé » par son parent. Il se vit comme un être malformé, cabossé d'origine. Surtout si ses parents lui confirment qu'il est un mauvais enfant.

Si l'enfant obtenait systématiquement tous les camions désirés, son image de lui-même gonflerait en proportion. Son désir ne rencontrant plus de limites, le sentiment de toute-puissance – naturel chez les très jeunes – ne serait pas freiné par la résistance du réel. Il ne pourrait élaborer la conscience de ses propres frontières. Une certaine dose de frustration est structurante de l'identité. Il faut le répéter, ce ne sont ni la frustration en elle-même, ni la blessure, qui causent des dégâts profonds dans l'identité de l'enfant, mais l'impossibilité de se réparer, l'interdit d'exprimer les émotions.

Pour guérir ses blessures, l'enfant a besoin d'un adulte à ses côtés qui entende son vécu, reconnaisse et accepte sa peur, sa terreur, sa rage, sa douleur, et ses colères. Lorsque les émotions sont entendues, reconnues, acceptées et que leur expression est accompagnée et accueillie, c'est-à-dire quand l'enfant est encouragé à pleurer, à taper (sur des coussins) ou à crier, il soigne sa blessure. Malheureusement, un parent qui vient d'enfermer son enfant dans un placard pour le punir ou simplement pour ne plus entendre ses pleurs n'est pas désireux d'écouter la fureur de sa victime !

De nos jours, de plus en plus de parents s'excusent auprès de leur enfant après l'avoir frappé ou humilié. Ils reconnaissent leurs propres limites au lieu de préférer croire que c'est l'enfant qui a besoin de limites. Ils savent dire « j'étais exaspéré » au lieu de « tu es vraiment insupportable ». Ils savent que si leur violence a été déclenchée par le comportement de l'enfant, ses causes véritables remontent plus loin dans leur histoire personnelle. Ils reconnaissent le droit de l'enfant à se construire en toute sécurité. Ils refusent la crainte comme méthode d'éducation. Ils ne veulent pas abuser de leur pouvoir sur l'enfant. Ils sont prêts à entendre sa colère. Mais l'immense majorité des parents d'hier et encore un certain nombre de parents d'aujourd'hui préfèrent se convaincre de leur bon droit à frapper, punir, humilier en assénant à l'enfant qu'ils agissent ainsi pour son bien. Les parents « à l'ancienne » accusent facilement les parents « nouveaux » d'être excessivement permissifs voire laxistes. Pour eux, écouter leur enfant, écouter son vécu, son émotion, c'est « tout lui passer », en faire un enfant gâté qui ne sera pas heureux plus tard. Écouter une émotion ne signifie pas donner satisfaction sur tout. C'est permettre à l'enfant d'accepter la frustration sans se diminuer, de se guérir de ses blessures sans se dévaloriser, de se relever et même de grandir des inévitables souffrances et confrontations avec le réel. L'enfant qui se voit sans cesse refuser ce qu'il demande et interdire la colère pour se réparer de cette frustration, entend ce message : « Tu es impuissant. »

Il est aussi une autre manière d'interdire la colère : donner systématiquement satisfaction. Cet enfant qui reçoit tout ce qu'il désire sans rencontrer d'opposition entend le message : « Tu es tout-puissant. » Ce sentiment de toute-puissance masque toutefois une immense impuissance par manque de contours.

L'enfant qui est entendu dans sa colère construit un juste sentiment de puissance sur sa propre vie. La colère est l'émotion de la réparation du sentiment d'intégrité. Peurs, terreurs, rages, tristesses, cris de douleur, toutes les émotions suscitées par la situation ou l'attitude du parent doivent être exprimées sous peine de rester sous forme de tensions dans le corps et/ou d'altérations du sentiment d'identité ou du droit à l'épanouissement.

Si Thomas a finalement été accueilli avec une immense joie par ses parents, il n'a pas eu le temps d'être désiré et l'annonce de la grossesse a fortement perturbé sa maman, elle ne voulait pas d'un second enfant si vite. Jusqu'à six mois, elle a eu du mal à accepter la présence de ce bébé dans son ventre. Elle avait peur. Peur de ne pas être à la hauteur, peur de ne pas l'aimer autant que le premier. Ses peurs étaient nourries par la répression de sa colère d'être enceinte. Culpabilisée de ne pas se réjouir de cette grossesse, inquiète à l'idée de traumatiser son bébé à naître, elle n'osait pas reconnaître sa pourtant juste colère. De là à l'exprimer... Elle gardait donc sa colère inconsciente, la couvrant d'une couche de peurs pour ne pas risquer de la découvrir. Pensez à ce que pouvait vivre celui qui ne se nommait pas encore Thomas dans ce ventre ! N'oubliez pas que les émotions sont physiologiques, elles sont assorties de modifications physiologiques, de production d'hormones spécifiques. Bien que filtrées par la barrière placentaire, les émotions de la mère, présentes dans son sang, traversent l'enfant.

Après ces débuts difficiles, un grand amour est né entre eux. Sa maman l'a adoré dès la naissance. Il a été cajolé, embrassé, bercé tendrement... Pour la mère, toutes les difficultés étaient envolées. Mais tout l'amour reçu par la suite ne suffira pas à apaiser les tourments du fœtus. Il aura besoin de rendre à sa mère les émotions qui l'auront traversé sans lui appartenir, et d'expulser de lui la colère de la frustration et de l'injustice. Car si tout un chacun peut comprendre la situation de la mère et entendre combien il peut être injuste d'être enceinte une seconde fois si vite sans l'avoir désiré, il est injuste pour Thomas de ne pas être accueilli. Les faits ne sont pas intrinsèquement justes ou injustes. Un même événement peut être juste pour l'un et injuste pour l'autre. L'enfant a besoin de pouvoir crier à l'injustice, même si le parent ne partage pas son sentiment. **La colère est un mouvement émotionnel. Elle est à écouter pour ce qu'elle est et non comme une accusation.** Notre vie psychique est extrêmement complexe. Pour la comprendre, nous devons en écouter tous les mouvements.

Si Thomas, non désiré, peut (une fois né) exprimer sa peur d'avoir grandi dans un ventre dans lequel il n'était pas bienvenu, s'il peut exprimer sa rage devant l'absence de désir de ses parents, s'il peut pleurer sa détresse de fœtus dans les bras de sa maman... Si ses parents peuvent entendre sa souffrance sans la majorer ni la minimiser, s'ils peuvent reconnaître la réalité de sa blessure sans se culpabiliser, s'ils reconnaissent son bon droit à se plaindre* de ce manque de désir, il n'y aura pas de lésion dans sa personnalité.

Si Véronique, née par césarienne dans un climat de panique et de cris, peut être entendue dans sa propre terreur, puis laisser libre cours à sa fureur d'être née dans de telles conditions, puis enfin pleurer pour accepter que telle a été son histoire, elle ne sera pas marquée à vie par les mauvaises conditions de sa naissance.

Si Uriel, sevré brutalement à un mois, peut hurler sa rage, puis pleurer à chaudes larmes la perte de ce sein tant chéri dans les bras chaleureux, responsables et acceptants de sa maman, il ne conservera pas la peur du retrait d'amour.

Si Valérie, hospitalisée à l'âge de trois mois sans ses géniteurs, peut hurler la terreur de se retrouver seule dans un monde inconnu et hostile (on l'a piquée, attachée, réveillée...), un univers aux bruits inquiétants, aux lumières trop violentes, aux odeurs étranges... Si elle peut être entendue dans sa colère face aux personnes ayant interdit à ses parents de rester dormir avec elle, mais aussi face à ses parents parce qu'ils n'ont pas su se rebeller et imposer leur présence à ses côtés. Si elle peut dire sa colère aux infirmières et médecins qui lui

---

* Non pas continuellement bien sûr, ce serait à nouveau le symptôme d'un blocage, mais suffisamment pour sentir qu'il y a malaise et faire émerger le désir de changer.

ont infligé des souffrances physiques sans lui parler suffisamment. Si elle peut pleurer sa détresse, son impuissance, et accepter son histoire, elle ne construira pas une carapace contre l'extérieur avec la croyance que le monde est hostile et dangereux.

Si Valentin peut exprimer sa rage à sa mère pour l'avoir contraint à cette longue station sur le pot. S'il peut lui dire son angoisse de ne pas saisir ses attentes et son impuissance à la satisfaire, et si elle l'écoute et reconnaît son bon droit à se dire, il ne s'enfermera pas plus tard dans des schémas du style « je fais des efforts mais je ne réussis pas ».

Si Wislawa, secouée par sa maman quand elle pleurait, peut expulser sa rage, sa fureur d'avoir ainsi été traitée, elle ne rajoutera pas à la destruction de ses neurones (irréparable) la détresse affective d'être haïe par une maman.

Si Xavier peut dire sa colère à son père lorsque ce dernier menace de partir, s'il est entendu par son papa, si ce dernier reconnaît l'exagération de ses propos et manifeste de l'empathie pour la peur de son fils, alors Xavier ne vivra pas dans la panique de l'abandon.

Si l'enfant est entendu, il se répare. En revanche si ses émotions ne sont pas acceptées, s'il n'a pas la possibilité de s'exprimer, si ses parents ne reconnaissent pas son vécu, la blessure restera. Les émotions restent en tension dans l'organisme.

Lorsque la colère est interdite, la réparation est interdite, la restauration de l'intégrité est interdite. Le message est : reste cabossé !

2

Quand les parents n'écoutent pas la colère

Aucun parent ne désire consciemment abîmer sa progéniture. Que se passe-t-il donc en lui pour refuser la réparation de son enfant ? Plusieurs dynamiques sont en cause. L'ignorance et le refus de souffrir étant à la racine de la plupart des comportements nociceptifs*.

L'ignorance de ce qui touche aux émotions est fatalement source de négligence et de maltraitance émotionnelle. Quand on ne sait ni ce qu'est une émotion ni à quoi elle sert, quand on ne sait pas différencier une émotion d'un sentiment, quand on n'a pas appris soi-même à reconnaître en soi ses affects, on n'est pas enclin à laisser s'exprimer cris, tremblements, larmes, voire rires.

Personne ne nous parle jamais de ce qui se déroule à l'intérieur de nous. Nous n'avons pas pris l'habitude de prêter attention à notre organisme. Nous sommes donc bien incapables de parler à nos enfants de ce qui se passe en eux, ou de les écouter. Nous ne voyons le plus souvent des autres que leur aspect extérieur. Nous n'imaginons pas leurs motivations réelles, les cris qu'ils gardent, les larmes qu'ils n'osent verser, les tremblements qu'ils retiennent.

Peu de gens détectent les peurs de Nadine sous son attitude autoritaire. Peu de gens perçoivent le désespoir de Jean sous son apparente désinvolture. Peu de gens identifient la rage impuissante de Camille sous

---

* Qui engendrent de la nocivité.

son calme, sa gentillesse et son sourire permanent. Nous sommes fréquemment étonnés de l'image que les autres ont de nous. Nadine n'en revient pas d'entendre que les autres la voient comme forte, solide, autonome. Elle se sent si fragile, si démunie. Jean est perçu comme un ours insensible. Ses proches se plaignent de son mutisme et de son manque d'attention à autrui. Lui se sent au contraire hypersensible. S'il ne parle pas, c'est pour ne pas blesser autrui. Il voit tout. Il sent tout. Il est à fleur de peau.

Pour Camille, c'est un peu différent, elle-même ne sait pas combien elle est en colère. Au service des autres en permanence, elle se veut rayon de soleil pour autrui. Seuls ses troubles gastriques et ses difficultés de sommeil manifestent sa vérité.

Nous ne montrons pas ce qui se passe en nous. Nous ne voyons pas ce qui se passe à l'intérieur de nos compagnons, même les plus proches. Nous sommes des étrangers les uns pour les autres et parfois à nous-mêmes. Éprouvant des émotions que nous n'identifions pas chez autrui, nous sommes inquiets à l'idée d'être différents (ce que nous interprétons volontiers comme « moins bien »). Craignant d'être jugés, nous refoulons toujours plus profondément nos affects. Nous ne voulons pas que nos enfants se singularisent, ce que nous interprétons comme dévalorisant. Nous les invitons donc à refouler eux aussi tout ce qui pourrait les marquer non conformes à l'image que nous voulons avoir d'eux.

Pleurer soulage. Et plus encore dans les bras de quelqu'un. Chacun en a l'expérience. Et pourtant, les adultes ont du mal à supporter les pleurs des autres et particulièrement ceux de leur progéniture. Malgré leur expérience personnelle, nombre de gens interprètent les pleurs comme une manifestation de douleur et non de soulagement. Pour ne pas voir les enfants souffrir, ils interdisent donc les larmes. Le message passe, les petits souffrent alors seuls et en silence. Ils ne veulent pas peiner leurs ascendants. Ils peuvent même se sentir coupables de ressentir de la douleur, ils en déduisent facilement qu'ils sont méchants, non aimables...

Qu'est-ce qui empêche un parent d'écouter la souffrance de son fils ou de sa fille ? Ses propres émotions. Les affects de l'adulte sont fréquemment en concurrence avec ceux de ses enfants. Comme le parent a le pouvoir sur le plus petit, il « préfère » inconsciemment – la plupart du temps – que ce dernier reste cabossé plutôt que de ressentir sa propre souffrance.

Nous avons évoqué la gestation de Thomas. Sa maman préfère oublier combien il lui a été difficile d'accepter d'être enceinte. Elle ne veut pas se sentir coupable. Elle ne veut pas faire face à l'intensité des émotions éprouvées au début de sa grossesse. De plus, derrière sa difficulté à accueillir le futur Thomas se tapit sa détresse de petite fille au moment de la naissance de son petit frère. Elle ne voulait pas de ce garçon qui lui prenait ses parents. Et sa propre mère avait eu du mal à accepter ce second enfant, venant si vite après la première... L'histoire se répétait.

Pierre rentre très tard du travail. Le samedi, il travaille. Le dimanche, il se repose. Il ne se rend même pas compte qu'il ne voit quasiment pas son fils. « Je l'embrasse tous les soirs avant qu'il ne s'endorme ! », dit-il fièrement. Il refuse de considérer la réalité de son enfant. Il ne veut pas regarder combien il pourrait lui manquer. Comme la mère de Thomas, il ne veut pas prendre conscience de ce que vit son fils de peur d'éprouver un sentiment de culpabilité qu'il ne saurait pas gérer.

Un parent, prenant conscience de blesser son enfant,

se sent naturellement coupable. Ce sentiment sain de culpabilité le conduit à manifester de l'empathie vis-à-vis des émotions de sa victime et à tenter de réparer. Quand le parent ne peut se confronter à son sentiment de culpabilité, il préfère ne pas prendre conscience de ce qu'il vient de faire. Il ne ressent ainsi aucune culpabilité.

Ce n'est pas par « méchanceté » que Pierre refuse le sentiment de culpabilité. Cela lui est impossible de par sa trop grande blessure. S'il percevait le désespoir de son fils, s'il entendait combien il lui manque, il se sentirait tout détruit à l'intérieur. Enfant, Pierre devait être fort et bien travailler à l'école. Il devait à tout prix éviter de faire de la peine à sa maman. Pour être parfait et sans reproche, mieux vaut ne pas être là ! Pierre évite de se confronter à son incompétence. Un bébé pleure inévitablement à un moment ou un autre. L'entendre lui serait insupportable. Il se sentirait tellement coupable... qu'il refuse de le sentir.

Bernadette vit les choses différemment. Elle se sent coupable sans cesse. Son fils refuse d'aller à l'école ? C'est de sa faute. Il est grippé ? C'est de sa faute. Il se montre timide ? C'est de sa faute.

Paradoxalement, comme Bernadette, certains parents s'enferment dans un sentiment de culpabilité généralisé. « Je suis une mauvaise mère », « je fais tout de travers ». Ce sentiment est tout à fait exagéré. Il provient d'une image négative de soi acquise dans l'enfance et opère en réalité comme un mécanisme de défense contre le sentiment sain de culpabilité. La « culpabilité » de ces personnes les empêche de sentir leur juste responsabilité et de voir la réalité du vécu de l'autre.

« Tu ne m'aimes pas ! Tu préfères mon frère » pleure Nina. Olivia a du mal à entendre les reproches de sa fille. Elle nie ce qu'elle sait pourtant être la réalité. Elle éprouve beaucoup de culpabilité à se comporter aussi durement avec sa fille. Cependant, malgré ses efforts, elle n'arrive pas à changer d'attitude. Incapable de maîtriser ses attitudes, elle les justifie, cherche à en attribuer la responsabilité à Nina – « c'est toi qui es maladroite, ne ranges jamais ta chambre, es infernale… tandis que ton frère, lui, est mignon… » –, l'enfermant ainsi chaque jour un peu plus.

Négation ou excès procèdent de la même difficulté à tolérer des sentiments complexes. Sentir le sentiment de culpabilité (sain) implique de tolérer le sentiment d'impuissance, de ne pas avoir peur de ne pas être parfaite, d'être dégagé(e) du besoin absolu de faire plaisir pour être aimé(e), de n'avoir peur ni du rejet, ni de l'abandon. Bref, de s'aimer suffisamment pour considérer ses erreurs avec tendresse et respect et ne pas être détruit intérieurement par elles. Quand un parent a été jugé par ses propres parents, quand l'amour lui a été donné parcimonieusement et sous condition, il a du mal à se confronter aux erreurs qu'il commet… tant l'amour (et donc la vie !) risque de lui être retiré. S'il considérait ses erreurs, il ressentirait tant de honte, tant de désespoir de ne pas répondre aux désirs de l'autre que cela lui serait intolérable.

Oui, les parents ont tendance à projeter leurs propres parents dans leurs enfants. Il est assez spectaculaire d'entendre de jeunes mamans ou de jeunes papas dire de leur nouveau-né : « Je n'aime pas quand il me regarde fixement, j'ai l'impression qu'il me juge. » En réalité, c'est le parent lui-même qui se juge. Pour ne pas être « jugé » par leur enfant, les parents justifient leurs comportements par toutes sortes de rationalisations éducatives. Leur motivation n'est pas de blesser leur enfant, elle est de tenter de se protéger de l'émergence de la douleur liée à leurs propres blessures.

Quentin mène son fils à la dure. Il ne veut pas se souvenir de ce qu'il a enduré. Écouter les émotions de son enfant l'obligerait à entendre les siennes, à réveiller ses émotions refoulées dans toute leur intensité. Pour maintenir terreurs, rages et désespoirs enfermés dans l'inconscient, Quentin maintient le refoulement sur son histoire. Il se rend insensible à son vécu. Il a annulé la conscience de ses souffrances d'enfant. Il ne peut écouter la détresse de son fils. Cela lui rappellerait la sienne. Quentin reproduit le comportement de ses propres parents dans un double mouvement, pour le justifier et se maintenir à distance de ses émotions de petit garçon, mais aussi pour le comprendre de l'intérieur. C'est si effarant un parent qui tape que, pour maîtriser l'angoisse, l'enfant terrorisé à l'intérieur de l'adulte cherche à saisir ce qui se passe en soi quand on frappe ainsi. Il décharge un peu de la violence emprisonnée depuis son enfance sur son fils.

À la lecture de ce chapitre, nous pouvons mesurer combien il peut être difficile pour un parent d'entendre les émotions de son enfant. Et ce, malgré son désir de faire du mieux qu'il peut. Cela souligne la nécessité d'un accompagnement de la parentalité.

3

« C'est pour ton bien* »

Pour ne pas se sentir coupable de blesser son enfant, l'adulte se construit des justifications. Il se renforce dans la pertinence de ses méthodes éducatives et se convainc que c'est pour le bien de l'enfant.

Martine est très contente de la manière dont elle élève ses enfants. Ces derniers sont sages, obéissants, ils réussissent à l'école. Elle n'aime pas les « léchouilles » et ressent de la fierté quand elle voit ses petits retenir leurs larmes après une chute. Elle ne voit pas tout ce qu'ils cachent en eux de désespoir de ne pas pouvoir être eux-mêmes. Quand elle a giflé un grand, elle l'envoie dans sa chambre et reste certaine de n'avoir accompli que son devoir de mère. Elle corrige ses petits « pour leur bien » et ne conçoit pas que cela puisse leur faire du mal.

En l'écoutant, je pense à Mireille. Voici un extrait de la lettre à sa mère :

> « *Maman, si tu savais comme j'ai mal aujourd'hui encore en repensant à la petite fille que j'étais. Tu ne supportais pas que je m'approche de toi pour t'embrasser, jamais tu ne me prenais sur tes genoux, je n'ai pas de souvenir de tendresse, de caresse. Pour un oui ou un non, tu nous envoyais dans notre chambre, sans dîner ou privé de dessert, privé de ceci, de cela… Tu étais si sévère. Tu étais fière auprès des voisins d'avoir des enfants bien élevés. Je n'étais pas bien élevée, maman,*

---

* Titre d'un excellent livre d'Alice Miller, éd. Aubier.

j'avais peur. Je ne le comprends que maintenant. Petite, je n'avais pas conscience de moi. Je ne savais pas qui j'étais, j'essayais d'être celle que tu voulais. J'affichais un sourire sur mon visage. C'est comme si je n'avais plus d'intérieur. Je n'étais que façade. J'étais ta fille. Je t'admirais. Tu étais dure, inaccessible, mais si belle. J'aurais tellement voulu te faire plaisir. Mais tu n'étais jamais assez contente de moi pour m'embrasser. Tu ne m'as jamais dit que tu m'aimais. Je pensais que je n'en étais pas digne. »

Le désespoir sans nom de la petite fille est palpable dans ces mots…

Quand les mauvais traitements sont intégrés dans l'esprit des parents comme nécessaires à l'éducation, l'enfant entend alors que non seulement il n'a pas le droit d'être en colère, mais il n'a pas le droit de se sentir blessé, puisque c'est pour son bien. Cela lui fait mal, mais il ne peut avoir mal, puisque cela lui fait du bien. Ses parents le lui ont dit. Non seulement il n'a pas le droit de se rebeller ou de se réparer, mais il doit considérer que ce qui lui fait mal lui fait du bien. Ses repères commencent à se mélanger dans sa tête. Il en conclut volontiers qu'il sent faux ! Comment ne pas faire confiance aux parents ? Ces géants qui assurent sa survie et semblent s'y connaître bien mieux que lui. Pour réprimer sa juste colère, protéger ses parents et se prémunir des représailles, l'enfant annule la conscience de sa souffrance, donc la conscience de lui-même, de son identité. Je souligne les mots de Mireille : « *Je n'avais pas conscience de moi, c'est comme si je n'avais pas d'intérieur, je n'étais que façade.* »

4

Le devoir de gratitude

« Quelle idiote celle-là ! » Irène, quarante-six ans, supporte l'injure, elle sourit gentiment. Devant toute la famille réunie, sa mère vient de l'insulter une fois de plus. Irène ne se rebelle pas. Elle encaisse. Elle n'entend même plus. Elle admire sa mère et éprouve une immense gratitude à son égard. N'est-elle pas admirable cette femme si brillante, si mince et belle, qui daigne lui parler, s'occuper d'elle alors qu'elle-même est si bête, si grassouillette ? Dépressive, ayant du mal à trouver du goût à la vie, Irène se culpabilise de ne pas être capable d'être heureuse malgré « tout ce que sa mère a fait et fait encore pour elle ». Il y a quelques années, son frère s'est suicidé. Sa mort ne lui a pas ouvert les yeux. Pas plus qu'elle ne veut voir les causes de sa dépression, elle ne veut entendre l'origine du désespoir de son frère. Depuis cette disparition, Irène plaint sa mère, admire son courage face à l'épreuve, et passe nombre de ses dimanches à ses côtés tout à la fois pour la consoler et pour ne pas se confronter au vide de sa propre vie. Elle n'entend pas les dévalorisations et critiques permanentes à son égard. Elle refuse de prendre conscience du manque de vraie relation entre elles. Elle absorbe somnifères et antidépresseurs et écarte toute responsabilité de sa maman dans sa souffrance. Ce faisant, elle s'interdit d'aller à la racine de ses blessures. Elle maintient l'idée d'une enfance idéale avec une mère fantastique.

Quelle étrange gratitude alors qu'Irène n'aime pas la vie… Gratitude pour quoi ? Ce n'est qu'idéalisation pour ne pas sentir les blessures infligées quotidiennement depuis toujours, soumission à sa mère, tentative désespérée pour être enfin reconnue.

Certains enfants sont élevés dans l'idée qu'ils sont redevables de l'éducation reçue ! C'est douloureux et tellement injuste. Tout enfant développe spontanément un immense amour et une gratitude éperdue envers ses parents, même en cas de maltraitance. « Tu me dois de la gratitude pour tout ce que j'ai fait pour toi ! » Était-ce si contraignant, si désagréable ? Par cette exigence de gratitude, ces parents soulignent combien ils ont peu aimé leur enfant. Le parent qui aime est remboursé par les joies vécues au quotidien auprès de lui. S'il s'est privé de ces plaisirs, de cet amour, de ces joies, ce n'est pas de la responsabilité de l'enfant.

Le devoir de gratitude est d'autant plus nocif qu'il est appliqué aux mauvais traitements ! L'enfant est censé éprouver de la gratitude pour ce qui lui a fait mal. Ou plutôt, il est contraint de considérer que ce qui lui a fait mal lui a fait du bien et il doit dire merci pour cela ! Le devoir de gratitude est un verrou supplémentaire, obligeant l'enfant à enterrer plus profondément encore ce qu'il a subi.

Quand les parents n'exigent pas directement des remerciements pour tout ce qu'ils ont fait pour leur descendance, le devoir de gratitude envers les parents est inscrit socialement. En réalité, la gratitude ne peut être un devoir. C'est un sentiment qui naît spontanément de la conscience du don de l'autre. Nous ressentons de la gratitude envers quelqu'un lorsqu'il s'est montré bon à notre égard, lorsqu'il nous a dispensé ses bienfaits. Quand une personne manifeste de l'amour à une autre, cette dernière s'épanouit sous la caresse, elle éprouve de la gratitude envers celui qui a éveillé ces sensations en elle. On ne peut ressentir de la gratitude pour des coups qu'au prix de la négation de nos sensations et émotions, donc de la négation de ce qui construit la conscience de notre identité.

Le devoir de gratitude est conçu comme global. On devrait éprouver de la gratitude envers les parents pour… tout ce qu'ils ont fait pour nous. La moindre réticence est interprétée comme un manque d'amour, un défaut de reconnaissance ou un manque de respect. Devant une telle menace, l'enfant s'interdit en général d'identifier ses rancunes. Il enterre les blessures sous un sourire soumis. Pourtant ne pourrait-on imaginer éprouver de la gratitude pour certains actes et attitudes et pas pour d'autres ? Puis-je ressentir de la gratitude pour l'attitude d'écoute et de respect de ma mère à tel moment de ma vie ET ne pas en éprouver pour ses gestes et paroles à tel autre moment de ma vie ? Si le devoir de gratitude ne souffre pas d'exception, la véritable gratitude est plus nuancée.

Peut-on continuer à aimer ses parents sans ressentir de gratitude envers les mauvais traitements et abus dont nous avons été l'objet ? C'est une question qui peut paraître étrange, et pourtant tant de gens se la posent, et me la posent ! Ce n'est qu'après avoir osé refuser le devoir de gratitude et exprimé leurs premières colères qu'ils se rendront compte qu'ils aiment encore davantage leurs parents.

Car ce n'est que lorsque nous ne sommes plus soumis au devoir que nous pouvons ressentir notre gratitude naturelle et tout l'amour qui va avec. L'absence de gratitude spontanée souligne une blessure, un manque, une douleur. Il est utile d'aller guérir en profondeur plutôt que de couvrir le tout d'un faux sentiment de gratitude par devoir.

Paul éprouve une gratitude éperdue envers sa mère qui n'a jamais travaillé pour élever ses enfants. Et cette gratitude est (paradoxalement) d'autant plus grande que sa mère était dépressive ! Pourtant la dépression de sa mère l'a fait souffrir. Sa mère n'était jamais vraiment là pour lui. Paul refuse de voir combien il est en colère contre sa mère pour avoir fait ce mauvais choix. Là aussi, il s'agit du devoir de gratitude et non d'un sentiment authentique.

Si la gratitude est un ciment d'amour entre les générations, le devoir de gratitude envers les parents est un instrument de pouvoir. Il interdit à la victime de prendre conscience de la vérité et évite au parent toute remise en cause de ses comportements.

5

L'oubli

« Ce matin, j'étais coincée dans les embouteillages. Je déteste ça, je me sens très vite mal quand je suis enfermée… Tout à coup les lettres écrites sur le camion qui me précède me sautent aux yeux. "Placards sur mesure". Alors je me suis souvenue… Tu m'enfermais dans le placard sous l'escalier. J'étais terrifiée, si je criais, si je tambourinais à la porte, tu hurlais, tu menaçais de me laisser là encore plus longtemps. Alors j'attendais… Comme maintenant dans cet embouteillage. Merci à ce camion de m'avoir rappelé mon histoire. J'avais oublié ce placard. Il est pourtant si présent à moi. J'ai l'impression de le retrouver sitôt que je suis coincée quelque part ou dans le noir. »

Flora avait oublié ce placard, elle avait oublié sa détresse. La veille, dans le stage, elle s'était donné la permission d'éprouver de la colère envers ses parents, brisant ainsi le sceau du secret.

Pour supporter en lui l'intensité de ces émotions inexprimables, l'enfant oublie. L'oubli est un mécanisme de défense contre l'irruption d'affects trop violents que personne n'est prêt à entendre. Le mécanisme de l'oubli est particulièrement impressionnant dans le cas des abus sexuels. Une personne peut oublier pendant des années le viol dont elle a été victime. Elle ne se souvient de rien ! Il est fréquent que des souvenirs de viol parfois très anciens remontent en thérapie. La lecture ou la relation d'histoires de viol l'émeuvent fortement sans qu'elle comprenne pourquoi. Jusqu'à ce qu'un jour ses émotions explosent et la vérité lui saute au visage. Souvent alors la femme (ou l'homme) n'arrive pas à y croire, tant il est stupéfiant de ne pas s'être souvenu d'un événement aussi grave, aussi marquant dans sa vie. Au fur et à mesure du travail thérapeutique et de l'expression des émotions enfouies, les impressions se précisent, les images apparaissent, le film se reconstruit peu à peu. Des observateurs ignorants des processus psychiques pourraient croire à des fantasmes. Les intéressés eux-mêmes ont beaucoup de mal à croire à ce qui leur est arrivé. La chose est si effrayante que le doute revient souvent. Les victimes préféreraient tellement que ce ne soit jamais arrivé !

Il advient, certes, que certaines images ou impressions ne soient que des rêves, des constructions imaginaires répondant à un besoin plus ou moins clair de susciter de l'intérêt, de dissimuler une autre blessure ou de se venger des parents... C'est rare. La recherche scientifique a montré que la mémoire procède par reconstruction. Les souvenirs ne sont pas stockés dans un tiroir du cerveau. Pour resurgir, ils nécessitent la réactivation d'un réseau de neurones. Il est tout à fait vrai que le cerveau ne fait pas la différence entre le réel et l'imaginaire. Mais si le cerveau peut élaborer des fantasmes, le corps ne ment pas et le psychothérapeute averti peut faire la différence entre les faux souvenirs et les vrais en observant les réactions corporelles de son client.

Comment faire pour continuer à vivre naturellement dans sa famille quand la souffrance est trop effarante, et indicible à qui que ce soit... parce qu'on ne serait pas écouté, par terreur ou honte... Et quand ce sont ses propres parents qui ont frappé, violé, humilié ? Ces parents dont nous sommes si dépendants, ces parents responsables de notre protection. Comment vivre le quotidien avec son bourreau ? lui passer le sel, lui parler de l'école, et lui faire un bisou le soir ? L'oubli permet de continuer à vivre, à survivre.

L'oubli est une protection... faute de mieux. Il n'est pas sans conséquence. Et une blessure cachée risque fort de s'infecter. Un symptôme probablement va apparaître, tant pour cacher plus encore que pour tenter de dire. Du fait de ce mécanisme de protection de l'oubli, certains médecins, non formés en psychologie, et même certains psychologues cliniciens, dûment diplômés de la faculté mais sans autre formation et surtout sans avoir engagé de travail psychothérapeutique sur eux-mêmes, arguent de la nécessité de maintenir l'oubli. Ils disent que la vérité risque de faire trop mal à l'enfant voire à l'adulte, qu'il vaut mieux « oublier », « pardonner » (quoi, si on a oublié ?), « penser à autre chose »... Mais le confort apporté par l'oubli n'est qu'apparence, le mal-être va s'exprimer par un symptôme.

Lisa bégayait. Sa mère la menait d'un orthophoniste à l'autre, sans amélioration notable... Elle prit rendez-vous avec une sophrologue pour l'aider à se détendre. La sophrologue posa quelques questions. Le bégaiement avait débuté après un séjour chez un oncle. Depuis, Lisa refusait catégoriquement de retourner chez cet homme. La sophrologue proposa une séance pour aider la petite fille à se remémorer le moment chez cet oncle et identifier la cause du bégaiement. Consulté, le médecin de famille s'y opposa ! Selon lui, il ne servait à rien de connaître les causes du symptôme, cela risquerait de la perturber davantage. Inquiétée, la mère refusa dans un premier temps la séance proposée par la sophrologue. La vérité faisait peur à tout le monde. Tous suspectaient la terrifiante évidence. Le silence permettait de continuer à vivre en famille sans se poser trop de questions. La petite Lisa bégayait, ce n'était pas si grave, et à force de rééducation, cela finirait bien par s'arranger...

La confiance entre la petite fille et la sophrologue s'installait toutefois peu à peu. La mère, rassurée par les progrès de sa fille, finit par accepter que la vérité soit recherchée. Lisa a alors soulevé le voile révélant l'atroce scène du sexe de l'oncle dans sa bouche. Soutenue, accompagnée par sa mère et par la sophrologue, Lisa a pu extérioriser sa douleur, crier sa rage et son désespoir. Elle ne bégaie plus.

Après le viol, elle n'avait pas su, pas pu, en parler. Seule avec ces images, démunie, elle les avait refoulées. Seul le bégaiement exprimait sa peur et sa détresse. Tant que personne ne s'intéressait à la signification de ce symptôme, elle ne recevait pas suffisamment de soutien pour se souvenir. Il n'est pas confortable de bégayer. Et encore moins de devoir en conserver la cause secrète. Lisa souffrait, elle se sentait humiliée par son bégaiement, elle avait honte de ne pas parler comme les autres. Ce n'était pas à elle de porter la honte. Elle était la victime de son oncle. En taisant la vérité, en enfermant sa douleur en elle, elle était victime une seconde fois. Aussi effarante soit-elle, la reconnaissance de la vérité est libératrice.

Nombre de gens ont oublié leur enfance. Ils n'ont pas tous été abusés sexuellement. De multiples aspects conditionnent la mémoire. Et ne pas se souvenir des détails de son histoire ne signifie pas obligatoirement que cette période ait été pénible. Ce qui est vrai dans un sens ne l'est pas forcément dans l'autre.

L'enfant peut effacer carrément les faits eux-mêmes comme Lisa, ou à l'instar de Maud, se souvenir des faits et en minimiser les conséquences en en détachant toute émotion. En effet, Maud semble n'avoir rien oublié de son enfance. Elle se souvient très bien des yeux de son père, des coups, des plaisanteries crues, des punitions... Elle se remémore les faits, voit les images. En revanche, elle est incapable de ressentir ce qu'elle éprouvait alors. « J'imagine que cela a dû me faire mal, mais je ne m'en souviens pas. »

Ce déni protège l'image idéalisée du parent.

6

L'idéalisation

Marc, cadre supérieur, vient me voir avec une demande très précise : supporter les réunions de direction. Devenu directeur dans sa société, il rencontre de grandes difficultés depuis qu'il doit assister aux réunions en présence de son directeur général. En effet, face à lui, il devient anxieux. Une anxiété qui se mue rapidement en terreur s'il doit rester en sa présence... Il est alors pris d'un désir de fuite ardu à contrôler. Il sort pour aller aux toilettes une fois, deux fois, puis, il ne sait plus que faire. D'emblée, il souligne : « Je sais que vous les psys, vous cherchez toujours des causes dans l'enfance. Mais moi, j'ai eu une enfance dorée. Mes parents m'adoraient. J'ai vécu en Algérie, nous avions un jardin, il faisait chaud et beau. J'ai vraiment eu une enfance idéale. » Ne désirant pas le contredire, je lui pose une question sur l'école. Sans se démonter, il répond :

« Oh, à l'école, c'était différent, j'étais un cancre, c'est pour cela que mon père me battait tous les soirs au ceinturon.

– Quoi, il vous battait au ceinturon ? Tous les soirs ?

– Oui, il fallait bien, j'étais un cancre. C'était pour mon bien. D'ailleurs, la preuve, c'est à ces coups que je dois d'être directeur aujourd'hui... »

J'ai mis trois séances à lui permettre d'entrevoir que ces coups lui avaient fait mal. Qu'il avait peur de son père, et que peut-être il était un cancre parce qu'il n'avait pas le droit de savoir que les coups lui faisaient mal (entre autres). Il a d'ailleurs découvert plus tard n'avoir en définitive pas du tout envie d'être directeur. Il avait été orienté sur une voie loin d'être la sienne. Il ne s'y épanouissait pas.

Laissant sa vérité couverte par le voile de l'oubli, l'enfant se reconstruit une histoire, il idéalise son enfance et ses parents. Le processus d'idéalisation est un mécanisme de défense contre des émotions trop intenses dont il nous est interdit de prendre conscience. Par l'idéalisation, nous maintenons l'histoire racontée par nos parents, c'était pour notre bien, ils étaient de bons parents, et donc fatalement, nous étions de mauvais enfants qu'il fallait corriger.

L'idéalisation est un processus complexe à l'œuvre naturellement quand on est en situation d'infériorité, d'humiliation et d'impuissance. Bruno Bettelheim l'a fort bien décrit à propos des prisonniers des camps de concentration. Dans son livre *Le Cœur conscient*, il montre comment les victimes avaient tendance à idéaliser leurs bourreaux, SS ou kapos, pour justifier leur impuissance, avoir un peu moins mal, protéger leur image d'elles-mêmes. Comment accepter d'être humilié, battu, blessé, par un homme ordinaire ? Il fallait que ce soient des surhommes aux pouvoirs supérieurs pour que l'insulte soit tolérable. C'est le même processus qui est à l'œuvre dans le psychisme de l'enfant, si dépendant de ses parents. Laurence a quarante ans. Pourtant, à l'idée de parler à son père, elle est littéralement terrifiée et se met à pleurer. Elle le voit immense, brutal, superpuissant… Il est encore comme il apparaissait à ses yeux de petite fille.

L'idéalisation, processus inconscient, prend des formes variées. De « mon père est immense, tout le monde a peur de lui » à « mon père est si bon, tout le monde l'aime, c'est le meilleur des hommes ». De « ma mère était une putain » à « ma mère était une sainte » derrière tout jugement, fût-il dévalorisant, se profile l'idéalisation. Le mépris, le dégoût, sont aussi des défenses contre la douleur.

Toute évocation de son passé suscite cette réponse d'Henri : « Ma mère était une sainte. » Elle n'était que terriblement soumise. Si elle a souffert en silence toute sa vie, c'est qu'elle n'a jamais osé prendre la parole, crier l'injustice, affronter sa propre mère. Ayant perdu un enfant, elle a renforcé son statut de victime. Henri préfère ne pas ressentir sa détresse de petit garçon face à une maman hypnotisée par la douleur. Est-ce une sainte qui laisse son enfant enfermé des heures durant dans la cave sans lumière ? Est-ce une sainte qui refuse un câlin réconfortant à son fils alors qu'il vient de recevoir une raclée infligée par son père ? Est-ce une sainte qui interdit toute relation avec les copains de l'école ? Est-ce une sainte qui menace du retour du père pour obtenir obéissance ?

Lydia me disait : « Mon père, c'était Dieu. » À ses yeux, son père était parfait, elle l'admirait en tout. Elle a mis des années avant de voir la pauvre réalité que son idéalisation recouvrait. Il était peut-être un homme parfait, il était surtout très absent. Cette absence l'auréolait de mystère et de pouvoir. Quand il rentrait, il ne lui parlait pas, ne lui posait pas de questions sur sa journée. Il ne la complimentait jamais. Il ne la voyait même pas. Il ne regardait que ses carnets de notes, le plus souvent en silence. Lydia rêvait leur relation plus qu'elle ne la vivait. Elle a enfermé bien loin en elle la douleur de la carence et a tout entière adhéré au mythe familial. Elle a toujours entendu dire que son père l'adorait, qu'elle était la lumière de sa vie. Comment remettre en cause de tels propos ? C'était la pure vérité, son père l'adorait, il ne l'aimait pas. Il l'idéalisait. Ce n'était pas elle qu'il voyait, il ne l'a jamais regardée ni écoutée. C'était l'image qu'il s'en faisait. Dans cette famille, l'idéalisation tenait lieu d'intimité. Consciemment, Lydia reste fidèle au mythe : papa m'adorait. Inconsciemment, elle continue d'avoir des comportements qui la rendent transparente aux hommes, comme elle l'était pour son père. Ni son père, ni sa mère ne l'écoutaient, ne la regardaient pour qui elle était. Elle en a conçu une piètre image d'elle-même. Si aujourd'hui Lydia se sent si peu digne d'intérêt, n'est-ce pas lié au peu d'intérêt que ce premier amour de sa vie lui portait ? Si elle a si peur des hommes, d'être utilisée, outre les menaces de sa mère, n'est-ce pas lié à sa promptitude à se soumettre ? Elle ne sait pas rester elle-même face à un amoureux potentiel. Elle peut être à l'aise avec toutes sortes de gens, mais dès qu'elle admire un homme… elle est terrorisée à l'idée de l'accoster. Elle n'ose même pas désirer un regard dont elle « sait » par expérience qu'il ne se posera pas sur elle. Ce symptôme relationnel, découlant de l'idéalisation, maintient le couvercle sur les émotions refoulées tout en leur permettant de se montrer, déplacées sur d'autres personnes… La crainte que Lydia éprouve devant les hommes ressemble fort à sa peur face au regard de son père.

7

La tension retenue mène au symptôme

Les émotions refoulées ne restent pas sagement dans l'inconscient. Elles bouillonnent et resurgissent un jour ou l'autre sous forme de symptômes physiques, physiologiques, psychiques ou relationnels.

Sur le plan physique, les émotions non déchargées restent en tension. On oublie trop souvent que les émotions sont physiologiques avant d'être psychologiques. Une émotion est un processus en trois phases, la charge, la tension, la décharge. Cette dernière est souvent prise pour l'émotion elle-même. Quand il n'y a pas de décharge, l'organisme conserve l'information de la tension. Pour comprendre comment cette tension est à l'origine de divers symptômes, considérons la manière dont la décharge peut être inhibée. L'expression d'une émotion nécessite de l'oxygène. Pour contrôler la décharge, il suffit donc de bloquer sa respiration. Tout le monde le sait, pour arrêter de pleurer par exemple, on retient sa respiration. Le diaphragme, ce muscle qui assure la ventilation profonde de nos poumons, se bloque, limitant l'apport d'air au haut des poumons. Les muscles mobilisés par la tension reçoivent une information contradictoire, ils se tendent pour retenir leur mouvement, ce qui peut être à l'origine de processus inflammatoires. Les artères, et tout le système veineux, extrêmement sollicité pour agir et retenir à la fois, se fatiguent. Les cellules macrophages censées assurer la défense de l'organisme sont excessivement mobilisées... Les dysfonctionnements physiques s'installent.

Sur le plan psychique et relationnel, la colère refoulée s'est nourrie et chargée de haine. Une haine inconsciente qui dresse un mur pour maintenir enfermées les émotions de terreur, rage, douleur... Nous avons peur de laisser s'échapper ces affects qui nous paraissent dangereux d'une part parce qu'ils réveillent la conscience de la souffrance, d'autre part parce que nous avons compris à l'attitude de nos parents qu'il était périlleux de les manifester.

La haine et la peur accumulées cherchent décharge, et se défoulent dans des impulsions de violence difficiles à retenir envers nos propres enfants ou toute personne en situation de dépendance à notre égard. Les gifles et autres fessées que nos enfants subissent ont davantage pour origine nos blessures d'enfance qu'une quelconque bêtise commise. Ceux qui n'ont personne sur qui taper... ou ne se l'autorisant pas, retournent leur violence contre eux-mêmes. Maladies psychosomatiques, fuite dans la drogue et dépendances diverses, échecs professionnels ou affectifs, tics, voire suicide*, sont des symptômes de ces émotions refoulées. Une tendance n'exclut d'ailleurs pas l'autre, et l'on peut frapper ses enfants et se détruire. Nos symptômes, c'est-à-dire ce qui nous détruit, ont pour origine des émotions qui n'ont pas été entendues.

---

* Les liens entre émotions refoulées et symptômes sont davantage décrits dans mes livres *L'Intelligence du cœur*, *Que se passe-t-il en moi ?* (J.-C. Lattès/Marabout) et *Le Corps messager* (Desclée de Brouwer/La Méridienne).

Voici un tableau récapitulatif du chemin menant de la blessure au symptôme :

Le processus allant de la blessure au symptôme* :

1. Blessures, frustrations, injustices engendrent : rages, peurs, terreurs, souffrances, dégoûts, douleurs...

2. La colère est interdite ou non entendue

3. Les parents se justifient « c'est pour ton bien »

4. Les parents imposent le devoir de gratitude

5. L'enfant oublie

6. L'enfant reconstruit son histoire par le processus d'idéalisation des parents

7. Les émotions contenues éclatent en symptômes qui tout à la fois cachent et tentent d'exprimer terreurs, rages et désespoirs.

* Processus décrit par Alice Miller.

V

Le travail de guérison

Le travail de guérison procède couche par couche. Tout d'abord il s'agit d'identifier le symptôme comme une blessure et non comme une partie de notre identité. Regarder le problème est le premier pas vers la solution. On ne peut changer que ce sur quoi nous avons du pouvoir. Il est donc nécessaire de sortir du rôle de victime dans lequel nous sommes bien souvent enfermé, et de prendre la responsabilité de nos comportements et symptômes. Nous allons lever un à un les mécanismes de passivité mis en place inconsciemment pour juguler la souffrance. Il va nous falloir quitter l'idéalisation de nos parents pour partir en quête de notre vérité et oser voir, malgré la douleur, ce que nous avons subi, ce dont nous avons été victime. En levant l'oubli nous découvrons les racines de nos comportements et symptômes. Une fois la blessure mise au jour, il s'agit de remettre en route le processus naturel de guérison, c'est-à-dire laisser les émotions refoulées resurgir et nous traverser. Peurs, terreurs, colères, rages, dégoûts, tristesses, douleurs… sont déchargés. La guérison de la blessure se clôture par le deuil de ce que nous n'avons pas eu. Seulement alors peut commencer le travail de réconciliation qui vise à réparer la relation au parent.

1

Regarder ses blessures comme des symptômes

De manière générale, les personnes qui viennent en thérapie commencent par se plaindre de leur vie, de leurs problèmes, de leur entourage. « Mon mariage me pèse », « mon travail est un enfer, mes collègues se moquent de moi, je suis le bouc émissaire », « c'est injuste, j'ai été licencié », « je suis maudite, j'ai un cancer », « ma femme me trompe, c'est une… », « les hommes ne s'intéressent pas à moi », « ma fille a de mauvaises notes à l'école », « mon fils est violent », « je suis déprimé ».

La plainte est une étape nécessaire. Elle est le témoin de l'émergence d'un désir de vivre mieux. Trop de gens endurent, sans jamais se plaindre, des situations intolérables. Les personnes arrivent en disant « j'ai mal », « je souffre ». Elles ne savent pas encore ni comment elles souffrent, ni de quoi véritablement. Elles se fient aux apparences et pensent souffrir de la froideur de leur mari, de la non-obéissance de leurs enfants, de leur belle-mère ou de leurs collègues. À l'origine de leurs malheurs, elles voient leur timidité, leur émotivité, leurs phobies, leur violence… Elles se présentent comme des victimes de leur situation, mais rarement comme des victimes de leur histoire.

Beaucoup de gens vivent leurs difficultés tout à la fois sur le versant de la culpabilité et de la fatalité. « C'est de ma faute » et « on n'y peut rien ». Ils pensent que leurs symptômes font partie d'eux, qu'ils sont un aspect inchangeable, inné, de leur caractère, et ou qu'ils sont victimes d'une malédiction.

La première étape du processus de guérison pourrait s'intituler « de la plainte à la responsabilité ». Il s'agit de prendre conscience de la véritable racine de nos difficultés, de regarder comment notre histoire a façonné nos attitudes et de reprendre le volant de notre vie. Nos comportements d'aujourd'hui se fondent sur des croyances issues de notre éducation, ils entraînent des réactions des autres et des enchaînements causaux complexes. Nous devons détecter nos croyances plus ou moins conscientes, inutiles voire nocives (du type « je suis nul, les autres sont dangereux, personne ne m'aime »). Et en découvrir les racines. Une fois les croyances déracinées, nous pouvons reprendre la responsabilité de nos comportements d'aujourd'hui et orienter notre vie dans une direction plus favorable.

Juliette a soixante-deux ans. Elle est célibataire et désespère de rencontrer un jour son prince charmant. Elle souffre terriblement de solitude. Dans la thérapie, elle prend conscience de sa responsabilité dans cette situation. Avec désespoir, elle voit comment, tout au long de son existence, elle a écarté tous les prétendants. Elle considère avec effarement comment elle a jugé, rejeté tous les hommes qui s'étaient approchés d'elle.

Cette prise de conscience de notre responsabilité dans le quotidien peut être douloureuse. Elle l'a été pour Juliette lorsqu'elle a ainsi entrevu combien sa vie aurait pu être différente. C'est une étape fondamentale. Nous ne pouvons changer que ce qui dépend de nous ! Le grand défi de cette étape est de réussir à prendre la responsabilité sans se culpabiliser. Car une autre manière de refuser la douleur de la responsabilité de sa vie est de se sentir coupable. Le sentiment de culpabilité est une esquive. Loin d'être un pas vers la prise de responsabilité, c'est un évitement. « Ma vie est une catastrophe, je m'en veux d'avoir épousé cet homme, cette femme, cette carrière ou cette image... Je m'en veux d'être timide, agressif, violent » ou « Je suis un raté » ne sont absolument pas des attitudes productives. **Nos symptômes sont la partie émergée de l'iceberg de nos conflits intérieurs. Ce sont des conséquences et non des causes de nos malheurs.** Si nous sommes ce que nous sommes, c'est parce que nous avons vécu certaines choses dans notre histoire.

Il s'agit de passer de « Je suis timide » à « j'ai été terrifiée par le jugement de mon père, j'ai peur que les autres me jugent comme lui ».

De « Je suis violent » à « j'ai été abusé par mes parents et je porte une rage terrible en moi ».

De « Je suis incapable d'aimer » à « j'ai manqué d'amour, et j'ai peur de réveiller l'intolérable souffrance de cette carence ».

Le soulagement est déjà dans cette prise de conscience : « Je ne suis pas mauvais. » Derrière ses symptômes, la personne commence à entrevoir ses blessures. Sous ce jugement posé sur elle-même, elle découvre des besoins et des émotions. La personne voit alors son enfance et ses parents sous un nouveau jour, plutôt douloureux dans un premier temps.

Quelles sont vos croyances sur vous-même ? Pour le découvrir, je vous invite à prendre papier et crayon :

1. Décrivez en détail une situation répétitive dans votre vie :
(Par exemple : « je donne, je donne et je ne reçois rien » ; ou « je me retrouve le bouc émissaire » ; « les autres ne s'intéressent pas à moi... »)

2. Observez vos comportements, considérez votre part de responsabilité dans ce qui vous arrive : « je me mets en retrait, je fais sans demander d'aide aux autres, je ne montre pas mes sentiments, je ne dis pas ce que je pense, je critique… »

3. Écoutez ce que vous vous dites chaque fois que la situation se répète : « décidément je… »
« Décidément personne ne m'aime », « décidément je ne suis pas intéressante », « décidément les autres sont des c… »
Ce « décidément » confirme une de vos croyances sur vous ou sur les autres.
Une de vos croyances sur vous est :
(Par exemple : « on ne peut m'aimer, je ne suis pas intéressante, je n'ai pas ma place… »)

Observez maintenant comment cette croyance opère. Elle guide vos comportements. Quel type d'attitude affichez-vous, quels comportements manifestez-vous ?

Voyez maintenant comment les réactions des autres sont des réponses à vos comportements.
Vous constatez ainsi la manière dont vous entretenez vos croyances.
(La croyance « personne ne m'aime » implique des comportements de retrait, de non-implication, d'hésitation à agir… qui sont vécus par les autres comme du désintérêt à leur égard… Ils s'éloignent… Vous vous dites « décidément personne ne m'aime, ils s'éloignent tous »…)

Maintenant, d'où vient votre croyance ? Comment l'avez-vous élaborée ? Qui vous a dit ou fait comprendre dans votre enfance… ? Quelles circonstances dans votre enfance vous ont mené à croire cela ?

2

De la colère agressive à la colère constructive

La colère (la saine colère), contrairement à ce que d'aucuns préfèrent croire, est une émotion libératrice, réparatrice et dont la fonction est de restaurer la santé de la personne et de rétablir l'équilibre dans une relation. Toutes les émotions sont importantes. Si la colère semble occuper une place prépondérante dans mes stages, la raison en est double. Premièrement, c'est une émotion particulièrement interdite. Deuxièmement, c'est l'outil de restauration de l'organisme. Et mon métier consiste à accompagner les personnes dans la réparation des blessures d'enfance. Dans un processus thérapeutique, nous rencontrerons la colère plusieurs fois.

« Je t'en veux de... » La première colère vise à créer une faille dans le mur de l'idéalisation. Cette « colère » est dirigée contre les parents. Je mets des guillemets, car il ne s'agit pas encore d'une véritable colère réparatrice et constructive. L'énergie est agressive. Il s'agit de détruire un mur, déchirer des images, casser des interdits. Cette « colère » est dirigée contre les parents, elle a pour objectif de faire descendre ces derniers du piédestal sur lequel leur enfant les place dans sa tête. Cette agressivité soulage en général la personne, qui ose parfois pour la première fois tenir tête à ses parents.

Face à un coussin représentant son père, Odile affirme : « Je ne veux plus t'entendre donner une seule fois ton avis sur ce que je fais, ce que j'ai envie de faire, sur ce que je dis, sur mes vêtements, mes cheveux... J'en ai marre de t'entendre critiquer tout le monde. Tu n'as même pas le droit de donner ton avis, qu'il soit positif ou négatif, sur quelqu'un. Pour qui tu te prends pour décider de tout régenter et juger. Pour moi, tu n'es pas quelqu'un en qui je peux avoir entièrement confiance. Ta nervosité, ton stress, tes expressions, ta manière de bouger ne sont pas du tout en accord avec ce que tu prônes ni avec l'image que tu essaies de donner. »

« Non, je ne t'obéis plus, j'ai le droit de... ! » La seconde vague de colère permet peu à peu de se libérer des interdits parentaux et de redonner de la liberté aux pulsions et impulsions. Elle libère des élans, donne des permissions. Elle favorise l'affirmation de soi et de ses droits. Ce n'est pourtant toujours pas une colère constructive.

« Non, ce n'était pas pour mon bien, j'ai eu mal ! » La découverte du passé commence. La brèche ouverte dans l'idéalisation par la colère ouvre l'accès aux souvenirs... Chaque blessure remémorée déclenche de la colère envers les parents qui l'ont infligée. La personne peu à peu découvre l'étendue de ses souffrances. La colère ouvre le travail de guérison en autorisant la personne à ressentir la profondeur de ses blessures. Quand les émotions liées à ces blessures ont été exprimées, peurs, terreurs, rages, dégoût, douleur, la colère réparatrice vient enfin, une colère affirmative, qui parle de soi, qui rétablit le sentiment d'intégrité de la personne : « J'existe, je suis là, je me sens puissant(e), je te montre qui je suis ! »

J'ai tenté dans mes précédents livres d'éclairer la réalité autour de certains préjugés sur les émotions et notamment sur la colère. Je le répète, la colère est une émotion, c'est la réaction physiologique de l'organisme humain à la blessure, à la frustration et à l'injustice. Ce n'est pas une réaction dont il faudrait se débarrasser à tout prix. Ce n'est pas de la « méchanceté ». La colère (saine !) répare l'individu et rétablit l'harmonie dans les relations. La violence détruit. La colère répare. Elisabeth Kübler-Ross l'a montré, c'est une étape naturelle du travail de deuil. Or n'avons-nous pas tous à faire un travail de deuil de ce que nous n'avons pas reçu enfant ?

Entrons plus précisément dans chaque étape.

3

Sortir de l'idéalisation

Le processus de désidéalisation se fait au fur et à mesure de la prise de conscience de la réalité de ce que nous avons vécu. C'est aussi parfois l'inverse, c'est-à-dire qu'en descendant le parent de son piédestal, nous permettons à nos émotions d'émerger. L'idéalisation est un mécanisme de défense mis en place inconsciemment pour survivre dans notre famille et ne pas trop souffrir. Plus elle cède, plus nous entrons en contact avec nos émotions d'enfant.

Marc, battu par son père, a enfermé en lui sa peur et sa rage. Il s'est insensibilisé pour supporter la douleur physique mais aussi et surtout la souffrance de ne pas être câliné, l'humiliation liée au fait de se trouver impuissant sous les coups, et la terreur devant cet homme censé le protéger et qui pouvait le frapper ainsi. « J'ai la peau dure, ça fait pas mal. » Il a justifié son père : « Il a fait ça pour mon bien parce que je suis un cancre. »

Un enfant est dépendant de ses parents pour sa survie. Il ne sait pas que la loi le protège et que ses parents n'ont pas le droit de le tuer ou de l'abandonner. Et quand ses parents lui disent « je vais te tuer » ou « je pars, je te laisse », il le croit !

« Je me souviens papa, un jour tu es descendu de voiture, et tu as dit à maman “Laisse-moi là, tu me prendras au retour, sinon je l'assomme.” J'avais si peur, papa. J'y croyais, j'étais sûr que tu allais m'assommer au retour. J'avais juste oublié mon cartable à la maison. Aujourd'hui, bien sûr, j'oublie sans arrêt mes affaires. »

Dans sa tête de petit garçon, Thierry a entendu : « Je vais t'assommer. » Il n'a pas entendu que son père justement est descendu de voiture prendre l'air pour ÉVITER de le cogner. Il le frappait si souvent. Des mots prononcés sous l'emprise de la colère par un parent peuvent rester marqués à vie dans la chair de l'enfant. Thierry continue d'oublier ses affaires pour ne pas entrer en contact avec sa terreur et avec sa fureur d'être ainsi traité. Il oublie ses affaires comme pour justifier son père.

L'enfant a tellement besoin de l'amour de ses parents, il est prêt à faire tous les sacrifices, jusqu'à celui de son sentiment d'identité, et de sa conscience de lui-même. Il va tout faire pour contenir ses émotions et protéger ses parents. Il fera des cauchemars peuplés de monstres plutôt que de dire à son papa : « Tu n'as pas le droit de me crier dessus ni de me taper. » Il fera de l'asthme plutôt que de hurler « j'étouffe » à sa mère. Et son papa restera le plus fort des papas, et sa maman la plus gentille des mamans. Même si quelques doutes peuvent lui venir en rencontrant chez les copains d'autres styles de pères et de mères. Petit, il est trop dépendant pour les remettre en cause. Situation dont certains parents abusent.

« Il me pousse à bout ! Il me cherche ! Il la veut, la fessée ! » Certains enfants ont le don de déclencher la fureur parentale. Pour qui cherchent-ils la fessée ? Pour quelle raison un enfant pourrait-il désirer avoir mal ? Certains disent qu'ils testent les limites ! Renforçant les parents dans leur bon droit de frapper. Non. La violence n'enseigne pas de limite juste. Si ces enfants ont effectivement un comportement provocant, ce n'est pas forcément pour leur bénéfice propre. L'enfant a tant besoin d'un parent aimant. Sans pouvoir mettre de mots dessus, l'enfant sent la détresse de ses parents, et il se met au service de leurs besoins émotionnels inconscients. Il se donne pour mission inconsciente de les soulager d'un trop-plein de violence en eux. Périodiquement, il « pousse à bout » papa ou maman pour que cette cocotte-minute de parent laisse échapper un peu de pression. Le père qui n'a pas pu guérir de sa propre histoire déverse le trop-plein d'affect sur son fils. Ce dernier absorbe.

« Il me fait de l'asthme ! » Cette maman ne saurait si bien dire. Oui, Arnaud fait de l'asthme* pour sa maman. Il perçoit sans pouvoir la nommer l'angoisse de sa mère. Une angoisse qu'elle contient et se dissimule à elle-même en la déplaçant sur le ménage. Arnaud, par son asthme, justifie le caractère obsessionnel de sa maman. Désormais, elle traque la poussière « pour la santé d'Arnaud ». Et elle s'angoisse autour des crises de son fils. Cette maman qui n'a pas pu guérir de sa propre histoire, qui n'a jamais reconnu ni surtout exprimé à ses propres parents ses colères et ses peurs, cette maman chargée d'angoisse en déplace la cause sur son enfant. Épargnant ses propres parents et évitant de rencontrer ses émotions.

On a beaucoup culpabilisé les mères (étrangement, les pères sont rarement sur la sellette) en leur disant : « Si votre enfant a de l'asthme c'est parce que vous l'étouffez. » C'est plus subtil que cela. S'il est vrai que certaines mères étouffent activement toute velléité d'autonomie de leur enfant, la plupart des mamans d'enfants asthmatiques ont un comportement tout à fait semblable à

---

* L'asthme est un trouble psychosomatique. C'est-à-dire avec une composante psychique ET une composante somatique. Tout symptôme est multicausal. La pollution, le stress physique, l'altération du système immunitaire due à d'excessives stimulations, le terrain, tout cela concourt à déclencher l'asthme.

celui des autres. Le processus est complexe et surtout inconscient. Inutile de culpabiliser, ce serait rajouter encore un poids et sur la mère et sur l'enfant.

Tous les enfants ont tendance à prendre sur eux les souffrances parentales et à subir sans broncher les coups, humiliations, dévalorisations, frustrations occasionnés par leurs géniteurs. L'idéalisation est une tentative désespérée de réparer le parent. Elle est d'autant plus forte qu'il y a moins d'amour. L'idéalisation permet de conserver une illusion de bons parents aimants. L'enfant a besoin de se sentir protégé, il ne peut accepter l'idée d'être dépendant de parents qui ne l'aiment pas.

Depuis que ses parents ont divorcé, Clothilde, quatorze ans, ne voit presque plus son père. Elle en souffre beaucoup. Chaque fois, il lui promet sa visite. Chaque fois, il trouve une raison d'annuler voire l'oublie carrément à la sortie du collège. En thérapie, Clothilde chemine dans sa tête, et en vient à considérer la réalité : son père n'éprouve pas de plaisir à la voir. Elle ne fait pas partie des priorités dans son existence. Depuis longtemps elle se posait la question : « Mon papa m'aime-t-il ? » Elle cherchait à se faire aimer, à lui faire plaisir, à travailler à l'école en pensant qu'il serait fier d'elle… En même temps, elle le détestait de ne pas lui donner davantage de présence et d'attention. Elle ose enfin regarder les faits : Il ne l'aime pas ! Quelle stupeur… Quelle douleur. En même temps, quel soulagement ! Plus de tension, plus besoin de faire des pieds et des mains pour tenter de lui plaire. Il ne l'aime pas pour des raisons à lui. Il n'y a rien que Clothilde puisse faire pour qu'il se mette à l'aimer.

Ce père est capable de dire à sa fille : « Mais si, je t'aime. Je n'ai pas le temps, tu sais, j'ai beaucoup de travail. » Il n'ose probablement pas s'avouer à lui-même qu'il n'aime pas sa fille. Ce n'est pas socialement acceptable. C'est pourtant la réalité. Aimer, c'est prendre soin. Aimer est un verbe actif ! Ce père n'aime pas sa fille, il ne prend pas soin d'elle. Il ne se préoccupe pas de ce qu'elle ressent. Il n'écoute pas ses besoins. Il éprouve certainement un certain attachement pour sa fille, il dirait probablement qu'il l'aime. Si elle était en danger, il s'inquiéterait pour elle*. Mais il ne ressent manifestement pas l'émotion d'amour envers sa fille. Cela ne signifie pas forcément qu'il ne l'aimera pas un jour, ou qu'il ne désire pas l'aimer. Mais la réalité actuelle, quand il l'oublie à la porte du collège, quand il n'écoute pas ses besoins, quand il ne manifeste pas d'empathie pour ses sentiments, c'est qu'il n'est pas en contact avec son amour pour elle. Voyant son père dans sa réalité d'homme et non plus seulement le papa frustrant, Clothilde, elle, peut continuer d'aimer son père, mais il n'aura plus le pouvoir de la blesser. Sortir de l'idéalisation, c'est regarder l'autre tel qu'il est dans sa réalité complexe d'être humain et sortir de la relation destructrice de pouvoir.

Françoise paraît consciente de l'absence d'amour de sa mère envers elle. Elle dit volontiers : « Ma mère ne m'aimait pas. » Pourtant, fréquemment dans la thérapie, elle s'en veut, elle prend la faute sur elle. Elle protège sa mère : « Je n'ai pas le droit de dire qu'elle ne m'aimait pas. Puisqu'elle m'a dit qu'elle m'aimait, ce doit être vrai. Elle m'aimait à sa façon… » Cette phrase a le don de m'exaspérer. Comme s'il y avait plusieurs façons d'aimer ! À quoi sert cette illusion ? Il n'y a pas de multiples façons d'aimer. Tous les enfants ont

---

* Bien que Clothilde n'en soit pas certaine, ce qui lui donnait envie de tester en prenant des risques et en commettant quelques bêtises plus ou moins dangereuses.

besoin de tendresse, d'attention, de câlins, d'écoute et de respect. La négation de ces besoins fondamentaux ne peut être une marque d'amour. En revanche, il est vrai que l'amour est souvent refoulé.

Je connais une femme de quatre-vingt-six ans. Elle dit avoir aimé son fils. La preuve ? Elle a une photo de lui dans sa chambre. C'est une photo de lui adulte. Cet enfant, elle l'a battu tous les jours, confié tout petit à d'autres pendant plusieurs mois sans venir le voir. Plus tard, il n'avait aucun droit, il était privé d'amis, de sorties. Elle l'a souvent puni, enfermé dans la cave, dans le grenier, dans un placard... Toute son enfance, elle l'a traité de noms d'oiseaux. Jamais elle ne l'a protégé de son père qui le jugeait, le dévalorisait en permanence et le battait cruellement à la cravache. Elle ne veut pas reconnaître qu'elle ne l'aimait pas. Aujourd'hui elle est âgée, elle aime passer du temps avec lui, elle est fière de ce qu'il est devenu... Elle se raconte qu'elle l'aime, qu'il est son fils adoré... Mais elle refuse de le lui dire. Il se raidirait probablement. Elle ne veut pas se confronter à sa vérité. Elle a d'ailleurs oublié la plupart de ses agissements. Confrontée, parfois, elle se justifie, elle était si jeune quand il est né, trop jeune. Parfois, elle se défend : « C'était l'éducation à l'époque. » Parfois elle se défausse : « Mon père a été plus dur encore et je n'en ai pas souffert. » À sa décharge, il est probable qu'elle n'avait pas la notion de ce qu'est aimer. Elle-même ayant été éduquée par la terreur, bien châtiée, mal aimée.

Lydie, elle, après avoir découvert sa propre histoire et libéré une bonne partie de ses émotions refoulées, reconnaît avec douleur mais sans culpabilité : « Je n'ai pas su aimer ma fille aînée bébé. Je m'occupais d'elle, je la câlinais, je la caressais, mais je m'en occupais comme d'une poupée. Je cherchais surtout à être une bonne mère. Je ne savais pas l'aimer. Je faisais ce qu'il fallait faire. Je n'ai conscience qu'aujourd'hui de ne pas avoir ressenti d'amour. Je ne savais pas qu'on pouvait ressentir cela. » Lydie était certes attachée à ses enfants, elle était même plutôt affectueuse à leur égard, mais elle ne connaissait pas l'émotion d'amour. Maintenant, elle fait la différence.

Nombre de parents se sentent démunis lorsque leur enfant leur reproche de ne pas l'avoir aimé. Ils ont cru l'avoir aimé. Ils éprouvaient certes un attachement, mais l'amour, c'est davantage que cela. Ils n'étaient pas en contact avec l'émotion d'amour. Il arrive qu'un parent commence à prendre conscience de l'importance qu'a pour lui son enfant quand ce dernier tombe gravement malade ou se meurt. L'imminence du danger opère comme un électrochoc, la force de l'émotion réveille son amour. Parfois trop tard...

Patricia pleure, son cœur s'est ouvert brutalement à la mort de sa fille. Jacinthe s'est suicidée. À dix-huit ans, elle s'est jetée du haut d'un pont. Patricia est inconsolable. Cette disparition dramatique lui a permis de sentir combien elle aimait sa fille. Elle donnerait sa vie pour qu'elle ressuscite. Mais il est trop tard. Jacinthe est partie sans savoir combien sa mère pouvait l'aimer. Car, de son vivant, Patricia n'y arrivait pas. Aujourd'hui, elle se sent si coupable. Elle a conscience des carences de Jacinthe, elle mesure la détresse de sa fille. Elle revoit ses comportements à son égard et elle s'en veut tellement. Nombre de gens autour d'elles avaient été témoins de ses difficultés, de la manière dont elle traitait son enfant. Personne n'avait jamais aidé Patricia à aimer sa fille. Personne ne l'avait même écoutée.

Je considère que nous portons en tant que société la responsabilité de la mort de Jacinthe, comme dans les suicides ou nombre de morts par accidents de jeunes et de moins jeunes. Certains se tuent, d'autres se laissent tuer, par manque d'amour, par manque de sens à leur vie. À force de refuser de voir la vérité et de croire que tous les parents aiment leurs enfants, ceux qui n'arrivent pas à aimer les leurs sont démunis. Personne ne les écoute, personne ne les aide, personne ne les accompagne sur le chemin de la guérison qui leur permettrait d'aimer leur enfant.

Certains parents aiment leurs enfants, d'autres non. Et, il arrive qu'un enfant soit aimé pendant une période et plus à partir d'un certain âge. Pour de multiples raisons le parent peut arrêter d'aimer ou apprendre à aimer. Le sentiment d'amour se nourrit, il n'est pas là pour toujours. Nombre d'adultes s'interdisant la tendresse et la proximité limitent les moments d'intimité avec leur enfant et donc raréfient les instants d'émotion d'amour. Sans émotion d'amour, le sentiment d'amour s'étiole. Les jugements, exigences, projections, attentes prennent la place laissée vacante par le manque d'intimité.

Pour guérir d'un manque d'amour, il est nécessaire de le regarder en face. Se bercer d'illusions est inefficace. La verbalisation, l'analyse, la réflexion, éclairent l'histoire et permettent de mettre en doute les images idéalisées. Peu à peu les émotions affleurent. L'idéalisation va diminuer au fur et à mesure de leur émergence. L'inverse est aussi vrai, l'effacement progressif de l'idéalisation ouvre sur le ressenti et sur l'expression des émotions.

Comme nous l'avons vu plus haut, une première colère agressive permet d'ébrécher l'image idéalisée des parents. Dans les stages, j'invite les participants à écrire une lettre à leurs parents commençant par « je t'en veux de… ». Cette formulation autorise la colère. Je rappelle que cette première colère n'est pas une vraie colère, elle rejette la faute sur l'autre, le parent en l'occurrence. Ce n'est évidemment pas une lettre à envoyer aux parents. Cette formulation agressive n'est qu'une étape pour rétablir un équilibre, se libérer du poids de la faute endossée abusivement dans l'enfance. C'est un travail qui permet d'arracher le sentiment de culpabilité, de renverser le retour contre soi de la rage.

Peu après un stage, je reçois cette lettre de Brigitte :

> « *Je t'écris parce que je ne vais pas très bien depuis le stage. Le point de départ de ce mal-être est que je n'ai pas réussi à sortir ma colère lors de l'exercice du dimanche matin. Comme peluche**, *j'avais choisi un hippopotame rose. Or, depuis que j'ai pris du poids, je me vois comme un hippopotame rose... C'était donc moi cet hippopotame. Et me mettre en colère contre lui revenait à faire comme d'habitude, c'est-à-dire retourner ma colère contre moi-même. Lors de l'exercice, je t'ai dit que je ne pouvais pas faire abstraction des autres autour de moi, de leurs cris. Plus que la peur du regard des autres sur moi, j'ai peur de ce qui peut sortir de moi, je ne peux pas crier comme les autres. Je ne peux pas être cet animal qui hurle ! Cela me renvoie à ma peur de tout acte violent, peur des gens qui crient, peur de la souffrance... Je ne trouve pas dans mon histoire de cris ni de manifestations violentes. Je me souviens que toute petite, je faisais des colères (très grosses aux dires de ma mère), elle m'enfermait alors dans ma chambre et je criais, pleurais, tapais sur la porte, pissais de rage dans mes culottes jusqu'à l'épuisement. Je m'en souviens d'autant plus que ma mère me l'a souvent raconté en soulignant combien j'étais méchante et en me faisant honte devant l'entourage. Depuis le stage, j'ai souvent*

---

* J'invite les stagiaires à choisir une peluche ou un coussin pour représenter leur parent.

pensé à me mettre devant un coussin pour exprimer ma colère. Mais je n'y arrive pas. Je me dis que j'ai peur que les voisins entendent, mais je pense que j'ai surtout peur de moi-même, une peur panique, comme si j'allais découvrir quelque chose de monstrueux. »

Brigitte sent confusément ce qui se passe en elle. Elle identifie combien elle a tendance à retourner contre elle-même sa violence. Mais à l'heure de sortir sa colère, elle hésite à franchir cette barrière. Elle craint de découvrir « quelque chose de monstrueux ». Cette peur est extrêmement fréquente. Nos émotions, notre vérité nous paraissent monstrueuses parce que c'est ainsi que nous interprétons le fait que nos parents n'aient pas voulu les voir. De plus, l'émotion interdite s'est chargée de haine aux cours des années.

Ne tentez pas de franchir les barrières en force. Il est important de respecter son propre rythme. Prenez le temps d'installer suffisamment de confiance en un thérapeute qui vous accompagnera sur ce chemin avant de vous y aventurer. Les exercices qui suivent peuvent se révéler plus puissants qu'ils n'en ont l'air.

Sortir de l'idéalisation fait remonter des souvenirs douloureux. Si vous n'êtes pas en psychothérapie, il est protecteur de chercher une personne (c'est-à-dire un psychothérapeute) pour vous accompagner dans les exercices. Une fois le travail intérieur en route, dès que se fissure, même légèrement, votre carapace, les affects refoulés se présentent au portillon. S'ils ne sont pas reconnus, ou pas accueillis, ils peuvent se transformer en symptômes physiques. Thérèse m'écrit suite à un stage. Elle ne comprend pas, elle a exprimé sa colère… Le lendemain matin, elle ne pouvait se lever, elle avait la nausée, elle était pliée en deux par la douleur. Le souvenir physique d'une douleur vécue enfant se réveillait.

Prenez soin de vous, ne sous-estimez pas le pouvoir de la libération des émotions.

Si vous vous y sentez prêt, je vous invite à tenter une sortie hors de l'idéalisation :

Prenez une heure pour vous-même, avec papier et stylo. Assurez-vous de ne pas être dérangé. Vous allez écrire une lettre (que vous n'enverrez jamais, je le souligne de nouveau) en ces termes : Papa, je t'en veux de... parce que j'aurais eu besoin de...
Attention, pas de jugement ni de généralisation. Pas de « tu étais méchant » mais des éléments précis. « Je t'en veux de m'avoir dit que je ne ferais jamais rien plus tard quand je t'ai montré mon bulletin trimestriel en cinquième, parce que j'aurais eu besoin de mots de soutien et d'être accompagné pour mieux comprendre les raisons de mes difficultés. » Mobilisez vos souvenirs, écrivez autant de « je t'en veux » que vous le pouvez, en associant à chaque blessure votre besoin frustré.
Une fois votre lettre terminée, laissez-la reposer une nuit. Le lendemain notez vos rêves, écrivez-les si vous n'êtes pas certain de les comprendre tout de suite. Puis choisissez un moment de solitude dans votre journée, saisissez-vous d'un coussin, d'une peluche, d'une poupée ou d'une photo du parent auquel vous désirez vous adresser. Placez cette représentation de votre parent environ à un mètre en face de vous. Placez un autre coussin entre votre parent et vous. Celui-là représente tout ce qui empêche la relation entre vous et votre parent, tous ses comportements abusifs, ses sentiments parasites, ses blessures personnelles, ses projections... tous les murs qui l'enferment et l'empêchent d'arriver à vous aimer. Pour frapper sur ce coussin et

abattre ces murs qui vous séparent de l'amour de vos parents, vous aurez besoin d'un outil. Une vieille raquette de tennis peut faire l'affaire, ou mieux, une batte de base-ball pour enfant en mousse. Avec cela vous ne risquez pas de vous blesser. Sinon, vous pouvez aussi rouler serrée une serviette de toilette pour en faire un gourdin. Une fois prêt, positionnez-vous et visualisez sur le coussin prévu à cet effet celui de vos parents auquel vous désirez vous adresser.

Relisez votre lettre, pour vous la remettre en mémoire, puis, en le regardant bien en face, dites-lui tout ce que vous lui reprochez. Ne lisez pas votre lettre, mais dites-la-lui avec toute la colère que vous pouvez mobiliser.

Respirez profondément. Sentez l'énergie dans votre bassin. Sentez vos bras se mobiliser, frappez le coussin devant vous. Abattez ce mur qui vous sépare de votre parent. Ne soyez plus soumis devant cette forteresse infranchissable, donnez-vous la permission de la prendre d'assaut.

Après les coups viennent souvent quelques larmes… Laissez-les couler. Allez consoler l'enfant que vous étiez. Câlinez-le, cajolez-le.

Si vous faites cet exercice avec un psychothérapeute à vos côtés, demandez-lui de vous prendre dans les bras à ce moment-là. Nourrissez-vous de cette tendresse. Transmettez-la au petit enfant en vous qui en a tant besoin.

4

Les souvenirs reviennent

L'expression de la colère libère les souvenirs enfermés dans l'inconscient par le refoulement. Les images peuvent affluer pendant la colère, juste après… ou prendre quelques jours pour apparaître. Si vos souvenirs ne remontent pas, retournez à l'exercice précédent, votre colère n'a pas été assez catégorique pour rassurer l'enfant en vous… Il a encore peur de se montrer, peur que vous vous soumettiez devant votre parent, peur que vous ne le preniez pas au sérieux, peur de réveiller une émotion et que vous ne sachiez pas l'écouter et l'accompagner.

Jacques frappe avec force sur le coussin… Et il s'écroule, le ventre tordu de douleur… Soudain, il revoit tout. Il se remémore cette nourrice si bonne qui l'a soigné, cajolé, embrassé, tenu dans les bras quand il pleurait… Elle était là dès qu'il avait un chagrin. C'est elle et non sa mère qui se levait la nuit pour le consoler après un mauvais rêve, elle qui le berçait des heures pour l'aider à s'endormir… Il l'aimait tant… Et puis un jour, trahison, elle a été congédiée. Il avait trois ans et allait désormais à l'école. La maman n'avait plus besoin des services de la nounou… Jacques se souvient de la douleur de la séparation. Une douleur que personne n'a entendue à l'époque. L'a-t-il même exprimée ? Probablement pas.

Après le stage, il appelle sa mère. Cette dernière est très étonnée qu'il se souvienne du prénom de cette femme perdue de vue depuis près de quarante ans.

Jamais ils n'en parlaient. Elle lui dit « Non, tu n'as pas souffert, tout s'est très bien passé, tu n'as pas pleuré. »

Jacques a perdu sa nourrice adorée quand il est entré à l'école. Il n'a pas pu la pleurer, il n'avait plus personne pour accueillir ses larmes. Il a conservé ses émotions à l'intérieur de lui. Il comprend aujourd'hui pourquoi son propre fils de trois ans hurle à l'abandon à chaque fois qu'il le dépose à l'école. Le petit Maxime pleure toutes les larmes que son papa n'a pas pu verser.

Francine fait face à sa mère. Elle ne peut frapper le coussin, elle a bien écrit sa lettre, mais elle n'arrive pas à prononcer un seul mot à haute voix maintenant qu'elle visualise sa maman devant elle. Elle prend peu à peu conscience de sa peur. Elle est stupéfaite. Elle ne savait pas qu'elle avait peur de sa mère. Elle se met à frapper, et ressent la peur de plus en plus fort. Dans sa vie, Francine n'avait jamais peur de rien ni de personne, elle était loin d'être consciente de cette terreur en elle. Il a suffi de quelques coups sur un matelas contre sa mère pour sentir une émotion dont elle n'avait pas le souvenir, et qui pourtant lui parle d'elle. Après cette expérience, Francine se sent plus proche d'elle-même. En tapant sur le coussin, elle a accepté d'entendre la petite fille terrorisée qu'elle avait été face à sa mère.

Soyez attentif à vos rêves, prenez du temps en ne pensant à rien, laissez vos pensées s'associer les unes aux autres pour remonter le temps. Regardez autour de vous et saisissez la moindre occasion de faire revivre votre enfance devant vos yeux. Un marchand de glace… Un torrent dans la montagne… Une fleur… Un petit pont… Un bonhomme de neige…

Donnez-vous des permissions de régresser… Offrez-vous une tartine de beurre avec du cacao dessus

5

Refuser le devoir de gratitude

Quand les souvenirs reviennent, la colère prend une forme plus précise. Son objet est délimité. Les premières colères avaient pour but de descendre le parent de son piédestal et de lui ôter un peu du pouvoir qu'il exerce encore. Maintenant l'expression de la colère commence à être réparatrice des blessures subies. La révolte est ciblée et en rapport avec des souvenirs spécifiques. Chaque souffrance surgie de la mémoire a besoin d'être regardée et exprimée. Cette étape de révolte consiste à inverser la dynamique de « je te remercie d'avoir fait cela pour mon bien », en « je suis furieux, c'est injuste, tu n'avais pas le droit de me faire cela ». Il s'agit de sortir de la soumission pour écouter sa vérité intérieure.

Il n'est pas encore temps d'exprimer votre colère directement à vos parents. L'étape du refus du devoir de gratitude doit avoir lieu dans le cabinet du psychothérapeute. Le trop-plein de rage a besoin de sortir avant d'être capable de manifester une colère réparatrice. En effet, la colère que vous éprouvez aujourd'hui est disproportionnée par rapport à la blessure. Une frustration vécue par exemple à l'âge de cinq ans a engendré une colère de cette taille :

comme mamie faisait... Un bol de chocolat chaud... Le hachis parmentier de maman... Comme la madeleine de Proust, vos souvenirs gustatifs vous guideront vers le passé.

Remontez aussi le courant à partir d'objets familiers... la montre de grand-père, la cuillère en bois avec laquelle maman tournait la crème anglaise, le martinet, le fauteuil de papa...

Laissez affluer les souvenirs autant positifs que négatifs.

Interdite d'expression, cette colère s'est chargée de rage de ne pouvoir s'exprimer. Au fur et à mesure des années, nombre de frustrations, injustices, blessures sont venues nourrir cette rage... qui peu à peu s'est muée en haine de cette taille :

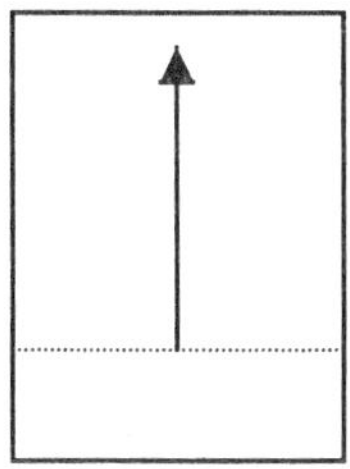

Si vous allez déverser le tout sur vos parents, ils risquent de se sentir agressés et donc de se défendre plutôt que de vous écouter.

Dans le cabinet du psychothérapeute, vous déversez le trop-plein, c'est-à-dire cette quantité :

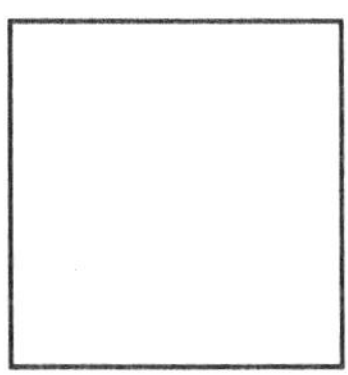

Vous irez parler à vos parents quand il ne vous restera plus que ce qui était approprié et à la mesure de la blessure de vos cinq ans :

Il est aussi préférable d'exprimer votre révolte en présence d'un psychothérapeute parce qu'il vous apporte un soutien fondamental. Il n'est pas facile de faire face à ses parents. N'ayant pas peur d'eux*, le psy vous aide à dépasser vos craintes. Votre psy est de votre côté. Grâce à son empathie, il vous aide à voir ce qui est juste et injuste. Il reconnaît votre émotion, il est un témoin de votre vérité. Cette reconnaissance de votre émotion, alors que vous-même ne la découvrez au début que du bout du cœur, est profondément guérissante. Votre psy est là, il vous donne la sécurité dont vous avez besoin pour oser entrer en vous et vivre ce que vous avez à vivre. Cette étape de révolte mène à la découverte de votre vérité et donc autorise les émotions ressenties lors de la blessure à resurgir. Se révolter contre ses parents, refuser le devoir de gratitude et le « c'est pour ton bien » entraîne le « ça m'a fait mal ! » et toute la conscience de la douleur, une douleur à tolérer en soi.

De nouveau, prenez un coussin, placez mentalement votre parent derrière, et adressez-vous à lui (vous pouvez utiliser une photo ou un dessin, si cela vous aide à le visualiser). Dites-lui ce que vous avez sur le cœur, osez sentir la révolte en vous. Décrivez les faits, insistez sur « tu n'avais pas le droit, c'était pas juste ! ».
Réparez ainsi chaque point précis de votre histoire.

* On me demande souvent comment choisir un bon psychothérapeute. Un bon psychothérapeute n'a pas peur de vos parents. Il n'éprouve pas le besoin de les protéger exagérément et se place résolument du côté de l'enfant, c'est-à-dire de vous, son client.

Il n'est pas toujours simple de se faire confiance et de distinguer le juste de l'injuste. Comme, étant enfant, nous n'avons pas eu le droit de nous plaindre, comme nous avons été amené à considérer nombre d'attitudes parentales comme « éducatives » même si elles nous ont fait mal, et à dire merci pour ce qui nous a blessé, nous sommes parfois bien en peine de regarder la vérité dans sa nudité. Là encore, la présence du psychothérapeute et éventuellement d'un groupe de thérapie aide grandement.

Une fois accepté le fait qu'un événement, une parole, un geste nous a blessé, le souvenir prend une autre dimension. Les émotions vécues alors remontent. Il est important de ne pas évacuer trop vite chaque blessure. Plusieurs émotions ont certainement besoin d'être libérées. Nous avons besoin de mesurer à quel point nous avons été blessé.

6

Ça m'a fait mal !

« Ce n'était pas pour mon bien, je prends conscience de ce qui m'a fait mal. » La constatation est là, au fur et à mesure que reviennent les souvenirs : nous avons été blessé, frustré, nous avons vécu des injustices. Nous reconnaissons peu à peu notre vérité.

Comme les images du passé remontent, comme nous osons regarder notre vérité, nous entrons en contact avec les terreurs, les rages, le dégoût, le désespoir, toutes ces émotions enfouies resurgissent. Ne cherchons pas à les calmer de nouveau sous une couverture d'anxiolytiques ou de somnifères, écoutons-les. Donnons-leur de la place. Il est inutile de conserver toute cette souffrance en soi, il s'agit de laisser sortir les cris qui hurlent en nous, la violence qui bout dans nos bras et jambes... dans le cadre protecteur du cabinet du psychothérapeute. La douleur devient plus forte, nous la sentons. Nous sentons ce que nous ne sentions pas auparavant. Cette étape de la sortie de l'anesthésie est la plus douloureuse de la thérapie. La douleur première est augmentée de celle de ne pas avoir pu exprimer et de se l'être cachée à soi-même si longtemps. Savoir et sentir fait mal. En même temps, cela fait tellement de bien ! On se sent de plus en plus proche de soi-même, de plus en plus soi. Ce sentiment d'authenticité et de contact intime profond aide à traverser les souffrances.

On souffre parfois physiquement. Il est fréquent que le corps se réveille avant le reste, surtout si l'expression des émotions est encore trop bloquée. Un travail sur la respiration et la libération des tensions dans le corps est souvent utile pour fluidifier les résistances musculaires et faciliter les décharges émotionnelles. Chaque blessure pour être guérie doit être revécue. Elle n'est évidemment pas retraversée telle qu'elle a été vécue la première fois. Il ne servirait à rien de revivre sans cesse la même chose. Un événement a suscité peur, dégoût, terreur, rage... L'émotion n'a pas pu à l'époque ni être dite, ni être écoutée. Le processus de guérison consiste à retrouver l'émotion refoulée. Cette dernière revient souvent avec les images et/ou les sensations de la scène traumatique. Exprimée et accueillie, elle est libérée, les vieilles tensions se relâchent.

Ne cherchez pas à revivre une terreur ou une rage seul(e) dans votre appartement, vous avez besoin d'être accompagné dans l'expression de l'émotion, pour que rien ne se coince, ni dans votre corps, ni dans votre tête et que vous terminiez par un moment restructurant de contact physique tendre.

Pour aller plus loin en vous, faites l'exercice suivant : Prenez une grande feuille de papier. Divisez-la en deux colonnes. Dans la colonne de gauche, écrivez les faits dont vous vous souvenez. Des faits marquants, mais aussi des choses qui vous paraissent anodines à première vue.

Puis, concentrez-vous sur chaque fait et écoutez en vous les émotions ressenties alors. Si cela ne vient pas, imaginez un autre enfant à votre place, qu'aurait-il ressenti ? Paradoxalement, nous savons plus facilement répondre pour une autre personne que pour nous. Notez les sentiments, émotions éprouvés dans la colonne de droite.

Pour chaque souvenir remonté, prenez conscience de la douleur ressentie, accueillez-la. Mesurez à

quel point cela a pu faire mal à l'enfant que vous étiez. Pistez vos tendances à minimiser.

La tendance à minimiser les souffrances vécues est fréquente et freine bien sûr la guérison. La psychothérapie de groupe est très aidante pour la lever. Les autres membres du groupe n'ont pas vécu les mêmes interdits, ils voient ce que vous ne voyez plus. Ils sont capables de dire : « Quoi ? mais c'est injuste ce qu'on t'a fait, non, tout le monde ne fait pas cela ! »

Dans un groupe, vous pouvez réévaluer vos croyances, découvrir que toutes les familles ne fonctionnent pas de manière semblable. Les autres vous souligneront vos manques et vos richesses.

Ils verront vos compétences, la beauté de votre être. Ils compatiront à vos blessures. Leur empathie vous aidera à regarder votre vérité.

7

La colère qui répare

Les décharges émotionnelles se clôturent par une dernière décharge de vraie colère. Cette colère est très différente des premières. Elle affirme notre existence, nos besoins, notre identité, notre place. Ce n'est plus une colère agressive qui a besoin de détruire quoi que ce soit. Ce n'est plus de la révolte, c'est une colère constructive. Une colère qui va restaurer le droit, c'est-à-dire concrètement permettre à l'enfant de se donner le droit de sentir ce qu'il sent, de dire, d'exister, d'avoir des besoins, d'être lui-même...

Installez de nouveau le coussin, visualisez votre parent derrière, et sentez votre colère. Vous êtes à genoux de manière à respirer profondément et librement jusque dans votre bassin. L'émotion est maintenant basse dans le ventre, vous sentez votre bassin chauffer. Vous respirez profondément, votre diaphragme monte et descend...
Vous vous levez sur vos genoux, élevez votre batte (ou raquette de tennis) au-dessus de votre tête, et les yeux restant bien ouverts, vous frappez le coussin en affirmant d'une voix forte : « J'ai le droit, je suis moi », et toutes les phrases d'affirmation de votre identité et de vos droits qui vous viennent à l'esprit.
Sentez votre puissance et la jouissance de sentir votre corps libre.

Après cette colère, la tension s'est évacuée. La blessure est réparée dans votre corps. Toutes les émotions sont sorties. Vous conserverez le souvenir de votre blessure. Ce qui s'est passé fait partie de votre histoire. Mais cela n'aura plus le pouvoir de vous faire souffrir ou de diriger inconsciemment vos attitudes, comportements, pensées ou réactions.

Une fois réparé, vous pouvez commencer le travail de réconciliation avec vos parents, si vous le désirez. Vous n'en avez pas besoin pour vous guérir, vous l'êtes. Vous en avez besoin pour guérir la relation, pour prendre un authentique plaisir aux rencontres familiales.

Après cette colère, vos parents ne vous intimident plus. Vous êtes adulte en face d'eux. Vous êtes même suffisamment réparé pour éprouver de l'empathie envers eux. Non plus cette pitié du début ou cette sensibilité à leurs malheurs qui vous menait à les protéger excessivement, mais une authentique empathie.

Devenu capable de vous confronter à vos parents, vous pouvez leur écrire une lettre, ou les rencontrer pour leur dire vos blessures, leur exprimer votre vécu, et leur demander réparation pour restaurer le lien blessé entre vous. La demande de réparation vise à rétablir un équilibre entre préjudice et dédommagement de manière à ce que chacun ait un sentiment de justice. L'injustice menace le lien. La justice le répare.

Ce besoin de réparer, nombre de parents qui n'ont pas su l'être à temps le ressentent. Beaucoup d'entre eux tentent de se rattraper en sautant une génération. Ils reportent leur affection sur leurs petits-enfants. « Je donne à mes petits-enfants ce que je n'ai pas su donner à mes enfants. » Nombre de grands-parents le disent autour d'eux... Malheureusement rarement à leurs enfants, les privant encore de reconnaissance. Voir ses parents donner à d'autres enfants, fussent-ils les siens, fait mal. « Mes parents ne s'intéressent qu'à mes enfants. Comment va Quentin, est-ce que Diane a fait sa sieste… Ils ne me posent jamais de question sur moi. C'est comme si j'étais transparente. »

Nos parents ont besoin tout autant que nous de cette réparation. Ils ne savent tout simplement pas qu'ils peuvent réparer. La croyance généralement admise est : « Ce qui est fait est fait, on ne pas peut changer le passé. » On ne peut effectivement effacer les actes, mais on peut modifier leur portée en les parlant. On ne change pas le passé, mais on peut réparer les dégâts présents, conséquences de ces blessures anciennes. Reconnaître la blessure fait une différence immense. La plaie peut enfin cicatriser. L'énergie bloquée peut circuler de nouveau.

VI

COMPRENDRE NOS RÉSISTANCES

La peur de se confronter à ses parents est si grande que nombre de personnes n'en supportent pas même l'idée. Éprouver de la colère à l'égard de ses parents est interdit. Et pourtant, cet interdit seul justifierait que l'on s'attarde sur la question. Un tabou si puissant ne cache-t-il pas quelque chose ? La colère (saine) envers les parents est libératrice et restaure l'amour. Elle soulage l'enfant. Elle est un premier pas vers la réparation de la relation. Quand on hésite à parler de soi à ses parents, quand on n'ose pas leur dire la vérité sur notre vécu d'enfant, il n'y a pas d'intimité possible. Les relations sont, au mieux, superficielles.

Pourtant la colère envers les parents répugne, révulse, révolte, provoque toutes sortes de réactions défensives. Analysons-les une à une.

1

« On ne juge pas ses parents, on leur pardonne ! »

Ceux qui clament cet impératif semblent ne pas avoir conscience de ses contradictions ! Le pardon est un jugement ! Le pardon implique une position de supériorité. Et si je dois pardonner, c'est bien que je juge qu'il y a eu faute ! De plus, cette attitude de pardon est fort égoïste, elle ne permet pas au parent de faire le travail de réconciliation avec lui-même. Elle enferme le parent dans le sentiment de culpabilité ou dans l'inconscience et lui ferme l'accès à l'intimité avec ses enfants.

Pour ne pas porter de jugement sur nos parents, nous ne devons pas leur pardonner, mais juger leurs actes. Il est légitime d'évaluer l'impact d'un comportement, donc de juger un acte, pas une personne. Aucun pardon ne peut être donné sans explicitation des injustices et des blessures. Au pardon, je préfère l'amour authentique. Je n'invite pas à l'effacement des ardoises, je préfère le respect de chacun et l'intimité.

Le détachement n'est pas un moyen, c'est un résultat… « Je n'ai pas besoin de leur parler du passé, je suis détaché », clame Martin qui médite régulièrement dans un centre religieux. Pire, il le croit ! Pourtant il est loin d'être libre. S'il ne veut pas parler du passé à ses parents, c'est par crainte de leur réaction. Il préfère l'évitement. À l'instar de Martin, ceux qui prônent le détachement n'ont souvent pas conscience de l'importance de leurs peurs. Ils nomment leur fuite « détachement ». Et le tour est joué. La spiritualité a bon dos ! Est-ce encore de la spiritualité quand il y a si peu d'amour ? Le détachement, ce n'est pas ne plus voir nos parents et ne pas en souffrir, c'est de ne plus en avoir peur et de rétablir des relations harmonieuses et justes avec eux.

Une jeune femme avait une longue et superbe chevelure. Avant de l'accepter comme disciple, son guru lui demanda de la couper. Elle pleura, implora, rien n'y fit. Le maître lui ordonna de couper ses cheveux sur-le-champ. Une autre femme, à la chevelure non moins splendide, s'approcha et dit au guru : « Je désire devenir votre disciple, je suis prête à me couper les cheveux. » Le maître l'interrompit et lui dit : « Pour toi, c'est inutile. »

Allons rencontrer nos parents… parce que nous en avons peur et que c'est difficile. La difficulté même en signe l'utilité, tant elle prouve que nous sommes encore dépendants de nos parents. Pourquoi donc conserver des peurs irrationnelles ? Car elles le sont. L'immense majorité des parents accueille positivement cette démarche.

Dans mes séminaires, certains récusent la pertinence de l'exercice de colère envers leurs ascendants, arguant d'un stage précédent avec d'autres thérapeutes au cours duquel ils auraient « pardonné » à leurs parents. Le pardon est un aboutissement possible du processus de réconciliation. Pourtant, ils disent avoir pardonné, alors même qu'ils conservent des symptômes, ceux pour lesquels ils viennent me consulter… Mais la croyance magique dans le pouvoir du pardon est forte. « J'ai fait un rituel, je leur ai envoyé de la lumière… Je me suis senti soulagé… » Oui, c'est vrai, le pardon soulage. À l'instar d'un comprimé d'anxiolytique, il camoufle le problème, mais ne le résout pas. Ce premier « pardon » peut éventuellement constituer une étape de réconciliation avec soi-même. Cependant, dans la relation subsiste un manque, une rupture. Le seul bénéfice de ce pardon bien vite donné est la fuite de l'intimité, l'évitement de l'amour. En opérant ce pardon, la personne évite de se confronter réellement à elle-même. Esquivant la colère, elle n'a pas accès à la conscience de l'intensité de ses émotions. Elle conserve sa peur des émotions, de l'intimité, et le plus souvent ses symptômes. Elle court le risque de voir, dans la génération suivante, un des enfants prendre en charge la blessure, et elle entretient des relations superficielles avec ses parents.

Alexandra, qui ne travaille pas avec moi, écrit à son père : « *Inutile de renouer contact, je ne veux plus te voir, mais je te pardonne.* » Que signifie ce genre de pardon ? Pour moi, ce n'est pas un véritable pardon, c'est un filtre, une façon d'arriver à ne plus souffrir des blessures sans en guérir vraiment. Il ne s'agit pas d'un quelconque respect envers les parents mais de peur. Peur de ses propres émotions, peur des émotions du parent et surtout peur de l'intimité et donc peur d'aimer ! Les faits sont là. Partager sur le passé crée de l'intimité. Ne nous leurrons pas. Quand nous n'osons pas parler à nos parents, ce n'est pas par amour pour eux. C'est parce que nous avons peur de nous confronter au manque d'amour. Peur de ne pas être aimé suffisamment par eux, et peut-être peur de ne pas les aimer assez.

Quand les blessures sont reconnues par les parents, quand la parole circule de nouveau entre les générations, il se libère tant d'amour… Pourquoi s'en priver ?

Toutefois, on ne parle pas à ses parents n'importe comment, ni n'importe quand. Un certain nombre de précautions sont à prendre pour aller dans le sens de la réconciliation et non vers un conflit.

2

« Ça le tuerait ! / J'ai peur de mourir »

« Il va faire un infarctus, je ne peux pas lui dire la vérité. »

« Je n'oserai jamais, je ne pourrai jamais. Mes parents ne pourraient pas l'entendre... J'aurais peur de les tuer. J'en mourrais. »

Que de peurs démesurées. Démesurées ? Nombre de gens y croient vraiment. Ces peurs sont tellement partagées qu'elles ne sont que rarement remises en cause. Peu de gens s'insurgent en disant : « Tu n'as pas ce pouvoir. » Ou : « Tu ne vas pas mourir parce que tu dis quelques mots. » Mesurons la dimension que peut prendre, dans notre imaginaire, la confrontation à nos géniteurs. Il s'agit de vie ou de mort ! On peut comprendre dans ces conditions l'importance des résistances à l'expression de toute colère ! D'autant que ces peurs surgissent de manière tout à fait irrationnelle dans ma salle de thérapie alors que j'invite la personne à exprimer sa colère face à un coussin !

L'enjeu de vie ou de mort remonte à notre vie de nourrisson, de fœtus. À cette époque-là, effectivement, notre vie dépendait de nos parents. Ce lien est engrammé si fort en nous que, malgré les années, l'impression de risquer sa vie en parlant à ses parents reste vivace. Je ne peux prendre le risque de déplaire à mes parents, sinon ils m'abandonneraient et j'en mourrais.

Il est intéressant de noter que si certaines personnes ont peur de mourir sur place si elles expriment de la colère et si d'autres sont terrifiées à l'idée de tuer leurs parents (alors qu'elles s'adressent à un coussin dans mon cabinet), les deux peurs sont très souvent associées, soulignant leur lien inconscient et leur origine archaïque.

De nombreux parents, lorsque le bébé pleure, le laissent tout seul « pour qu'il se calme ». L'enfant hurle sa colère pour tenter d'obtenir la satisfaction de son besoin. Ses pleurs deviennent fureur, se muent en terreur... Puis se calment, quand il se résigne. L'enfant apprend rapidement que sa colère met ses parents à distance. Pour un nourrisson, un parent qui disparaît de sa vue est disparu. Il n'existe plus. Ce qui donne facilement, toujours dans l'esprit du nourrisson : si je suis en colère, je tue mes parents. Donc, si j'exprime ma colère à mes parents, soit je meurs, soit ils risquent de mourir.

3

« Je ne veux pas lui faire du mal »

« J'ai peur de lui faire trop mal. »

« Ils sont trop fragiles, ils sont âgés… »

« J'ai parlé à ma mère, un tel déni, un tel malaise, je ne veux pas remuer. Elle ne veut pas en parler… je la laisse. Je ne veux pas la brutaliser. »

Nous déguisons nos craintes en attitude de protection ! Un comble, cette phrase si souvent entendue : « Je ne peux pas, mon père est vivant, ça lui ferait trop mal. Ce serait plus facile s'il était mort. » Une expression qui montre bien qu'il ne s'agit pas du bien-être de notre parent mais de nos peurs à le rencontrer. J'entends d'ailleurs tout autant de : « Je ne peux pas lui parler, il est mort. Ce serait plus facile s'il était encore vivant. »

Vivant ou mort, jeune ou vieux, pauvre ou riche, bien portant ou malade, il est toujours difficile de parler à ses parents. Ne nous cachons pas derrière ces fausses excuses. Nous ne faisons pas de mal à nos parents en leur parlant, nous ne leur faisons pas de mal en les aidant à accomplir leur fonction de parent. Même atteints d'un cancer ou de la maladie d'Alzheimer, même dans le coma, nos parents peuvent nous entendre. En revanche, s'ils ne le veulent pas, ils n'entendront pas ! Ils disposent de tout un arsenal de mécanismes de défense pour ne pas entendre, parmi lesquels le simple déni figure en bonne place. Il est donc inutile de se limiter, nos parents filtrent ce qu'ils sont capables d'absorber.

Vivien est mort d'un cancer. Quelques semaines

avant son décès, il me disait : « Je veux mourir avant mon père. » Il avait eu très peur de la maladie de son père, il avait craint de le voir mourir et de ne pas le supporter. Lorsque, quelque temps après sa mort, j'ai eu l'occasion de parler avec le père en question, il pleurait en disant : « Ce n'est pas juste, c'était à moi de partir. » S'il l'avait pu, il aurait volontiers donné sa vie pour celle de son fils. Si seulement ils avaient pu se parler avant que la mort ne les sépare... Mais Vivien ne voulait pas « faire souffrir son père ». En réalité, il avait très peur d'entendre que son père ne l'aimait pas suffisamment. Il l'idéalisait : un homme si doué, qui avait tant souffert et s'était tant sacrifié. Vivien était persuadé de l'avoir déçu. Pourquoi ? Bourreau de travail, ce père passait peu de temps avec son fils. « C'est parce que je ne suis pas assez bien », se disait Vivien. Convaincu de ne pas être à la hauteur des espérances paternelles, c'était donc à lui de s'effacer le premier. Il ne désirait pas consciemment mourir, bien sûr... mais il préférait cela à parler à son père ! Pourtant, ce papa m'a confié plus tard combien il était fier de lui. Il ne le lui avait hélas jamais dit.

Qu'est-ce qu'un respect des parents qui consiste à dire « ils ne le supporteraient pas », « ça lui ferait trop mal » ? Ce n'est que crainte de ne pas être aimé et difficulté de communication.

Dans nos fantasmes, les parents vont s'effondrer si nous leur parlons ! Dans la réalité, j'ai pu l'expérimenter, s'ils sont souvent inquiets au début, ils sont heureux de la rencontre avec leur enfant et de cette nouvelle intimité. De plus, ils sont contents d'accomplir leur mission de parent. Tous les parents sains désirent que leurs enfants soient plus heureux qu'ils ne l'ont été eux-mêmes. Le rôle des parents est de protéger leur progéniture. Ils se réalisent dans cette protection. Quand son petit est malade, sa maman voudrait prendre la souffrance sur elle. Comme le père de Vivien, la plupart des parents seraient prêts à donner leur vie pour leur descendance si elle était en danger... Même si souvent, happés par le quotidien, prisonniers de leurs soucis et esclaves de leur passé, ils oublient l'importance que revêt pour eux le sourire de leur progéniture et se laissent aller à la critique sans imaginer le retentissement de leurs jugements.

À condition bien entendu que certaines règles de communication soient respectées, que tout jugement, accusation ou culpabilisation soient bannis, on peut tout dire à ses parents. C'est pourquoi il est fondamental d'avoir vidé le trop-plein de rage et de haine dans le cabinet du psychothérapeute. Quand les blessures sont guéries, on peut échanger plus sereinement. Pourquoi remuer encore le passé alors qu'il ne nous fait plus souffrir ? **Parce que plus on se parle, plus on s'aime.**

Laure n'avait pas été aimée par sa mère. Elle avait été frappée, humiliée, privée de liberté de toutes les façons possibles. Jusqu'à l'âge adulte, sa mère l'avait prise en grippe. Pourtant, par devoir, tous les samedis, Laure allait voir sa maman dans la maison de retraite spécialisée dans laquelle, atteinte de la maladie d'Alzheimer, elle coulait ses jours. Aller voir sa mère chaque semaine était un poids pour Laure, mais elle se sentait liée par le sentiment du devoir. Comme les semaines et les mois passaient, visiter sa mère devenait de plus en plus difficile. Comment continuer à faire « bonne figure », à se montrer gentil et compatissant quand on a une immense rage à l'intérieur de soi contre cette même personne ? Laure devait se contenir et la dépression guettait. Sur ma proposition de parler à sa mère de son passé, Laure me rétorqua : « Je ne peux pas lui dire, elle est malade, elle ne comprend rien, elle ne me reconnaît même pas et ce depuis des mois. » La perche était trop belle, je lui répondis : « Puisqu'elle ne comprend rien, entend les choses de travers et ne se souvient même pas de ton nom, tu peux bien lui dire tout ce que tu as sur le cœur. » L'argument a porté. Laure a décidé de se libérer du poids de son histoire.

Ce samedi-là, sa mère s'est comportée comme d'habitude, ne faisant en apparence aucun cas de ses paroles. Mais la semaine suivante, du bout du couloir, sa mère l'attendait les bras ouverts. « Laure, ma fille. » Les larmes étaient au rendez-vous. Laure n'avait pas entendu sa mère l'appeler par son nom depuis près d'une année. « Laure, ma fille, je te remercie de ce que tu m'as dit, c'est vrai, je n'ai jamais aimé aucun de mes quatre enfants. J'ai envie de vous aimer maintenant. » Elles sont parties bras dessus, bras dessous se promener dans le jardin. Je vous garantis que Laure va désormais voir sa mère tous les samedis le cœur léger !

De plus, depuis ce jour, la rémission de sa mère a été impressionnante. Si tout n'est pas d'origine psychologique, le psychisme a une grande influence sur le physique. La mère de Laure a conservé bien entendu un certain nombre de symptômes mais a récupéré de nombreux moments de clairvoyance et de maîtrise de ses actes.

Le père de Valérie était dans le coma quand elle lui a parlé. « Je suis sûre qu'il a cligné des yeux », dit-elle, ravie d'avoir réussi à établir un contact avec son papa avant qu'il ne décède.

Nathalie a vécu une expérience difficile. Elle ne voulait pas parler à son père parce qu'il était cardiaque. La mère était complice, soulignant : « Ne parle pas à ton père, tu le tuerais. » Nathalie n'a rien dit. Un peu plus tard, l'homme a fait un infarctus. Elle a senti qu'il risquait de disparaître sans qu'ils ne se soient parlé. Elle a pu mesurer combien le non-dit, le secret, pesait sur le cœur de son papa. Elle lui a parlé, parlé... jusqu'à la réconciliation : « Tu me fais tellement de bien » lui a dit son père. « C'est bon d'aimer et de se sentir aimé. »

L'amour partagé est d'un bien meilleur pronostic pour la santé que les secrets, culpabilités sourdes et non-dits.

4

« Ce serait trop facile »

« Pendant des années, elle m'a humiliée, frappée, traitée plus bas que terre, et il suffirait que je lui parle pour tout oublier ? Ah non ! Ce serait trop facile. » Micheline conserve encore tellement de rancœur envers sa mère, elle n'est pas prête à avancer vers la réconciliation. Elle sent bien qu'exprimer de la colère commencerait à la libérer. Elle ne veut pas vraiment guérir de ses blessures. Pour l'instant la manière dont elle rate sa vie est une punition pour sa mère. Elle espère confusément que cette dernière se culpabilise, et prenne conscience du mal qu'elle lui a fait.

« Ce serait trop facile » est une phrase que j'entends souvent dans mon cabinet. Sortir de soi la colère, c'est recréer le dialogue, c'est clairement avancer vers une éventuelle réconciliation. Ces personnes ne veulent pas lâcher leurs rancœurs. Elles veulent vengeance et pour ce faire préfèrent conserver leur colère, leur mépris. C'est un des bénéfices à rester silencieux…

Eh oui, paradoxalement, quand on refuse la colère, c'est pour mieux conserver la haine. Le désir d'avoir enfin du pouvoir sur ses parents, l'envie de les punir sont parfois si forts que certains sont prêts à sacrifier des pans entiers de leur vie sociale, affective ou professionnelle. D'autres vont jusqu'à sacrifier leur existence même. Ils se suicident pour faire mal à un père ou une mère qui ne les ont pas aimés, pas vus, pas reconnus. C'est leur vengeance. Parfois une lettre laissée contredit leur acte vengeur : « Je vous remercie pour tout ce que vous avez fait pour moi, je ne veux pas vous faire de mal. » Ils ont si peur de dire qu'ils préfèrent se tuer. Leur acte est pourtant vengeance. Il est aussi (très souvent) un acte d'obéissance à un message parental inconscient : « n'existe pas ». Depuis longtemps la personne se sent de trop. Elle souffre terriblement du vide. Elle ne trouve pas sa place ; son suicide est tout à la fois quête d'amour (ils vont pleurer, ils verront qu'ils tenaient à moi), vengeance (ça va leur faire mal, ils ne pourront plus dire qu'ils ont tout fait pour moi), et soumission (vois papa/maman, je sors de ta vie, je ne te gênerai plus).

Choisir la voie de l'amour est certes plus ardu, mais combien plus fertile…

VII

Devenir adulte

Maître Eckhart, mystique chrétien du XIII*e* *siècle, a remarquablement identifié les étapes incontournables marquant le chemin de la croyance enfantine à la maturité. Révolutionnaire pour l'époque, il a été excommunié par le pape, puis réhabilité.*

Il décrit la première étape comme étant celle de la croyance aveugle. Les croyants vont à l'église, assistent à la messe et imitent les hommes bons. Ils se soumettent aux règles, suivent les rituels. Pour progresser, nous dit maître Eckhart, il faut tourner le dos à l'Église, au dogme et à ses parents. Pour trouver la foi, il nous faut la chercher par nous-mêmes, ne plus croire ce qu'on nous dit, mais éprouver la vérité en soi. Pour orienter le regard vers Dieu, il faut tout d'abord le détourner des croyances apprises de nos aînés. Dos à l'Église, dos aux parents, nous sommes en opposition. C'est la seconde étape. Ensuite, il faut partir. La troisième étape est celle de la traversée du désert. Maître Eckhart invite à « quitter ses parents, quitter l'Église », et aller seul, à la recherche de soi, à la recherche de Dieu. Lors de la quatrième étape, l'homme est invité à oser souffrir. Ressentir sa douleur rapproche de soi-même. Éprouver dans son corps, son cœur et son âme les souffrances et les joies, jusqu'à atteindre en cinquième étape l'équanimité, c'est-à-dire la capacité à accueillir bonheurs et peines avec la même égalité d'humeur. C'est alors seulement que nous pouvons atteindre l'extase en sixième et ultime étape. Ce sont bien les étapes psychologiques à gravir de la dépendance à la maturité : dépendance, contre-dépendance, indépendance, interdépendance.

1

La dépendance

Un regard de son père suffit pour diriger ses gestes à table. Elle se sent coupable à la moindre mimique de sa mère. Pourtant, Martine a quarante-deux ans, elle dirige une équipe de vingt personnes, elle est reconnue comme une autorité dans son domaine. C'est une femme puissante, à l'aise en toutes circonstances... Sauf avec ses parents. Dès qu'elle passe quelques minutes avec eux, elle régresse, perd son aisance et redevient une petite fille obéissante. En leur présence, même sa voix se modifie et prend un ton plus aigu et doux. La transformation est spectaculaire. Martine n'en aurait pourtant pas pris conscience si son mari et même ses enfants ne le lui avaient fait remarquer. Notre sujétion à nos parents est souvent inconsciente. Les autres la voient, pas nous. Nous y sommes si habitués. Certains remarquent qu'ils ressortent tendus, fatigués ou déprimés des visites familiales... Ils n'en identifient pas toujours les raisons.

Nos parents ont tant de pouvoir sur nous. Majeur, nous-même parent, face à ceux qui nous ont conçu, mis au monde et élevé, nous sommes souvent comme des petits enfants. Comme si nous ne nous étions pas rendu compte que nous avions grandi. Impossible de communiquer avec naturel comme avec d'autres. La relation de pouvoir, de dépendance et de sujétion est encore là. Nos parents nous ont donné la vie, nous avons été dépendant d'eux pendant nos plus tendres années. Il est difficile de sortir des habitudes pour maintenir une relation vivante.

2

Tourner le dos aux parents

L'adolescence est un temps de révolte, un temps de remise en cause et d'opposition aux parents. Cependant, insuffisamment acceptée et accompagnée, jugée négativement, voire brisée, la révolte est insuffisante pour aider l'adulte en devenir à se dégager des réflexes conditionnés de son enfance. Seul le partage émotionnel, c'est-à-dire l'expression libre des émotions et leur accueil, permet de ne pas fixer les automatismes et de conserver sa liberté.

Il n'y a pas de secret, pour devenir soi, il est nécessaire de se soustraire à la domination d'autrui, impératif de dire non à celui dont on est dépendant. « Tourner le dos aux parents » ose dire maître Eckart. Oui, tourner le dos aux parents, pour sortir de la fascination qu'exercent sur nous ceux qui nous ont donné la vie et élevé, ces géants protecteurs, aimants ou non. Devenir adulte, c'est vérifier que le monde ne s'écroule pas quand on quitte les parents des yeux. J'ai le droit de regarder ailleurs, j'ai le droit de ne pas croire ce que clament mes parents, j'ai le droit d'être différent d'eux. Expérience faite, j'ai aussi le droit de choisir mes propres valeurs, qu'elles divergent de celles de mes aïeux ou leur soient identiques.

Tous les adultes ont été adolescents. Tous ont traversé cette période troublante et souvent troublée. Tous les hommes ont ressenti ces poussées de testostérone qui mobilisaient leur agressivité. Toutes les femmes ont été travaillées par leurs hormones. À moins de l'avoir inhibé et retourné contre soi, tous ont ressenti cet élan vital qui veut refaire le monde, faire mieux que les vieux. La sensation de toute-puissance de cette période combat intérieurement l'impuissance concrète d'autant plus importante que l'adolescent a moins de pouvoir sur sa vie. Cette tension n'est pas facile à vivre, la violence semble la seule issue qui s'offre aux plus impuissants pour récupérer un peu de pouvoir. Et pourtant, la plupart des parents, plutôt que d'encourager l'adolescent dans une opposition constructive, cherchent à le limiter, à l'enfermer. Ils augmentent les interdits. Certains jeunes retournent alors leur agressivité contre eux-mêmes, se droguent, se dépriment, se détruisent. Puisqu'ils ne peuvent tourner le dos, ils se contentent de retourner leur casquette. La visière, symbole des projets, passe derrière. Le front est dégagé, ils se butent sur leurs positions. Ils font front. Certains, particulièrement réduits à l'impuissance, que ce soit par manque de perspective future, par détresse affective, par échec scolaire, ou par simple manque de modèle positif, détruisent autour d'eux.

Un certain nombre d'adolescents ne font même pas de « crise ». Ils s'enferment dans leurs études, canalisent leur rage sur leurs cahiers, et font plaisir à leurs parents. D'autres se montrent très agressifs, virulents, voire violents. On pourrait croire qu'ils se détachent sainement de leurs parents. Mais le plus souvent, quand la violence est là, elle n'est que voile de la réalité : déchaînés en apparence, ces adolescents restent profondément enchaînés par leur inconscient. Ils se chamaillent sur des vétilles et laissent de côté leurs véritables revendications. Les vraies blessures, plus profondes, restent inconscientes. L'agressivité n'est alors pas libératrice. La véritable colère, non entendue, se charge d'un ressentiment qui explose régulièrement à la faveur de détails. Tout en les agressant en apparence, ces ados « protègent » leurs parents. C'est-à-dire leur évitent de faire face à leur vérité. Ils leur disent leurs « quatre vérités » pour ne pas dire leurs sentiments les plus intimes. Une réalité qui reste souvent inconsciente. Ils ont peur aussi parfois de leurs parents. Quand ces derniers réagissent par la répression, ils augmentent l'insécurité de leur rejeton, qui pour être grand est encore petit... et ose encore moins exprimer sa vérité. Les parents de ces adolescents seraient bien inspirés de les inviter à leur tourner le dos plus franchement en cherchant à écouter au-delà des revendications apparentes les blessures profondes.

Dans le processus psychothérapeutique, cette étape de « tourner le dos » aux parents est aussi nécessaire. Elle l'est d'autant plus que l'adolescence n'a pas été suffisamment constructive. Elle prend place dès que la confiance envers le psychothérapeute est établie, parce qu'on a besoin de sécurité pour s'opposer aux parents. Alors, en ce début de thérapie, comme les ados, les personnes ne voient plus que le côté négatif de leurs géniteurs. C'est certes inconfortable pour les parents.

Ce ne sont pas les enfants qui sont ingrats, c'est le métier même de parent ! Pour vivre mieux cette période, il est utile de savoir que – comme lors de l'adolescence – cette attitude d'opposition systématique sera d'autant plus temporaire qu'elle sera respectée et écoutée, et d'autant plus forte et longue qu'elle rencontrera mur d'incompréhension, autoritarisme et culpabilisation.

Dans tout parcours psychothérapeutique, la colère contre le psy apparaîtra aussi en son temps. Pendant les premiers temps d'une thérapie, le psychothérapeute prend une grande importance. Plus les parents ont manqué, plus le transfert est fort. Le thérapeute est investi d'un grand pouvoir. Il doit faire contrepoids aux messages parentaux. C'est un nouveau parent, grâce auquel la personne va apprendre à se reparenter elle-même. Après une phase d'idéalisation durant laquelle le psychothérapeute est mis sur un piédestal, une personne en progrès passe inévitablement par une étape de colère contre son thérapeute. Elle va critiquer une attitude, une phrase, se plaindre d'un manquement, dénoncer une erreur… Cette colère lui permet de sortir de l'idéalisation, de grandir et de se détacher. D'où l'importance pour un psychothérapeute de savoir accueillir la colère de ses clients.

Pour se tourner vers soi-même, vers sa propre vérité, pour devenir un individu, on a besoin de tourner le dos à ce qui nous a été appris, et de se séparer.

3

Quitter les parents

L'étape suivante selon maître Eckhart est la traversée du désert. Pour se découvrir, pour arriver à entendre la voix de l'Enfant en soi, il est nécessaire de se soustraire à l'influence parentale. En opposition, on est encore sous emprise.

Il n'est pas toujours nécessaire de se couper physiquement de ses parents. C'est inutile quand on est capable de se séparer d'eux dans sa tête. En revanche, une période de coupure totale est fondamentale (dans le sens de poser les fondements) quand la fusion est très importante et que la personne ne sait plus très bien ce qui fait partie d'elle et ce qui appartient à ses géniteurs, et/ou quand la dépendance affective est trop forte. C'est fréquemment le cas entre mère et fils. Le garçon ne veut pas faire de peine à sa maman, pourtant il a besoin de vivre pour lui-même.

Mieux vaut couper les ponts pendant un temps que de se déchirer. Cette rupture protège les parents d'un déversement excessif de haine. Cette haine qui s'est accumulée insensiblement au cours des années sur les blessures. « Il vaut mieux que je ne voie pas ma mère en ce moment, je ne la supporte pas, je l'enverrais balader. » « En ce moment, elle ne peut pas me dire une phrase, je suis hyper-réactive. » « Je préfère ne pas voir mon père, je pourrais le tuer. »

Pour guérir les blessures, on les ouvre, on les met à vif. Comme le dit maître Eckhart, on apprend à ressentir la douleur, à vivre ses émotions. Au fur et à mesure que le voile de l'idéalisation se lève, la personne voit l'émergence de sa vérité. Elle est naturellement furieuse d'avoir été victime, de l'avoir ignoré jusque-là, de voir encore aujourd'hui des séquelles de cette blessure l'embarrasser dans sa vie. Cette fureur doit s'exprimer chez le psy, il est inutile qu'elle sorte sur les parents.

Comme le passé remonte, la personne en thérapie passe par des périodes de colère, mais aussi de dépression (dé-pression, retour vers l'intérieur de soi) pendant lesquelles ce dont elle a le moins besoin, ce sont ses parents. Il peut arriver au psychothérapeute de conseiller à son client de stopper momentanément tout lien avec sa famille. Il le fait quand les parents sont dangereux et mettent la santé psychique de leur enfant en péril. Quand ils se montrent insultants, dévalorisants, manipulateurs, quand soustraire l'enfant aux jeux psychologiques familiaux est le seul moyen de lui permettre d'accéder à lui-même. Mais de manière générale, c'est la personne elle-même qui perçoit la nécessité de s'éloigner de ses parents et requiert une période de silence. Les plus timides, ou ceux qui ont les parents les plus manipulateurs annoncent une durée : « Je vous demande de respecter mon besoin de couper tout contact avec vous pendant un mois, pendant un an. » Beaucoup ne posent pas de limitation dans le temps tant il est difficile de prévoir la durée dont chacun aura besoin. Habituellement, le sevrage est d'une durée de quelques mois. Quand la fusion est très forte, jusqu'à une année peut être nécessaire. Il peut falloir encore davantage quand les parents font du chantage et/ou appuient sur le bouton du sentiment de culpabilité sur le mode : « Tu es ingrate, tu vas nous faire mourir, on a tant fait pour toi… »

4

Accepter la douleur

La plongée en soi commence. Les terreurs émergent. La personne revisite son histoire. Les parents ne sont plus au centre. Leur image s'efface. Et apparaît le vécu de l'Enfant. Le contact intime avec soi se fait plus proche. Les émotions surgissent. L'histoire personnelle jusque-là abordée sous un angle factuel et analytique prend un tout autre visage.

Il existe de nombreux moyens d'aller mieux. Les thérapies verbales permettent de comprendre ce qui se passe, de donner du sens à ce que nous vivons, mais pas toujours de changer. « Je suis en thérapie depuis six ans. Je sais beaucoup de choses en théorie, mais cela ne m'aide pas à progresser. J'ai l'impression de tourner en rond et même ces derniers temps de reculer. » Muriel vient en stage pour prendre contact avec ses émotions. Quelques jours plus tard, elle m'écrit : « Merci mille fois d'avoir été le témoin de mes sanglots et de la souffrance qui me paralysait. C'est la première fois que quelqu'un a vu et reconnu mes sanglots sans reproche et sans interdiction. C'est la première fois que des larmes venues de très très loin décident de me quitter. Dans ma psychanalyse revenait sans cesse la petite fille seule, figée, sans personne autour, aucun bruit, ni dehors, ni au-dedans d'elle, sans décor aucun. La petite fille est sortie des abris. »

Muriel connaissait l'existence de cette petite fille en elle. Elle se souvenait mentalement de son histoire, mais les émotions réprimées à l'époque restaient bloquées.

Savoir ce qui s'est passé aide, mais souvent ne suffit pas à guérir. Si les sentiments sont des élaborations mentales et peuvent donc être analysés et dépassés, les émotions ne sont pas des processus psychiques mais physiologiques. Refoulées, elles créent des tensions dans le corps. Les rages, les sanglots, les terreurs sont encore là, intacts. En parler ne suffit pas à retrouver la souplesse du corps, à restaurer la respiration des tissus.

Les paniques de nos quatre ans quand maman disait « je m'en vais, je te laisse », les désespoirs de nos quinze ans quand nous n'avions personne à qui parler, les terreurs de nos quelques jours ou quelques mois quand personne n'accourait à nos cris, les rages de nos deux ans quand la vie nous résistait... Tout cela est encore en nous. Les émotions non exprimées s'ajoutant les unes aux autres et se renforçant.

Pour guérir, il ne suffit pas de parler. Les rigidités du corps ne disparaissent pas par la simple verbalisation. Nos tensions conservent physiologiquement la mémoire de nos blessures. Nous devons les libérer physiologiquement en laissant faire le processus naturel de l'émotion. Lors de son second stage, Olivier raconte sa stupeur devant les résultats du premier stage. Deux jours seulement lui ont permis de retrouver une mobilité de la mâchoire qu'il ne connaissait pas. Heureux, il nous a montré comment il pouvait désormais avancer ou reculer la mâchoire. Il n'était pas conscient auparavant de cette limitation. Il avait toujours été comme cela. Il a été surpris de constater cette nouvelle facilité dans sa bouche après les exercices du week-end. Nous sommes si habitué à nos tensions que nous ne les identifions pas comme telles. Nous pensons seulement que nous sommes « d'origine » un peu moins souple que quelqu'un d'autre, ou que nous sommes construit différemment... Nous pensons rarement que nos rigidités, nos tensions, nos douleurs peuvent avoir pour origine une émotion réprimée. Accepter la douleur ne signifie pas s'y complaire, c'est au contraire accepter de la regarder comme telle, pour mieux la guérir. Sans vraiment le savoir, Joëlle avait mal au ventre depuis… toujours. En réalité, nous l'avons découvert plus tard, elle avait mal depuis un traumatisme à l'âge de cinq ans. Elle avait vécu si longtemps avec cette boule au ventre, elle l'interprétait comme normale. Elle ne savait pas qu'elle pourrait un jour s'en débarrasser. Elle ne savait pas qu'il était possible de se sentir confortable au niveau du ventre. Elle ne pouvait même pas imaginer cette sensation. Lors de son second stage, elle a accepté de rencontrer sa souffrance de l'âge de cinq ans. Après avoir hurlé sa terreur sur un matelas, Joëlle a posé la main sur son ventre… Elle ne le sentait pas comme d'habitude… Stupéfaite, elle découvrait que le poids sur son ventre avait disparu ! Quelques minutes seulement pour libérer une tension présente depuis tant d'années.

« Le mal-être, c'était normal, je ne savais pas que je souffrais. » Ces mots, je les entends souvent sous des formes différentes. On dit volontiers que la psychothérapie vous découvre des problèmes et des souffrances là où il n'y en avait pas. C'est un peu vrai. Quand on commence une psychothérapie, on découvre des souffrances en soi qu'on n'imaginait pas. Elles nous limitaient et dirigeaient notre vie sans que nous en ayons conscience.

Cinq siècles avant notre ère, le Bouddha a aussi enseigné cela. « La première noble vérité est l'existence de la souffrance. Nous devons reconnaître et admettre la présence de cette souffrance et la toucher. Pour cela, nous aurons certainement besoin de l'aide d'un maître et d'une Sangha*, des amis dans la pratique. » « Si nous

---

* Communauté de moines ou groupe de pratiquants.

touchons la vérité de la souffrance avec notre pleine conscience, nous serons capables de reconnaître et d'identifier notre souffrance spécifique, ses causes spécifiques et la manière de supprimer ces causes et de mettre fin à notre souffrance*. »

Je suis d'accord avec Thich Nhat Hanh, pour souligner l'importance du groupe de soutien, et de l'accompagnement par un « maître », en fait une personne qui est déjà passée sur ce chemin et en connaît les obstacles, les méandres, les risques, en l'occurrence, sur ce chemin de réparation de notre psychisme, un psychothérapeute.

Si le Bouddha n'a pas enseigné la décharge émotionnelle, comme maître Eckhart, il a dit combien il était important de ne pas fuir la souffrance, d'accepter de la vivre pleinement, consciemment, et de l'embrasser. La décharge émotionnelle, pour être structurante, doit d'une part être élaborée, c'est-à-dire reliée à l'histoire de la personne. D'autre part, elle doit être accueillie dans un espace d'empathie, de compassion, de non-jugement, osons le mot : d'amour inconditionnel. Colères, rages, tristesses, douleurs, peurs, terreurs, et dégoût sont hurlés, tremblés, physiquement exprimés par la personne et contenus par le corps et la présence du psychothérapeute. Il ne s'agit pas de répéter le vécu de l'enfant, mais de réparer ! Le psychothérapeute ou un membre du groupe dans les thérapies de groupe offrent l'accueil empathique qui aurait dû être celui des parents à l'époque. Revivre ses émotions sans accompagnement chaleureux est non seulement inutile, mais risque de réactiver la souffrance sans la panser.

---

* Thich Nhat Hanh, maître bouddhiste vietnamien, in *Le Cœur des enseignements du Bouddha*, Pocket, 2003.

5

Aimer l'enfant en soi

L'empathie du psychothérapeute et du groupe permet peu à peu à la personne d'introjecter, c'est-à-dire de prendre à l'intérieur d'elle un parent positif et acceptant. Chaque décharge émotionnelle rapproche l'adulte de l'enfant en lui, et les réactions affectueuses du groupe l'aident à développer de l'empathie envers lui-même. L'empathie fournit tout à la fois l'espace pour permettre à la personne d'entrer en contact avec elle-même, et la tendresse pour la guérison des blessures. Elle aide à restaurer l'estime de soi. Quand les penseurs, les sages, les maîtres de tous les temps recommandent de s'aimer soi-même, ils n'évoquent pas un culte de l'ego, mais cette empathie profonde envers soi-même, respect de la Vie en soi.

Peu à peu, l'adulte d'aujourd'hui apprend à accueillir l'enfant qu'il était. Il peut l'approcher délicatement et respectueusement, prendre le temps de l'entendre, écouter l'expression de ses émotions, accepter ses sanglots, et lui restituer de la tendresse et une acceptation inconditionnelle. L'adulte que nous sommes devenu sait mieux que personne ce que l'enfant a vécu. Il mesure la douleur, donne sa juste valeur à la souffrance.

Tant que le travail de colère envers les parents n'a pas été fait, la personne se voit avec leurs yeux ! Marion raconte combien elle méprisait la petite fille qu'elle avait été. Elle refusait d'aller la rencontrer, elle la dénigrait, la trouvait stupide, grosse, moche, incapable de se débrouiller ! C'est très fréquent.

Une fois la colère exprimée et les yeux parentaux

écartés, le jugement fait place aux affects. Ceux-ci, vécus, permettent tout naturellement l'émergence de tendresse, d'estime, de compassion, d'amour. Progressivement se dessine une nouvelle sérénité. Nous devenons capables de regarder notre passé sans plus frémir. Nous accueillons les moments heureux et malheureux de notre histoire sur un pied d'égalité, comme autant de pierres, plus ou moins précieuses, et de fleurs, plus ou moins odorantes et colorées, sur le chemin. Est-ce déjà l'équanimité qu'évoquait maître Eckhart ? C'en est, je le pense, le début.

Cette empathie envers l'enfant en soi mène tout droit vers un autre sentiment qui surgit alors qu'on ne s'y attend pas le moins du monde : une vague d'amour et de tendresse pour ses parents ! Eux aussi portaient en eux un enfant blessé. Et leurs comportements abusifs à notre égard n'étaient que tentatives de protection de ces blessures, nous le saisissons, non avec notre mental, mais affectivement. Nous sommes loin de la pitié et des excuses du début : « Mes parents ont tellement souffert, je ne peux pas leur en vouloir. » C'est désormais une véritable compassion qui nous permet d'entendre leurs blessures, leurs détresses, leur cœur d'enfant… Nous sommes littéralement cœur à cœur avec eux. Jamais nous ne nous sommes sentis si proches. Un véritable respect se développe. Derrière les souffrances de l'enfant à l'intérieur de nos parents, nous entrevoyons celles de nos grands-parents, arrière-grands-parents… Tous nos ancêtres sont là. Nous pouvons nous reconnaître dans cette filiation. Parce que nous percevons la douleur sous-jacente, nous nous sentons unis par la compassion, malgré la violence, malgré la maltraitance, malgré les jeux de pouvoir.

La réconciliation avec soi-même consommée, reste ensuite à restaurer la relation avec nos parents. Solide intérieurement, à l'aise dans notre corps, libre d'agir et de penser, ayant lâché nos dépendances et vulnérabilités, c'est à cette étape de la thérapie que la rencontre est la plus profitable. Avant, l'insécurité laissée par les blessures non guéries permettait aux parents de nier, de banaliser, de se justifier, de nous culpabiliser... bref de se défendre contre la vérité. Nous étions tendu par l'idée de leur réaction, donc centré sur eux... ce qui les invitait à se centrer sur eux et bien entendu à s'en défendre.

Une fois émotionnellement guéri et donc libéré de tout jugement, nous sommes capable de leur exprimer nos souffrances sans une pointe d'agressivité, de leur dire une saine colère sans les juger et, par la suite, de demander clairement réparation des dommages subis. Nous sommes devenu apte à identifier nos besoins de l'époque, ce qui nous permet de ne plus être dans le reproche, mais dans une juste expression de nous-même. Les parents ne se sentent pas attaqués. Ils n'ont donc pas à se défendre. Ils peuvent se centrer sur nous, parce que nous-même sommes centré sur nous et non plus sur eux.

Il y a un temps pour tout, ne précipitez pas le mouvement pour guérir plus vite. Si la rencontre est provoquée trop tôt, le risque est important que les parents se montrent défensifs ou se culpabilisent. Quand nous sommes prêt, nos parents le sont aussi, le plus souvent.

VIII

Vers la réconciliation

Quand j'évoque ce thème de la réconciliation, tout de suite me revient en mémoire la lettre de remerciements d'Amélie : « Je pense souvent à toi avec beaucoup de joie intérieure. Je suis tellement heureuse de tout le travail que j'ai pu faire avec toi et des fruits que j'en ressens dans ma vie. Le plus grand changement, c'est ma relation à ma mère. Nous échangeons de plus en plus profondément sur nous-mêmes en adultes qui se respectent et c'est vraiment bon. » Au début de son parcours thérapeutique, parler à sa mère était pour Amélie tout à fait inenvisageable. D'autres, oui, pourraient se réconcilier avec leurs parents. Mais connaissant sa mère, communiquer était tout simplement de l'ordre de l'impossible. Alors une réconciliation… c'était une autre planète. Et pourtant, elle a parcouru ce chemin et non seulement sa mère mais ses deux parents ont répondu « présents ».

1

Quand ?

Liliane a été voir ses parents dès le lendemain de sa première séance de thérapie. Lors du rendez-vous suivant, elle me raconte : « Vous m'avez ouvert les yeux, je ne me rendais pas compte que j'avais souffert dans mon enfance. J'y ai pensé toute la soirée, une partie de la nuit. Toutes sortes de souvenirs sont remontés. J'ai beaucoup pleuré. Le matin, j'ai téléphoné au bureau que je serais absente et je suis allée chez mes parents. J'ai parlé sept heures d'affilée avec eux ! En sortant, j'étais tout de même un peu inquiète de ce que cela pouvait avoir provoqué. Le lendemain soir, j'ai croisé mon père au marché. Il avait l'air fatigué, mais content... Vous n'imaginez pas ce qu'il avait fait ! Il venait de passer sept heures à parler avec sa propre mère à la maison de retraite ! » C'est une des réconciliations express les plus rapides et efficaces dont j'ai été témoin ! Cette jeune femme m'a appris l'humilité. Cette expérience annule toutes les précautions dont je vous ai abreuvé jusqu'ici. Liliane était loin d'en être arrivée au stade de l'équanimité recommandé dans les pages précédentes. Il faut préciser tout de même que ses blessures étaient légères. La réaction même de son père montre l'attention portée à sa fille. Dans cette famille, certes on ne se parlait pas, on ne montrait jamais ses émotions. Mais ce n'était qu'ignorance. Informés de l'importance des émotions, ces parents se sont ouverts immédiatement. Le papa s'est laissé toucher en plein cœur, et il est allé, sans attendre, réparer sa propre histoire.

J'imagine mal une personne vraiment maltraitée aller

à la rencontre de son bourreau aussi facilement. Quoique… L'autre réconciliation express, c'est Tao qui l'a accomplie. Lors d'un stage, ce jeune homme de vingt-trois ans, grand gaillard maigre et voûté, replié sur lui-même, d'une extrême timidité, évoque par bribes sa solitude, sa détresse, son humiliation quotidienne devant un patron qui le maltraite, et une compagne dont il est le quasi-esclave. Le lendemain matin, il n'est pas là. Je m'inquiète. À 11 heures, il arrive, sourire aux lèvres. Il a grandi d'au moins dix centimètres, il rayonne littéralement. Quand il prend la parole, nous sommes tous surpris par sa voix chaude et ferme. La transformation est spectaculaire. Tao nous conte les raisons de son retard. De retour chez lui, au lieu d'écrire une lettre comme je le proposais, il est allé parler à sa mère. La relation de cette rencontre a ébloui tout le groupe tant Tao avait d'affirmation. Au tout début, sa mère s'est justifiée. Il a su la stopper net par ces mots : « Non, maman, tu ne te justifies pas, tu m'écoutes, moi. Arrête de te centrer sur toi » puis elle s'est mise à pleurer, usant de son système de défense habituel. Mais ses larmes n'avaient plus le pouvoir d'apitoyer Tao. « Tu arrêtes de pleurer maman, je ne suis pas là pour écouter tes larmes, c'est toi qui m'écoutes maintenant. Je suis en train de parler de moi et je te demande de m'écouter. Tu me regardes dans les yeux. Tu ne te culpabilises pas, tu m'écoutes ! » Il a bataillé pendant une heure sur ce mode jusqu'à ce qu'elle soit enfin à l'écoute. Alors ils ont parlé, de cœur à cœur. Et elle lui a confié : « Non Tao, je ne te battais pas parce que tu faisais des bêtises. Je te battais tous les jours, comme ça, sans raison. Il y avait une force en moi, je cherchais à te faire mal, à te détruire. Ce n'était pas ta faute, c'était en moi. Et puis, tu ne t'en rappelles pas, mais je t'ai aussi brûlé avec des fils électriques… »

Elle lui a raconté tout ce qu'elle lui avait fait, pour que ce ne soit plus entre eux, pour libérer, elle la culpabilité et lui la souffrance et l'humiliation. Après avoir manifesté son empathie pour le petit garçon qu'il avait été, elle lui a parlé de son enfance à elle au Vietnam, de ses souffrances, des tortures subies. Non plus pour se disculper… Simplement pour partager. Ils ont parlé longtemps. La maman est ensuite allée parler à ses autres enfants. Tao s'est endormi très tard, avec cette discussion si profonde et guérissante, il avait accompli son stage, il pouvait être en retard ! La mère de Tao était sur un chemin d'évolution et de réflexion sur sa propre vie. Depuis quelque temps déjà, sans savoir comment aborder Tao, elle désirait se débarrasser de ce poids sur sa conscience, de cette souffrance qui la séparait de son garçon et qui manifestement, elle le voyait, empêchait Tao de s'épanouir et de devenir l'adulte qu'il méritait d'être.

Liliane et Tao sont allés très vite. D'autres, la plupart, moi incluse, ont mis des mois, deux, trois, cinq ans, avant de parler à leurs parents. Bref, à chacun de sentir son moment pour cette rencontre. Ne le faites jamais pour faire plaisir à quelqu'un, fût-il votre thérapeute. Écoutez les impulsions à l'intérieur de vous. Le moment juste est celui auquel vous vous sentez prêt. Plus vous êtes prêt, plus vous êtes solide et pouvez maîtriser la discussion.

« Quand je suis devant mes parents, je perds mes mots. »

« Dès que je commence à parler de mon enfance, ma mère se met à pleurer, ça me coupe tout. »

« Impossible d'en placer une avec lui, il faudrait déjà qu'il éteigne le poste de télévision. »

« Il nie tout en bloc. »

« Dès que je lui pose une question, si j'ai eu les

oreillons ou à quel âge j'ai marché, elle me répond : “j'ai été une bonne mère !” Impossible de discuter. »

« Dès que j'évoque mon enfance, elle me dit qu'elle va me dénoncer parce que je suis dans une secte. »

Ce genre de phrases peut trouver place dans votre bouche ? Sachez que les résistances de nos parents nous appartiennent parfois... La relation a deux bouts, et chacun est responsable du sien*. La manière de tenir de l'un peut influer sur la réaction de l'autre. Il est probable que vous n'étiez pas tout à fait prêt. Tant que nous n'avons pas guéri suffisamment nos blessures d'hier, il est aisé pour nos parents d'activer les automatismes inscrits en nous depuis notre petite enfance. L'indifférence, la violence, la culpabilisation, l'humiliation... Tout cela marche à merveille. Nos parents sont... nos parents. Et nous restons leurs enfants, oubliant parfois d'être aussi des adultes. Face à nos géniteurs, nous régressons, nous redevenons petits. Et ce, d'autant plus qu'ils se sont montrés durs, violents, autoritaires, distants, froids, directifs, surprotecteurs ou manipulateurs... Bref, qu'ils ont installé leur pouvoir sur nous. Ils ont exigé obéissance et soumission, nous en sommes marqué à vie, et les automatismes de crainte sont prompts à se mettre en route. Nous n'osons pas leur parler comme à des personnes proches. Nous craignons leurs réactions, réagissons au quart de tour à leurs attitudes, anticipons leurs réponses. C'est pourquoi il n'est pas approprié d'exprimer de la colère à nos parents avant d'être libéré des émotions refoulées de

---

* Je rends ici hommage à Jacques Salomé, qui illustre si joliment le concept des deux bouts de la relation en la matérialisant par une écharpe, tenue par les deux personnes concernées. « Il y a toi, moi et la relation », dit-il. Chacun est responsable de s'occuper de son bout de la relation.

notre passé. Quand nos blessures auront été pleurées en thérapie, quand rages, terreurs, douleurs seront sorties, les jeux de pouvoir de nos parents n'auront plus prise. Nous aurons acquis suffisamment d'autonomie pour rester nous-même face à eux et les aider à nous entendre. Oui, les aider. Car, s'ils ne sont pas très à l'aise avec leurs émotions, la situation peut être complexe à vivre pour eux... Pour vous aussi, si vous n'avez pas parcouru le chemin de la découverte de votre histoire et de ce qui se cache derrière vos sentiments apparents. Une fois familiarisé avec vos émotions, les larmes d'autrui ne vous déstabilisent plus, la colère ne vous fait plus peur. Vous savez identifier ce qui se passe pour l'autre, l'accueillir avec empathie et l'accompagner. Vous pouvez gérer la relation tout en maintenant votre identité. On ne peut pas se parler de manière authentique quand on a peur des émotions. On se limite fatalement pour éviter l'émergence de tel ou tel affect.

Avoir fait suffisamment de travail personnel avant d'envoyer une lettre ou de rencontrer ses parents* donne l'assurance dont on a besoin pour résister aux assauts de doute.

Quand Lucie tentait de dire son vécu à son père, ce dernier s'exclamait « tu inventes » et rajoutait volontiers : « tu es vraiment dérangée ma pauvre petite fille... ». Après quelques mois de thérapie, de clarification de ses blessures et de décharges émotionnelles, Lucie est retournée vers son père. Cette fois, il changea de stratégie : « Je t'ai tripoté les seins ? Oui. C'était pour

---

* J'évoque ici les lettres et rencontres pour dire notre souffrance d'enfant. Bien entendu, les lettres et rencontres visant à obtenir davantage d'informations sur notre enfance sont les bienvenues dès le début d'une psychothérapie.

te décoincer ! » Il ne niait plus, mais tentait de redéfinir positivement son comportement. Lucie ne l'entendit pas de cette oreille. Son travail en thérapie lui avait donné de l'assurance. Elle savait ce qu'elle avait vécu. Elle avait traversé la colère bien sûr, mais aussi la peur, et la rage, la douleur… Le geste de son père ne la faisait plus souffrir. Elle pouvait désormais l'évoquer sans être envahie par ses émotions de l'époque. Consciente d'elle-même, plus en contact, elle n'était plus vulnérable à ses manipulations. Elle confronta de nouveau son père, intérieurement solide, sans agressivité, les yeux dans les yeux : « Papa, ça ne m'a pas aidée à me décoincer, bien au contraire… » Contre toute attente, il l'écouta.

Quand les émotions n'ont pas été exprimées, la simple évocation de la blessure fait remonter le refoulé. « Maman, tu m'as giflée » suffit à faire revenir la brûlure sur la joue, le sentiment d'humiliation, la peur et la colère… Nous tentons de les contenir, cela nous donne une voix agressive. Nos parents sentent nos émotions à fleur de peau, ils perçoivent qu'ils ont encore du pouvoir sur nous. Pourquoi iraient-ils regarder ce qui leur fait mal alors que nous sommes si facile à manipuler ? Ils ne pensent pas à mal, cette dynamique est inconsciente la plupart du temps.

« Mon père me dit qu'il ne m'a jamais frappée, alors du coup, je ne sais plus ce qui est vrai et ce qui est faux. Est-ce que je me fais des idées ? » a rapporté Sophie après sa première rencontre avec son père. Nous avons une fâcheuse tendance à estimer la mémoire de nos parents comme plus fiable que la nôtre. Pourtant, la leur a de bonnes raisons de leur faire défaut. D'une part elle peut être fortement altérée par le sentiment de culpabilité. Quand on n'est pas à l'aise avec un geste, une parole, une attitude, mieux vaut l'effacer. D'autre part, leur geste n'a pas les mêmes répercussions, la même importance pour eux que pour nous. En effet, dans leur esprit, leurs actes sont rangés dans la case « éducation » et non dans « blessures infligées ». Ils nous ont rarement blessé avec intention de faire mal. S'ils nous ont fait mal, c'est par ignorance et absence de sentiment empathique à notre égard. Ils étaient centrés sur eux, sur leurs besoins, sur leur sentiment du devoir. Leurs neurones n'ont donc pas associé leur geste avec la douleur ressentie. Comme la plupart des violences ont pour objectif de maintenir inconscientes des émotions... les violences elles-mêmes sont souvent enfouies sous la chape de l'inconscience. Elles sont au mieux minimisées. Et le parent s'abstient de ressentir ce que l'enfant a pu sentir. En sus, quand un parent est violent, il perd le contrôle, il est hors de lui. S'il ne se centre pas sur l'enfant, il oublie ensuite facilement ses actes. D'autant plus qu'il y a des choses que l'on préfère oublier...

Quand, après quelques semaines de psychothérapie, Sophie est retournée voir son père, ce dernier a reconnu sans difficulté les coups donnés. Toutefois, s'il reconnaissait avoir frappé, il ne se souvenait pas des circonstances. Il lui a demandé de lui raconter davantage. « J'étais enfermée dans les toilettes, j'avais peur », disait Sophie. « Et qu'est-ce que je faisais ? » s'inquiétait son père. Il ne se souvenait pas, demandait des détails, et il s'intéressait vraiment à ce qu'elle avait éprouvé et comment cela influait encore aujourd'hui sur sa vie. « Ah bon, j'ai fait ça ? » Il a ajouté : « Sache que je n'ai jamais eu l'intention de te faire peur ou de te faire du mal. » Il était désolé de ses actes et lui a demandé comment il pouvait réparer. L'évolution de son père était spectaculaire aux yeux de Sophie. Elle était stupéfaite de sa transformation.

Le parent a besoin de se reconstruire une belle image de lui-même. S'il a pu abuser de l'enfant, c'est qu'il était exempt de sentiment sain de culpabilité, exempt de capacité d'empathie. En dehors de lui-même et de ses émotions. La mémoire et les émotions sont très liées. Quand un parent ne se souvient pas, ce n'est pas du jeu conscient, il est tout à fait possible qu'il ne se souvienne pas. Il se souviendra s'il apprend à oser entrer en contact avec ses affects. Il pourra alors écouter la blessure de son enfant.

Quand le moment est juste, ce sont souvent les parents qui ouvrent la porte à la discussion ! Nombre de mes clients ont vu avec stupéfaction leurs parents venir à eux alors qu'ils se sentaient prêts. Voici le témoignage d'Agnès :

« Le stage se terminait à 17 heures. J'en sortais avec une impression nouvelle pour moi : je n'avais plus peur de mon père. J'étais chez moi à 18 h 30. Un quart d'heure plus tard, mon père est passé chez nous. Incroyable. Il ne vient jamais comme cela à l'improviste. Encore plus stupéfiant, il m'a demandé ce que j'avais fait dans ma journée… Jamais il ne me pose de questions sur ma vie. Je lui ai donc raconté… parlé de moi. Il m'a écoutée ! Il a reconnu son autorité, ses coups. Il a manifesté de l'empathie pour moi. Stupéfiant. Cela m'a fait un bien fou. »

Inutile donc de frapper trop fort sur une porte fermée. Si vous rencontrez des résistances, mieux vaut patienter et prendre le temps de libérer les émotions encore réprimées en vous.

Vous avez le droit de vous tromper, de vous croire prêt, et sur le terrain de constater que « ça ne passe pas », soit que l'agressivité monte, soit que votre parent n'entende pas, soit qu'il réussisse à vous faire culpabiliser… Ce n'est pas grave, c'était un essai. Vous y retournerez un peu plus tard, après avoir construit davantage de sécurité intérieure.

Souvenez-vous que rien n'est définitif dans une famille, même si, comme à Thérèse, votre père vous dit : « Je ne veux plus te voir, tu n'es plus ma fille, inutile de te représenter devant ma porte. » Ce n'est qu'une phrase prononcée sous le choc, une tentative de jeu de pouvoir. Inutile de jouer ce jeu en prenant le rôle de victime ! Thérèse, dans un premier temps, s'était sentie exclue. Elle se résignait à ne plus voir ses parents ! Comme je l'invitais à retourner voir son père la quinzaine suivante, elle se rebella :

« Mais il m'a dit qu'il ne voulait plus me voir !

– Et toi, tu lui obéis ? »

Thérèse a pris conscience d'avoir perdu son statut d'adulte face à son père. Elle était entrée dans son jeu.

« Ces mots ne sont que du jeu de pouvoir. Regarde l'homme qui se tient à l'intérieur de cette apparente carapace. C'est à celui-là que tu t'adresses. Pas au bonhomme défensif et agressif. C'est ton père, tu es sa fille. Qu'est-ce qui t'empêche d'y retourner et de te comporter comme si de rien n'était ? »

Elle avait encore trop peur de son père pour cela. Ses craintes d'enfant restaient actives, elle avait tellement appris à obéir… Je l'ai invitée à s'allonger et à respirer profondément pour reprendre contact avec sa peur. Elle a laissé venir puis sortir l'émotion qu'elle gardait au fond d'elle depuis si longtemps. Après avoir libéré sa terreur et sa rage de ne pas avoir été entendue, sa colère d'avoir été ainsi terrorisée, sur le matelas et dans mes bras, Thérèse s'est sentie plus forte. Elle est retournée chez ses parents. Au début, ces derniers étaient tendus, fermés, attendant la suite. Mais, voyant Thérèse à l'aise, sûre d'elle et pas le moins du monde agressive ou revendicative, la visite s'est déroulée dans le calme. Certes, ils n'ont pas encore parlé profondément ce jour-là, mais les ponts n'ont pas été coupés.

Vos parents ne sont pas vos supérieurs, ne les laissez plus vous donner des ordres comme quand vous étiez petits. Ne les laissez pas diriger la relation, surtout si c'est pour le malheur de tous. Œuvrez dans le sens de l'amour et de la réconciliation, avec toute votre puissance. Ils réagissent brutalement ? Ce n'est que détresse d'enfant perdu. Regardez-les avec tendresse et respect plutôt qu'avec peur et soumission. Nous sommes tous des humains se débattant avec leurs souffrances sur ce vaisseau qu'est la terre. Attention, la pitié et la commisération, témoignant d'un sentiment de supériorité, attirent la violence. En revanche la compassion et la solidarité apaisent les tensions. Pour atteindre cette compassion, ce respect, vous avez besoin d'avoir suffisamment guéri vos blessures.

2

Se libérer de la haine

Brigitte n'a jamais travaillé avec moi, mais elle a adressé une lettre à sa mère. Ayant entendu parler de ma demande de témoignage, elle m'écrit :

> *« Je devais écrire cette lettre car il était trop difficile de le lui dire pour me soulager. Je l'ai écrite et la lui ai remise après quatre nuits d'insomnies. Résultat catastrophique !!! La réaction de rejet de ma mère a été immédiate. Après avoir lu cette lettre, elle m'a traitée de folle, m'a dit que je lisais trop et que je délirais. »*

Je regardais la lettre en question : elle était empreinte de jugements et d'accusations. La réaction de sa maman était compréhensible. Brigitte l'a bien compris, d'autres qui comme elle m'avaient envoyé leurs lettres à leurs parents, réalisées pourtant parfois sous le contrôle de leur psychothérapeute, ont été déçus, voire choqués par mon analyse de leur missive. Ils s'étaient sentis libérés et c'était le plus important, quelle que soit la réaction de leur parent. C'est vrai, écrire sa fureur et sa douleur libère, relâche les tensions et permet de franchir une étape : cesser d'idéaliser les parents et oser les affronter. Mais d'expérience, non seulement une telle lettre n'aide pas à la reconstruction de la relation, mais elle est inutile voire dommageable au processus de guérison de la blessure. En effet, dénoncer l'acte est une première étape pour prendre conscience du lieu et de l'importance de la blessure. Mais **la blessure est en nous, pas en l'autre**. C'est en nous que nous avons besoin de la guérir. Pour cela, nous devons plonger en nous-mêmes, pour retrouver l'intensité de nos affects, la profondeur de la terreur ressentie, la force du dégoût, l'immensité de la douleur. Or la haine nous en éloigne. Elle nous décentre en nous amenant à focaliser notre attention sur la faute d'autrui. La haine a certes besoin de sortir pour que nous puissions entrer en contact avec nos autres émotions, il y a lieu de l'exprimer dans le cabinet du psy. À nos agresseurs, nous exprimerons notre colère avec puissance lorsque la blessure ne sera plus sensible.

Papa,
Par cette lettre, je veux te mettre face à tes responsabilités. Cela va te faire drôle, toi qui les as fuies toute ta vie. Tu t'es abrité derrière ta mère, puis derrière ta femme tu as réussi à te rendre invisible, si invisible à mes yeux que je n'ai plus de souvenirs. Te rends-tu compte à quel point tu as failli à ton devoir de père, tu nous as faits, tu nous as nourris mais tu ne nous as absolument pas éduqués. Jamais tu n'as été le guide que tu aurais dû être, jamais tu ne nous as montré ce que voulait dire être libre, être responsable, choisir, vivre... À cause de ta lâcheté, de ta faiblesse, je n'ai eu aucun modèle pour me construire. Tu ne t'es jamais montré debout, tu n'as jamais été celui sur lequel je pouvais m'appuyer. Tu as laissé maman me dominer, m'écraser sans jamais réagir, sans jamais me rendre ma liberté. Vois-tu le vide que tu as créé, comprends ma colère aujourd'hui et accepte-la car elle est juste. Bien sûr, tu n'avais toi-même aucune liberté mais cela était ton choix, tu n'avais pas à me l'imposer, tu n'avais qu'à regarder autour de toi, tu aurais vu des hommes courageux, debout. Tu n'avais qu'à ouvrir tes yeux et tu aurais vu. Aujourd'hui accepte ma colère et accorde-moi ton soutien et ta tendresse.

Marion

À quarante-cinq ans, Marion ose pour la toute première fois dénoncer les comportements de son père. Sa lettre est accusatrice, elle use de trop nombreux messages « tu », elle ne parle pas de ses besoins. C'est une première lettre qui permet d'expulser un peu du trop-plein, une lettre qui ouvre sur la permission d'en écrire d'autres. Je l'invite à la brûler dans la cheminée. Elle, pourtant, a tendance à croire que par cette lettre elle a tout dit à son père. Elle se sent libérée et s'arrêterait volontiers là. Qu'en pensez-vous ? Sur une seule page, elle a concentré la frustration de toute une vie contre son papa. La trouvez-vous très en colère ? Entendez-vous la détresse de la petite fille sans papa ? Non, pas encore. Peu à peu, et grâce à cette première lettre, les souvenirs émergeront.

Une telle lettre soulage effectivement. Parce qu'on a franchi la première étape du processus, on n'a plus peur de dire les choses en face à ses parents, ils ne sont plus idéalisés. Mais il y a encore du chemin intérieur à parcourir pour être à même de rédiger une lettre susceptible d'être lue et entendue par les parents. Une lettre accusatrice et trop peu spécifique adressée à un parent vivant n'a guère d'impact positif sur la relation. Il est certes tentant de se venger par une lettre assassine des souffrances subies, de leur « rendre » la blessure. Mais la vengeance laisse un goût amer et éloigne la guérison. Il n'y a pas de violence justifiable et « **œil pour œil ne fera que rendre le monde aveugle** » disait Gandhi. Nous cherchons au contraire à éclairer, à restaurer la lumière de l'amour. La non-violence nécessite davantage d'énergie et de courage que la violence, mais elle est tellement plus gratifiante. Nous verrons un peu plus loin comment construire une lettre sans jugement. Explorons ensemble le chemin à parcourir auparavant.

Quand on écrit pour se libérer, autant se libérer en brûlant la lettre dans la cheminée ou en la confiant à un cours d'eau ou à son psychothérapeute. Je le redis, pour moi, écrire aux parents a pour but la guérison de la relation. Quand j'accompagne une personne je l'aide à se libérer dans mon cabinet, de manière à ce qu'elle n'éprouve plus le besoin de se décharger sur ses parents. Nos parents ne sont qu'humains, ils ne savent pas forcément décoder notre souffrance derrière des accusations. On peut dire des choses très fortes sans jugement. En réalité, nos phrases auront d'autant plus de force et de puissance qu'elles seront exemptes de tout jugement. Et les jugements dissimulent des blessures non guéries, des émotions refoulées et des besoins tus. Il s'agit de vider le trop-plein, pour ne plus exprimer que l'émotion réactive à la blessure.

Écrivez sans censure tout ce que vous avez à dire, et brûlez vos lettres dans la cheminée tant qu'elles sont encore pleines de souffrance et de haine. Souvenez-vous, une émotion refoulée il y a vingt-cinq ou trente ans s'est chargée de toutes sortes de sentiments qui l'alourdissent. Parler sans préparation risque de faire émerger « tout le paquet » et de laisser les parents pantois et impuissants. Laissez « le paquet » dans le cabinet de votre thérapeute, et exprimez à vos parents la juste émotion à laquelle ils pourront réagir.

Écrivez à vos parents. Écrivez en vrac tout ce qui vous vient, osez les mots les plus crus, pour vous en débarrasser. Ne conservez aucune rancœur en vous. Mettez tout sur le papier. Autorisez-vous jugements, et même insultes. L'objectif est d'extirper de vous la violence. N'en gardez rien.

Alternez les missives avec des dessins. Avec crayons, feutres ou peintures, déposez votre colère, vos émotions, sur le papier. Ne cherchez pas à faire

du figuratif, gribouillez, crayonnez, peignez votre trop-plein de rage.
Brûlez ces premières lettres, en conscience. Puis écoutez l'enfant en vous. Centrez-vous sur vos besoins. Occupez-vous de vous. Vos besoins peu à peu vont émerger, la conscience de vous-même va se préciser. Lorsque dans vos phrases ni dans votre cœur ne subsistera plus de jugement, vous serez prêt à écrire à vos parents.

Une fois le trop-plein de rancœurs libéré, il est temp de passer à l'étape suivante.

Dans mes stages de base, je propose à chacun d'écrire une lettre à ses parents en respectant cette structure : « Je t'en veux de… parce que j'aurais eu besoin de… » « Je t'en veux » est une formulation agressive. Ce n'est, je le répète, absolument pas le modèle de lettre à envoyer à ses parents. C'est une première lettre pour oser sentir la colère. Les mots « je t'en veux de… » donnent la permission d'éprouver et d'exprimer de la colère. Tout le monde n'y réussit pas et certains détournent la formulation alors même que jamais leurs parents ne liront leurs textes, comme s'ils étaient dans leur tête et voyaient tout ce qu'ils faisaient ! Il faut dire que certains l'ont laissé croire à leurs enfants. « Mon petit doigt me dit tout ! » disait mon grand-père, abusant de la naïveté des enfants. Parce que les enfants le croient. Ils ne savent pas qu'il est souvent facile pour un adulte de comprendre ce qui s'est déroulé. Ils croient que leur parent est réellement informé en direct de tout ce qu'ils font. Non. Vos parents percevront peut-être, sans doute, votre changement. Mais ils n'entendent ni vos pensées, ni vos cris lorsqu'ils sont poussés hors de portée de leurs oreilles. En hurlant votre rage, vous

vous libérerez d'une haine qui ne pourrait que nuire à votre relation à vos parents.

Maintenant, construisez une phrase par blessure, écrivez autant de « je t'en veux... » que vous le pouvez. Lâchez toute l'agressivité, toute la haine dont vous êtes capable. Assortissez chaque « je t'en veux » de vos besoins.
Je t'en veux de... parce que j'aurais eu besoin de...

Après le mouvement vers l'extérieur, il est utile de revenir vers soi, d'oser peu à peu le contact avec l'enfant en soi. Clarifier ses besoins à chaque phrase aide à aimer cet enfant à l'intérieur de soi. Vos parents n'ont pas su rencontrer ses besoins. Vous, l'adulte d'aujourd'hui, considérez les besoins de l'enfant que vous étiez avec respect et tendresse. Visualisez l'enfant que vous étiez, voyez-le sur les genoux de l'adulte que vous êtes devenu. Donnez-lui les câlins, l'écoute, la chaleur dont il a besoin.

Relisez vos lettres. Notez que peu à peu, la violence s'apaise et que vous êtes de plus en plus précis et concret.

Voici quelques phrases, glanées au cours de mon travail, encore à jeter dans la cheminée. Elles illustrent les principaux sabotages de nos missives :

Généralisations, globalisations

« Je t'en veux de tes méthodes, de ta vérité, parce que j'aurais eu besoin d'échanges. »
« Je t'en veux de tes silences parce que j'aurais eu besoin de communication. »

« Je t'en veux de ta pression, parce que j'aurais eu besoin d'épanouissement. »

Dans ces phrases, les personnes n'énoncent clairement ni ce qui leur a fait mal, ni leurs besoins. « Méthodes, silences, pression, échange, communication, épanouissement » sont des termes très généraux. Que recouvrent-ils ? Le premier sabotage est là. En ne précisant pas ce qui nous a blessé, nous offrons à notre destinataire une possibilité de se dérober : « Quelles méthodes, de quoi tu parles ? »

C'est le type de phrases susceptibles d'être écrites au tout début du travail, quand ni les blessures ni les besoins n'ont encore été tirés au clair. Quand on n'est pas encore assez proche de l'enfant pour que les parents puissent les entendre.

Voici un exemple de phrase plus précise :

« Je t'en veux de m'avoir dit "cesse de pleurer" quand j'ai perdu à la compétition de judo, parce que j'aurais eu besoin ce jour-là que tu me prennes dans tes bras et que tu me dises que tu m'aimais. »

Jugements

« Je t'en veux de nous avoir fait subir tes maniaqueries parce que j'aurais eu besoin que tu te concentres sur nous plutôt que sur toutes ces futilités. »

Les mots « maniaqueries » et « futilités » sont des jugements et soulignent que la rancœur est encore présente. Ils sont inutiles, la description objective des faits est autrement plus puissante, écoutez :

« Tu nous faisais mettre un tablier en rentrant de l'école pour ne pas nous salir, nous n'avions pas le droit de nous asseoir sur les lits dans notre propre chambre pour ne pas

froisser le dessus de lit, tu te levais à 5 heures du matin pour faire le ménage avant de partir travailler et tu nous le reprochais ensuite. Tu préparais le repas de midi avec les odeurs de cuisine à l'heure où nous prenions notre petit déjeuner. »

Attaques gratuites

« *Je souhaite une chose, ne jamais te ressembler...* »

Cette phrase est une expression de fureur, elle a sa place dans le cabinet du psy, pas dans la lettre aux parents. Inutilement blessante, elle n'est qu'une partie de la vérité. Une formulation acceptable pourrait être : « *Je ne veux pas agir envers mes enfants comme tu l'as fait envers moi.* » Elle serait plus juste.

Lecture de pensée, interprétation

« *Maman, je t'en veux de m'avoir prise pour confidente dès mon enfance sans penser un seul instant que ce n'était pas mon rôle parce que j'aurais eu besoin que tu m'accompagnes sur le chemin de l'adolescence au lieu de t'épancher sur mes frêles épaules.* »

Outre que la phrase est trop générale, Justine ne peut savoir ce que sa mère a pensé ou non. C'est de la « lecture de pensée ».

« *Je t'en veux de m'avoir laissé trop souvent à ma solitude dans ma chambre au point que je m'endormais d'ennui, parce que j'aurais eu besoin que l'idée de savoir où j'étais, ce que je faisais et si j'avais besoin de toi te traverse l'esprit.* »

Julien, lui aussi, pense pour sa mère. De plus, la formulation est agressive et culpabilisante. Le message JE devient : « *Je t'en veux de m'avoir laissé trop souvent à ma solitude dans ma chambre. Je m'endormais d'ennui, j'avais besoin de toi. Je me sentais si seul, j'aurais tellement voulu que tu viennes me voir, que tu m'appelles, que tu me parles, que tu passes du temps avec moi. »*

Conseils et/ou « psychanalyse sauvage »

> *« Maman,*
>
> *« Je veux te dire ces choses parce que tu es ma mère et que je t'aime. Tu m'as fait jouer le rôle d'une confidente, comme ta mère l'a fait lorsque tu étais enfant, de façon inconsciente. Tu n'as pas eu la place de fille qui te revenait, tu es devenue la confidente, la complice de ta mère, tu ne pouvais donc pas logiquement agir avec moi autrement. Tu n'étais pas la femme de ton père. Mais sa fille. C'est pour cela que je voulais te diriger vers un psychologue, qu'il t'aide à te retrouver toi-même, à trouver ton identité à laquelle tu as droit, tout comme ton équilibre, tout comme moi. »*

Dans cette lettre, Dominique dénonce l'inversion des rôles, et pourtant elle continue de prendre en charge sa mère en lui donnant des conseils ! Elle se mêle de ce qui ne la regarde vraiment pas. Cette lettre ne peut guère qu'être mal reçue. Dominique est encore enfermée dans ses automatismes. Elle n'est proche ni de ses émotions, ni de ses besoins. Sa maman ne pourra l'entendre.

> *« T'es-tu seulement demandé si tout allait bien dans ma vie ? Si je ne souffrais pas, si j'étais heureuse ? Non !!! Seules comptaient tes confidences, ton ressenti... Je t'ai prise en charge, je t'ai portée à bout de bras, maintenant, ça suffit ! Aujourd'hui, je suis une très bonne confidente et conseillère, mais j'ai du mal à me livrer*

car j'imagine que mes problèmes ne peuvent intéresser personne. »

Marie est encore très agressive, mais elle commence à avoir conscience d'elle-même, elle s'est décentrée de sa mère. Elle découvre le lien entre son histoire et ses difficultés actuelles.

Ordres et attentes de changement de l'autre

« Laisse-moi vivre ma vie d'adulte, de femme, de mère et d'épouse. Libère-moi de toi en me disant que tu m'autorises enfin à vivre...
Je veux que tu me dises que tu es contente que je sois vivante...
Dis-le ! Libère-moi de toi !
Coupe ce cordon !!! »

Par ces termes, Caroline montre sa dépendance. Elle demande à sa mère de couper le cordon, de la libérer, de l'autoriser à vivre... Elle donne encore bien trop de pouvoir à sa maman. C'est à elle de se libérer du joug parental, c'est à elle de couper le cordon, à elle de se libérer. Une fois libre, elle pourra adresser une lettre à sa mère pour s'exprimer, demander réparation et éventuellement aller vers une réconciliation, un nouveau lien, non de dépendance, mais d'interdépendance*.

Quelques messages JE

Voici maintenant quelques phrases susceptibles d'être entendues par les parents, vous noterez qu'elles sont plus longues, puissantes et émouvantes. On peut sentir

---

* Sur l'interdépendance, voir notamment mon livre *Trouver son propre chemin*, éd. Presse Pocket.

l'émotion de l'enfant, vibrer avec lui. L'objectif est rempli, inviter le parent à se centrer sur nos émotions et non sur lui.

« Je t'en veux, lorsque tu partais pour de courts séjours avec papa, de nous avoir dit : "s'il nous arrive quelque chose, si nous mourrons, l'argent est là, les papiers sont là…" C'était presque un testament et l'angoisse montait en moi. Parce que j'aurais eu besoin que tu me rassures, que tu me dises que tu allais revenir et surtout que tu étais heureuse de faire ce voyage. »

Mourrons est écrit au futur ! On peut palper l'angoisse de cette petite fille confrontée à de telles paroles de ses parents. Mais elle parle d'elle, sans juger.

« Je t'en veux de m'avoir coupé les cheveux très courts "à la Jean Seberg" de petite fille à adolescente, parce que je voulais ressembler à une fille et avoir mes cheveux dans le vent. »

« Je t'en veux d'avoir trop bu et d'être rentré après les réunions du Conseil municipal, en titubant, en trébuchant sur les marches me traitant de "fainéante". J'aurais eu besoin de t'admirer, d'écouter le compte rendu des réunions auxquelles tu participais et d'avoir envie par ce biais d'apprendre les choses de la vie municipale. »

« Je t'en veux d'avoir invité tous les jours l'un ou l'autre des voisins pour "trinquer". Leurs bottes étaient sales. J'avais treize ans, quinze ans et tu m'ordonnais de réchauffer le café, de servir le calvados, alors que j'aurais eu besoin d'attention pour le balayage et le lavage du sol fraîchement réalisés et d'un autre exemple de relation de voisinage. »

« Je t'en veux de m'avoir traitée de putain, de salope, lorsque je retrouvais les amies, amis de mon âge, j'avais

dix-sept ans, j'aurais eu besoin que tu me demandes si nos promenades s'étaient bien passées. »
« Je t'en veux de m'avoir fusillé du regard et pincé le bras lorsque je ne faisais pas les choses comme tu voulais ou que je ne voyais pas ce qu'il fallait faire. J'avais cinq-six-sept-neuf ans, j'aurais eu besoin que tu me parles avec douceur et que tu m'expliques ce que je devais faire. »
« Je t'en veux d'avoir brouillé la présentation des plats de crudités que j'avais réalisée avec tant d'attention alors que j'aurais eu besoin que tu me souries pour m'encourager. »

Mettez-vous à la place du parent recevant de telles lettres. Sentez-vous la différence ?

La formulation « je t'en veux/j'aurais eu besoin de » est une formulation de travail. Elle nous a été utile pour libérer notre trop-plein de haine, nous donner la permission d'oser nous exprimer. Maintenant, nous allons modifier la formulation de notre colère pour l'envoyer à nos parents et mettre toutes les chances de notre côté pour être non seulement lu mais entendu.

Peut-on aussi réparer la relation à nos parents quand ils sont morts ? Après avoir répondu à cette question, nous reviendrons au pourquoi et au comment de la lettre.

Si vos parents sont vivants, vous pouvez passer directement au chapitre 5.

3

Quand les parents ne sont plus de ce monde

Pour ne plus porter ses parents dans sa tête, on peut leur écrire. Oui, les lettres, tant de libération que de demande de réparation, peuvent être adressées aux morts. Vous pouvez brûler votre missive pour que l'air la leur porte au ciel, l'enflammer et la laisser se consumer sur leur tombe, l'enterrer à côté, la confier à la mer, ou la mettre à la poste à leur nouvelle adresse. « Alexandre Petit, Route des anges, Ciel », voire : « Père de mes 15 ans, route du purgatoire, Enfer ». Ou plus succinctement « Mon père, cieux », ou tout ce que vous voudrez.

Voici une lettre de libération de Lisa (il faut souvent plusieurs lettres de libération avant de pouvoir écrire la lettre de demande de réparation. Car on peut aussi demander réparation à ses parents décédés, nous le verrons plus loin) :

Papa
Voilà bientôt treize ans que tu es parti, je croyais être débarrassée de toi, c'était une illusion. Aujourd'hui il faut que je finisse de te dire ce que j'ai essayé de te dire il y a quelques années. Souviens-toi, tu vivais encore avec Maman, je t'ai dit quelque chose comme : « tu ne nous as pas rendus heureux » et tu m'as répondu « quoi ? tu as à te plaindre ? Ose dire que tu n'as pas eu à manger suffisamment chaque jour dans ton assiette ou que tu as souffert du froid » et tu as commencé à t'énerver. Je n'ai plus rien dit de crainte de représailles contre

Maman, mais aujourd'hui tu ne peux plus lui faire du mal et moi j'ai le droit de t'expliquer comment j'ai vécu mon enfance, et essaye de comprendre, cette fois au moins, il n'y a pas à jouer sur les mots ou sur les idées, il s'agit de ma souffrance, de mon ressenti. Donc, effectivement je n'ai pas souffert de la faim et j'ai toujours eu un vêtement sur le dos. Peut-être n'as-tu pas remarqué d'ailleurs qu'il s'agissait dans la plupart des cas des vêtements donnés par la voisine et que pendant que nous mangions de la soupe et des restes, toi tu avais ton plat tout frais préparé et ta charcuterie, les privilèges du père sans doute ! Je n'ai eu ni faim, ni froid par contre, petit détail, j'ai souvent eu mal aux pieds et quand on fait quatre kilomètres minimum chaque jour, c'est dur d'avoir mal aux pieds parce que les chaussures de la voisine ou du cousin ne sont pas vraiment à la bonne taille. Évidemment il faut choisir, fumer comme un pompier et boire comme un trou ou habiller ses enfants. Honnêtement, j'ai un peu de mal à respecter ton choix. En résumé j'ai eu mal aux pieds et j'ai souffert du regard de mes congénères, et de leurs réflexions, tout cela n'est pas très grave, je répondais seulement à ton « ose dire que tu n'as pas eu à manger… ». Maintenant je te dis à nouveau : je n'ai pas été heureuse, tout le temps que j'ai vécu chez toi j'ai crevé de peur, souviens-toi lorsque j'avais environ quatre ans, tu arrivais à la maison, j'étais en train de pleurer et de hurler, au lieu d'essayer de comprendre, tu m'as enfermée dehors, il faisait froid, il faisait noir, j'étais seule, terrorisée et tu n'ouvrais la porte que si je me taisais, après trois ou quatre soirs de ce régime tu as gagné, je me suis tue. En fait tu as cru gagner, le résultat, c'est que j'avais encore plus peur de toi, mais ma terreur ne sortait plus, j'étais terreur. Pour cela, PAPA, je te hais.

Souviens-toi, combien de fois tu as battu maman

devant nous, j'étais folle de peur, j'essayais de m'interposer en te donnant des coups de poings, tu avais vite fait de m'écarter, il était plus important de te défouler sur ta femme que de comprendre la souffrance que je ressentais. Pour cela encore je te hais.

Lisa

Hélas, les morts ne peuvent répondre… Quoique…

Les parents de Caroline sont morts. Elle se désespère : « Moi, je ne saurai jamais si ma mère m'aime. » Qui dit que les parents décédés ne trouveraient pas un moyen de nous répondre ? Je rétorque : « Et si tu le lui demandais ? Quand la question est ouverte en toi, il se passe des choses… Observe les signes, regarde autour de toi, écoute tes rêves… »

Lors de la séance suivante, elle me raconte ce qui suit :

« Un soir, j'éprouve un besoin impératif de prendre l'air. Je demande à mon compagnon de s'occuper des enfants, et sors me promener sur une route que je n'ai pas l'habitude de prendre. Je me demande pour quelle raison je suis là. Mais je sens que je dois être là. Soudain, sur le bord de la route, je découvre une carcasse de 4L. Et c'est le choc. Voitures typiques des années 60-70*, les 4L sont plutôt rares en l'an 2001. Même dans ma campagne. Et c'est dans une 4L que ma mère s'est tuée, il y a bien des années. Je me suis approchée, et là, sur la chaussée, à un mètre de la voiture, j'ai trouvé un cœur en peluche. Un cœur en peluche rouge sur lequel étaient brodés ces mots : “je t'aime”. »

Par quelle coïncidence ce gadget s'est-il trouvé à cet endroit ? Personne ne le sait. L'important est que Caroline ait reçu le message en plein cœur.

---

* La première 4L a été construite en 1961.

Écoutons maintenant le témoignage de Marie-Claude :

« Ce matin, dans le métro, allant au stage, je lisais un livre sur l'accompagnement de personnes à l'approche de la mort. J'en étais au chapitre où l'auteur raconte comment elle permet que le dialogue reprenne entre des parents et leur fils. Je suis touchée. Les larmes montent, moi aussi j'aurais bien aimé que quelqu'un m'aide à rétablir le lien avec papa. J'aurais beaucoup aimé qu'on se comprenne, qu'un dialogue s'instaure, qu'il m'accepte comme j'étais. À l'arrivée au stage d'Isabelle, je n'en parle pas, un exercice est proposé. Il s'agit d'exprimer une émotion ou un besoin avec une phrase “je”. Je pense à papa et à toute la colère que j'ai contre lui. C'est très fort, ça monte en moi, je ne peux plus me retenir. Je pense aux moments où il faisait la tête et où j'avais peur. Nous sommes répartis par groupes de trois pour en parler. Isabelle vient vers mon groupe, capte mon état et m'invite à en parler. Je ne peux pas. L'émotion monte très fortement, et je pleure, pleure. Je ne me retiens pas. Je sens la vibration dans mon ventre et cela fait du bien. Ensuite je peux parler. Isabelle me conseille d'écrire une lettre pour dire tout cela à mon père, ma colère, mes frustrations, mes besoins. Puis de brûler cette lettre en pensant à lui. Je peux lui demander un contact, une manifestation. Voici un extrait de ma lettre : “*Quand tu ne me parles plus et ne me regardes pas, je ressens de la peur. Je me sens coupable, je me ratatine, parce que je me sens impuissante à faire en sorte que tu sois bien, je ne me sens pas à la hauteur et je me sens en colère parce j'aurais eu besoin que tu t'occupes de moi, que nous fassions des choses ensemble, que tu me dises ce qui se passait au fond de toi. Je te demande de pouvoir ressentir ce lien d'amour, de façon à pouvoir être moi-même sans cette entrave et me sentir libre.*” Je m'étais sentie responsable et même coupable des états de mon père, cela avait conditionné ma relation à autrui, notamment de vouloir aider l'autre aux dépens de mes propres besoins. Je m'étais construit la croyance : “Je ne mérite pas d'être aimée, et je dois me débrouiller seule.” Dans la relaxation suivant l'exercice, Isabelle propose d'aller à la rencontre de la petite fille intérieure. Je me suis revue un jour où j'avais reçu une claque parce que j'avais fait une bêtise. Oncles et tantes étaient là, j'avais honte, j'étais triste et en colère. Marie-Claude d'aujourd'hui a pu exprimer de la colère à son père pour les frustrations de la petite fille qu'elle était. Elle a pu réconforter la petite du passé, lui parler, lui dire que ce n'était pas juste ; c'est alors que je l'ai prise par la main et là, j'ai vu papa : une image merveilleuse, ses traits étaient ceux que j'avais connus, mais transfigurés, radieux, rayonnants, ses yeux étaient remplis d'amour pour moi ; il me disait que ce n'était pas de ma faute bien sûr, que ma colère était justifiée et qu'il m'aimait. Il m'envoyait son amour et je me sentais aimée. Je retrouvais de la force et de la puissance. Je me sentais toute gonflée d'énergie. Allongée sur le matelas, mes larmes coulaient doucement. J'ai pu l'exprimer au groupe un peu plus tard. L'émotion est montée, Isabelle l'a vue, j'avais la gorge nouée. J'ai raconté, c'était beau, heureux et trop fort à la fois. Isabelle m'a dit de bien sentir cet amour dans tout mon corps, jusque dans mon bassin, dans les veines, il circulait en moi. C'était bien car j'avais du mal à le recevoir complètement, je ne m'en sentais pas digne, par habitude. J'ai respiré et j'ai bien senti cet amour, je me sentais aimée par mon père, j'en étais digne, je le méritais. Après ce stage, je me suis sentie différente. Le regard de l'autre sur moi était différent. Et je pouvais enfin accepter l'intérêt et l'amour des autres, cela a changé beaucoup de choses dans ma vie. J'étais très contente de cette rencontre avec mon père, et je pensais que c'était la réponse à ma demande dans la lettre. Et puis, un matin, au moment de partir au travail, je m'aperçus que ma montre ne marchait pas, alors que j'en avais vraiment besoin ce jour-là. Je suis allée chercher une montre de mon père, restée dans un coffre. Elle n'avait pas éveillé mon intérêt jusqu'alors. Je la pris en dépannage. Dans la journée, un 8 décembre, un lien s'établit en moi : c'était mon anniversaire ! Je reçus intérieurement, avec émotion, la montre de mon père en cadeau. Je l'ai regardée mieux et je l'ai trouvée belle ! J'ai fait le rapprochement avec la lettre que je lui avais écrite. Depuis, je porte très souvent cette montre avec fierté, consciente du lien d'amour qu'elle symbolise. Pour la petite histoire, je me suis rendu compte le lendemain que ma propre montre fonctionnait tout à fait normalement. »

Voyez comment les objets s'en mêlent pour nous faire des cadeaux signifiants ! Un cœur en mousse se dépose sur la route, une montre s'arrête pour laisser la place à une autre… cela paraît magique.

D'autres parents viennent dans les rêves transmettre leurs messages. « J'ai vu mon père en rêve, il me souriait. » « Ma mère est venue dans mes rêves, elle est apparue, toute en blanc, je l'ai appelée, elle m'a offert une clé, et elle est partie. Je l'ai appelée, appelée. Elle m'a dit je m'en vais. »

Lorine voudrait que son père reconnaisse le viol qu'il lui a fait subir quand elle était bébé. Mais son père est mort… Elle n'a d'autre preuve que les abus qu'il a commis sur d'autres, la répétition de l'inceste sur des bébés chez un de ses frères, et l'abus sexuel que vient de subir son propre fils. Son corps aussi le lui dit. Sa raideur quand son compagnon la pénètre, sa terreur des hommes et ses réactions très excessives lorsqu'on parle de sexualité lui disent qu'il se passe quelque chose pour elle.

Au bout de quinze jours, elle fait ce rêve : elle découvre des preuves de la culpabilité de son père, mais ce dernier s'en empare et les brûle en lui disant « il n'y a pas de preuve ». Lorine se réveille perturbée par ce rêve. Il semble signifier que son père ne veut pas reconnaître les faits. Quelques jours plus tard, la veille du groupe, Lorine reçoit un coup de téléphone de l'inspecteur de police qui s'occupe du dossier de son fils. Il dit « le médecin n'a pas constaté de lésion, il n'y a pas de preuve » ; quand elle entend cela elle se sent défaillir… c'est comme dans son rêve. Tout de suite, l'inspecteur la rassure : « mais l'agresseur a reconnu les faits ». Est-ce là une réponse de son père ? Le soir, elle s'installe devant la télévision, ce qui lui arrive rarement, et « tombe » sur une émission sur les abus sexuels. Elle entend le témoignage d'un homme qui reconnaît avoir abusé de sa fille, qui entend à quel point cet acte l'a blessée.

Ces deux exemples sont parmi les plus forts qu'il m'a été donné de rencontrer, mais j'en ai entendu des dizaines. L'amour se joue des frontières.

4

Pourquoi écrire une lettre ?

L'écriture est moins brutale que la parole. « Les paroles s'envolent, les écrits restent », en général, cette conscience de la pérennité de l'écrit nous incite à être plus attentifs aux formes. Le scripteur pèse ses termes, prend le temps de choisir le mot juste. Se relisant, il peut vérifier le contenu de ce qu'il exprime. Les jugements sont plus facilement supprimés. Il peut contrôler la pertinence de son émotion par rapport à la blessure. Et la demande de réparation est réfléchie. La distance imposée par le stylo aide à prendre conscience d'éventuels restes d'émotion parasite (collection de timbres, substitution...). Enfin, écrire permet de dérouler le fil de sa pensée sans être interrompu, ce qui est exceptionnel à l'oral ! Et il est rare que la curiosité n'incite pas le destinataire à lire jusqu'au bout la missive.

Du côté du destinataire, les avantages sont nombreux. Comme vous n'êtes pas présent, il ne se sent pas dans l'obligation de se composer un visage ou de dissimuler ses sentiments. Il peut se laisser aller à ressentir. Il se sent moins attaqué que s'il avait à répondre en direct, d'autant que les mots sont moins agressifs. Il n'a pas à répondre immédiatement et peut prendre du temps pour assimiler et préparer sa réponse. De plus, une lettre peut se relire. En première lecture, malgré l'attention portée à la précision des mots, vos parents peuvent être choqués. Puis ils relisent, relisent, et une fois le trop-plein d'émotions passé, ils commencent à entrevoir ce que vous avez voulu écrire. Ils peuvent aussi faire lire votre prose à d'autres.

Une mère, toute retournée par la lettre qu'elle venait de recevoir, s'est précipitée chez sa voisine : « Voyez la lettre de Géraldine. Vous rendez-vous compte de ce que ma fille ose m'écrire ! » La voisine a tranquillement lu la lettre, a planté ses yeux dans ceux de la mère de Géraldine et s'est exclamée : « Quelle belle lettre d'amour ! » La maman, interloquée, a relu les mots réellement écrits. Ce qui a valu à Géraldine un coup de fil commençant par « Mme Yves m'a dit que tu m'avais écrit une très belle lettre d'amour… ». Oncles, tantes, cousins ou amis consultés, lisent en général avec davantage de distance. Moins concernés, ils aideront souvent vos parents à lire avec plus d'objectivité.

Si l'autre parent est rarement aidant parce que trop impliqué dans la relation, il l'est parfois. Quand la mère de Marion a reçu sa lettre, elle l'a montrée à son mari. Ils ont répondu ensemble, en des termes que la mère seule aurait eu du mal à trouver en elle. Non qu'elle ne possédât pas le vocabulaire, mais ayant des difficultés à communiquer avec sa fille, elle voulait mettre, elle aussi, les mots justes. Quand les parents sont proches l'un de l'autre, c'est plus facile.

En revanche, vos frères et sœurs, à moins d'être eux aussi dans un processus de croissance personnelle, seront rarement vos alliés. En général, les frères et sœurs ne réagissent guère positivement à ce genre de démarche, tout au moins dans un premier temps. Plusieurs raisons à cela. D'une part votre lettre ne peut qu'attiser leurs propres émotions refoulées. Leurs défenses menacées, ils auront tendance à protéger l'image de leurs parents pour maintenir leur propre idéalisation. D'autre part, la fratrie est rarement exempte de rivalités, qui ressortent pour l'occasion. Avant de vous comprendre, ils auront besoin de faire le trajet de la subjectivité. Ils n'ont pas eu la même enfance. Ils n'ont pas eu les mêmes parents. Quand deux enfants confrontent leur vécu, il est souvent interpellant de mesurer à quel point leurs perspectives sont dissemblables. La réalité aussi était différente. Une mère ne peut être la même pour deux enfants nés à des époques distinctes de sa vie, dans des circonstances autres...

Zoé est atterrée : « Quand je parle avec mon frère Jean-Claude de notre enfance, c'est comme si nous n'avions pas eu les mêmes parents. »

Le récit de vos frères et sœurs n'est pas plus fiable que celui de vos parents. Il est le produit de leur histoire. Il arrive aussi que les événements soient rappelés avec précision, mais que votre fratrie en donne une signification différente. Eh oui, nous sommes des humains, nous interprétons avant de mettre en mémoire. Et fatalement nous traduisons en fonction de notre point de vue. Celui de l'aîné ne peut être celui du cadet, celui de la fille chérie ne peut être celui du fils dévalorisé, etc. Nous vivons les choses en fonction de notre place dans la fratrie, de l'attitude des parents à notre égard, de notre accès à l'information, de notre santé physique, de notre âge, de nos blessures narcissiques.

S'ils sont ouverts, vos frères et sœurs vous confirmeront peut-être l'attitude de vos parents envers vous, ils pourront vous restituer certains faits dont ils auront été témoins, certaines informations. Sinon, ne doutez pas pour autant. Chacun vit sa propre histoire et votre frère ou votre sœur peut trouver un certain nombre de bénéfices inconscients à ne pas accepter votre remise en cause.

Il est toutefois utile de parler avec ses frères et sœurs avant de faire la démarche d'écrire la lettre. Une fratrie, c'est aussi un groupe qui ne se réduit pas à la somme des individus. Bien sûr votre relation à papa-maman vous concerne. Mais vous existez aussi en tant que membre du groupe. Informer vos frères et sœurs leur évitera de se sentir trahis. Impliqués avant, ils seront moins enclins à vous critiquer quand les parents les appelleront. Ils peuvent même se faire complices : « Je téléphonerai à maman dès qu'elle aura reçu la lettre, et je t'appelle pour te dire comment elle le vit. » Ou : « Je vais travailler papa pour le préparer à recevoir ta lettre. »

Votre fratrie vous aidera d'autant plus que votre relation sera franche et intime. Les liens fraternels sont souvent complexes. L'amour alterne avec la haine. Dans l'enfance, coups pendables, blagues douteuses, moqueries, bagarres jouxtent les séances de chatouilles et de tendresse. Complicité mais aussi jalousies et jeux de pouvoir ponctuent notre histoire commune. C'est le moment aussi pour regarder ensemble le passé, partager nos sentiments, dire nos blessures mutuelles, apaiser les anciennes rivalités.

5

Comment formuler ?

N'oubliez pas que, comme le soulignait le Mahatma Gandhi, « la fin est dans les moyens ». Les moyens que vous utilisez déterminent vos résultats. Vous désirez être respecté ? Utilisez un vocabulaire respectueux tant de vous-même que d'autrui. Votre intention dans cette lettre est d'être lu et entendu, éventuellement de recevoir réparation. Il ne s'agit plus de se libérer d'un trop-plein de rancœurs. Le trop-plein, vous l'avez évacué en séance de thérapie, reste ce qui est à exprimer aux parents pour retrouver une certaine harmonie dans la relation. Vous allez donc porter une grande attention à la formulation de vos phrases : pas de jugement, pas d'agressivité, pas de culpabilisation. Les parents se culpabilisent déjà à la moindre suspicion, il est inutile d'en rajouter. En général, quand on a suffisamment expulsé les émotions qui étaient bloquées, le vocabulaire, le ton, s'en ressent. Vous pouvez d'ailleurs utiliser l'écriture pour mesurer votre guérison. Écrivez ce que vous avez à dire… puis relisez. Chaque jugement, chaque généralisation, chaque émotion excessive ou se substituant à une autre, indiquent qu'il n'est pas encore l'heure de vous adresser à vos parents, et qu'une ou plusieurs émotions restent encore bloquées en vous.

1. Ouverture

« Ma chère mère
L'éducation que j'ai reçue de toi m'a fortement pénalisée et je continue encore à subir les conséquences. »

En débutant par « ma chère » Milena souligne qu'elle chérit sa mère. Si c'était vrai, cette entrée en matière serait appropriée, mais en l'occurrence, Milena ne chérit pas du tout sa mère, à tel point qu'elle ne peut même pas dire « maman ». Papa, maman, ce sont des mots trop affectueux pour certains. On a toujours une mère, une génitrice, on n'a pas toujours une maman, c'est-à-dire quelqu'un qui materne.

Dans vos expressions, jouez la sincérité. Lâchez la fausse politesse au profit de l'authenticité. Nommez vos parents comme vous en avez l'habitude. « Papa » ou « maman » sont souvent suffisants. Si vous éprouvez vraiment de l'amour en leur écrivant, alors vous pouvez mettre « cher papa, chère maman ». Sinon, évitez. Il est inutile de tenter d'atténuer la suite par des formules polies mais creuses.

Lucien n'appelle jamais sa mère. Il se débrouille par des périphrases, il ne s'adresse jamais à elle. Me croirez-vous si je vous dis qu'il n'avait pourtant pas conscience d'éprouver de la colère à son égard ?

Henri n'a pas pu commencer sa missive par une autre interpellation que « Père ». En continuant : « Tu vois, je ne peux même pas t'appeler “papa”. Et j'en souffre. Je t'écris parce que j'ai envie de pouvoir t'appeler papa. »

2. Intention

Après cette ouverture, énoncez votre intention. Voici quelques extraits de lettres en exemple :

« Dans cette lettre, je veux exprimer des souffrances qui m'empêchent de me sentir tout à fait à l'aise avec toi. »

« Je t'écris pour te dire des choses que je n'ai jamais osé te dire. Je te les écris parce que je ne sais pas si je saurais te les dire bien. »

« Je t'écris parce que je vais mal, je suis dépressive, et j'ai besoin de te dire ce que j'ai vécu. S'il te plaît, lis-moi jusqu'au bout. Je ne t'accuse pas. J'ai besoin de toi. »

Vous pouvez aussi en dire un peu plus :

« Tu as remarqué que depuis quelque temps j'évite de venir te voir. Je ne savais pas comment te parler. Je n'osais pas. Tu dis souvent qu'entre nous on peut tout se dire, mais en réalité, dans la famille, on ne parlait pas de sentiments. J'avais peur de te blesser si je te disais ce qui m'avait fait mal. J'ai décidé d'arrêter d'avoir peur de te parler. Je ne veux pas avoir peur de mon papa. »

« Mon papou adoré,
« Ça fait bien longtemps que je veux te parler, et puis la peur m'en empêche. La peur de déplaire, la peur d'être jugée, qu'on critique ce que je dis. Et puis vient un jour où je me dis que c'est vraiment idiot, que j'ai envie de te parler avant que nous ne soyons plus ensemble. Sinon, à quoi ça sert de vivre, si ce n'est pour se dire ce qu'on pense, et de petites choses plus anodines, pour se sentir moins seul dans ce parcours tellement mystérieux. J'ai envie de t'écrire. Bien sûr, je désire fortement que tu me répondes ! Une réponse à toi, celle que tu souhaites, car je ne jugerai pas. Pour échanger. Je suis triste de n'avoir pas plus échangé avec toi, durant ces années que j'ai partagées avec toi. Je rêvais qu'on puisse se dire nos envies, ce qui les gêne, ce qui nous fait grandir, nos émotions. Peut-être pas les régler, mais juste les dire : c'est tellement mieux après, du moins pour moi. Je voudrais, l'espace de cette lettre, repasser sur toutes ces années depuis ma naissance, pour qu'on puisse parler comme un père et une fille (ou un père et son enfant) peuvent le faire. »

3. Fait/ressenti/besoin

Construisez ensuite vos phrases sur le mode : Fait/ressenti/besoin.

Évitez toute généralisation, « tu ne t'occupais jamais de moi », ou jugement, « tu étais dur ». Restez centré sur les faits. Plus vous serez objectif, plus vous aurez de chance d'être entendu.

Vous pouvez mettre des mots sur ce que vous interprétiez des comportements et attitudes de vos parents, notez-les clairement comme des interprétations, comme votre déduction et non pas comme une réalité : « je me disais que… », « j'avais l'impression que tu… », « j'imaginais que… » de manière à ce que votre interlocuteur entende bien que c'est votre perception et non une définition de son comportement.

Soyez attentif à ce que les émotions et sentiments exprimés soient justes et non des sentiments de substitution, des élastiques et autres sentiments parasites*.

Vérifiez la cohérence de votre besoin avec les sentiments ressentis lors des faits. Nombre de gens ont perdu la conscience de leurs besoins. Une fois de plus la présence du psychothérapeute et du groupe peut se montrer très aidante pour redécouvrir ce que la notion de besoin recouvre.

---

* Si ces termes ne vous sont pas familiers, je vous invite à vous reporter à mes livres *L'Intelligence du cœur* ou *Que se passe-t-il en moi ?* D'autres livres sur l'analyse transactionnelle peuvent également vous éclairer.

Voici quelques extraits de lettres :

(Faits :) «Un soir, j'avais dix ans, je suis rentré de l'école un peu tard. Je m'étais fait tabasser par des plus grands à la sortie. J'étais en larmes, j'avais des bleus sur mon visage, je souffrais et je me sentais si humilié. Quand j'ai passé la porte, tu m'as crié dessus parce que j'étais en retard et que j'entrais avec des souliers crottés. Tu n'as parlé que de mes souliers. (Ressenti :) Je n'ai rien osé dire. J'avais mal. Je suis monté dans ma chambre et j'ai pleuré. Après ce jour-là, j'avais tout le temps peur d'aller à l'école et tu n'as jamais compris pourquoi. (Besoin :) J'aurais eu besoin que tu me regardes, que tu voies ma douleur et que tu me demandes ce qui s'était passé. J'aurais eu besoin de tes bras, d'être réconforté par ta chaleur. J'aurais eu besoin de parler avec toi, j'aurais voulu que tu me protèges, que tu m'apprennes à réagir, que tu me soutiennes. »

« Quand j'ai découvert que tu avais lu mon journal intime, j'étais effondrée. Je lui avais confié tous mes secrets. Ce n'étaient plus des secrets pour toi et ça me faisait mal. Je n'arrivais même pas à être furieuse. J'avais mal. Maman, j'aurais eu besoin que tu me parles, que tu m'écoutes, pas que tu lises ces pages intimes. »

« Quand tu enlevais ton ceinturon pour me frapper, je m'évanouissais à l'intérieur. Je ne savais plus où me mettre, j'avais si peur. J'aurais voulu disparaître sous un tapis. Tu me regardais. J'étais terrorisé par ton regard. Et puis, les coups tombaient. Ils brûlaient mon dos, mes fesses, mes jambes. Je ne voulais pas hurler. Je te haïssais. J'aurais préféré que tu me parles. »

« Quand je rapportais mon carnet de notes, tu jetais un coup d'œil dessus et tu disais juste "c'est bien" sans

me regarder. J'étais triste et déçue. Chaque fois j'espérais que tu me poses des questions sur ce que j'avais aimé, sur ce qui était difficile pour moi. J'avais l'impression que tu ne t'intéressais pas à ma vie, à ce que je ressentais. »

« De ma naissance, je ne sais rien de précis, si ce n'est que j'avais de grands pieds. Je pleure en pensant que tu ne m'as jamais, jamais dit que j'étais belle. Je suis en colère quand je constate que la seule chose que tu dis à propos de ma naissance était que j'avais de grands pieds. Je me sens difforme à tes yeux. J'aurais eu besoin de mots tendres. »

« Bébé, j'étais en nourrice toute la semaine. Je passais en fait mon temps à t'attendre. À quelques mois, pour un bébé, attendre sa mère pendant des jours et des jours, c'est long. C'est très très long, c'est immensément long. Je manquais de toi. Je souffrais. Et énormément. J'avais besoin d'amour, de ton amour, à ce moment-là. Je me suis sentie abandonnée et non désirée. »

« Papa, je t'en veux de m'avoir dit secoue-toi, sois un homme quand c'était dur pour moi ou que je pleurais. J'attendais que tu te penches vers moi avec des mots simples pour aller chercher les causes de mon mal. »

4. Demandez réparation

Ensuite vient la demande de réparation. De quoi tout un chacun a-t-il besoin pour se sentir réparé ? D'empathie. Ce sera donc la réparation la plus demandée. Nous voulons juste être reconnu dans notre souffrance, être entendu et non pas nié.

« Papa, je te demande de ressentir ce que j'ai pu éprouver ce jour-là et les jours suivants en allant à l'école les jambes zébrées par tes coups de cravache. »

« Maman, je te demande de te représenter à quel point j'ai pu me sentir blessée quand tu m'as traitée de putain devant mes copines. »

Cherchez en vous ce dont vous auriez besoin pour vous sentir profondément réparé dans votre identité, et surtout sentir que vous pouvez de nouveau donner votre confiance à votre parent. Nous reviendrons sur la réparation dans le chapitre suivant. Plus vous serez précis et concret dans votre demande de réparation, plus vous aurez de chance d'obtenir satisfaction. Personne d'autre que vous ne peut savoir ce dont vous avez besoin pour rétablir la relation. Si vos parents ne l'ont pas déjà fait, ce n'est pas forcément par mauvaise volonté. Soit ils ne savent pas le faire, soit ils ne pensaient pas que cela puisse être utile.

Nous approfondirons cette notion de réparation au chapitre suivant.

5. Clôturez en les motivant à vous répondre

Montrez à votre parent l'avantage qu'il pourra retirer personnellement de l'effort qu'il fera pour satisfaire votre demande. Pour cela, il suffit de lui préciser l'impact de son acte sur vous et sur le lien. Énoncez ce qui changera dans la relation s'il vous écoute et accède à cette demande de réparation :

« Je me sentirai plus proche de toi »,
« J'aurai plaisir à venir te voir »,
« Je te regarderai avec tendresse et admiration ».

Ce n'est pas au conditionnel mais au futur. Ce n'est pas du chantage, c'est même le contraire du chantage qui est une extorsion. Il s'agit d'informer nos parents de leur pouvoir sur la relation, de leur donner le chemin de notre cœur.

Relisez votre lettre avant de l'envoyer. N'hésitez pas à faire plusieurs brouillons avant d'envoyer une version définitive. La lettre envoyée a une fonction, c'est un outil de réparation, ne le sabotez pas !

6

La demande de réparation

Ma fille avait neuf ans, elle œuvrait dans la cuisine en vue d'apporter à ses copines de quoi se régaler. Je m'informai, elle m'annonça des « pommes au four ». Passant devant le four, je vis le thermostat à 100 °C, et sans qu'elle ne me demande rien, je m'en mêlai. « Ça ne va jamais cuire, ce n'est pas assez chaud pour des pommes au four », ai-je dit en tournant le bouton. Margot a alors tenté de me souligner qu'elle avait déjà réussi cette recette une semaine auparavant en mon absence. Je n'ai pas vraiment prêté attention à ce qu'elle disait et je lui ai fait un cours sur la cuisson des pommes au four. Elle voulait en réalité faire des rondelles de pommes séchées ! Évidemment, quand nous avons ouvert le four, ses pommes étaient molles et sa recette fichue. Elle en pleurait de rage et de déception. Je me suis excusée, je l'ai écoutée. J'ai reconnu ma double erreur, avoir augmenté la température et ne pas l'avoir écoutée. J'ai promis de ne plus recommencer à me mêler de ce qu'elle faisait sans autorisation (sauf danger bien sûr). Je l'ai assurée de ma confiance en ses capacités. J'ai proposé de l'aider à faire une autre fournée… Elle pleurait encore. Cela ne suffisait pas.

« Qu'est-ce que tu veux ? Je me suis excusée, c'est vrai, je n'aurais pas dû me comporter comme ça. Qu'est-ce qui te manque pour te sentir réparée ? »

Elle a levé ses yeux trempés de larmes et m'a lancé : « J'ai l'impression que tu ne mesures pas ce que je sens. Alors tout ce que tu dis, ça compte pas. »

J'ai pris sa phrase en plein cœur, et j'ai réalisé combien

elle avait raison. Je m'étais excusée avec sincérité, je regrettais véritablement mon comportement, mais je n'avais pas pris la mesure de ce qu'elle avait vécu. J'avais écouté en cherchant comment me faire pardonner plutôt que de sentir vraiment ce qu'elle vivait.

« C'est vrai, ma chérie, je ne mesure pas. Alors parle-moi encore. Dis-moi davantage ce que tu as ressenti. » Et je me suis assise de nouveau face à elle, bien à l'écoute cette fois. Au fur et à mesure de ses mots, j'ai pris conscience de l'importance de ce qui s'était déroulé pour elle. Je me suis mise dans sa peau d'enfant de neuf ans. Non seulement elle n'avait plus rien à emporter pour ses copines, mais elle devrait leur dire que les gâteaux promis étaient ratés. Nous n'avions plus le temps pour une autre fournée. Je l'avais conduite à l'échec. Ce n'était pas mon rôle. Mais plus encore que les pommes brûlées, notre relation en avait pris un coup. Je ne lui avais pas fait confiance, je ne l'avais pas écoutée. J'avais fait à sa place, niant ses capacités, niant son autonomie naissante. Elle éprouvait du plaisir à créer, elle était fière de sa réussite, voulait me la montrer. Et je l'ai humiliée. J'ai assis mon pouvoir. Que pouvait dire une petite fille de neuf ans devant l'assurance de sa maman ? Elle n'avait pas osé s'opposer à moi. Réalisant tout cela, je le lui ai verbalisé avec émotion. Elle est venue dans mes bras, émue. Nous nous sommes retrouvées dans un grand câlin.

Les excuses les plus plates ne guérissent pas. Seule une véritable empathie, qui mesure le préjudice infligé, répare la relation. Nous avons besoin que l'autre saisisse vraiment ce que nous avons vécu. Pour guérir de la perte de son dessert, Margot n'avait besoin que de sa colère. Pour guérir notre relation et restaurer la confiance trahie, une véritable empathie était nécessaire.

Les parents hésitent à reparler du passé parce qu'ils se sentent impuissants à le changer. On ne peut revenir en arrière et effacer ce qui a été, mais on peut réparer ce qui a été abîmé dans la personnalité et dans la relation. Réparer n'est pas si compliqué. Il suffit d'écouter, d'entendre vraiment et de manifester de l'empathie. Voilà ce que tout le monde cherche. L'empathie est faite de respect de nos émotions et sentiments, nous nous sentons profondément respecté en tant qu'individu, en tant qu'être. L'empathie donne le sentiment d'avoir le droit d'exister et de sentir ce que l'on sent. On se sent réparé dans sa personne, réunifié.

Voici un extrait d'une lettre de Josiane à sa mère :

> « *Tu ne peux plus m'accueillir pour ma naissance, tu ne peux plus enlever ma douleur quand mon père m'insultait, tu ne peux plus me prendre dans tes bras quand je rentrais de voyage, m'embrasser et me demander comment j'avais vécu mon séjour en me montrant ta joie de me revoir, tu ne peux plus être à l'heure à la sortie de l'école. C'est trop tard. Je vivrai avec mon passé. Par contre, aujourd'hui je te demande de repenser au bébé, à l'enfant, à la jeune fille et à la jeune adulte que j'ai été et de me regarder enfin, moi, de voir à quel point j'ai souffert de t'attendre des jours et des jours, d'encaisser des insultes sans que tu n'interviennes jamais, de ne pas m'être sentie accueillie, désirée. Je te demande du respect pour ma souffrance. Je t'ai beaucoup aimée, sans retour. Et ce que j'ai supporté n'est pas normal. Je n'avais pas de place dans ton cœur et je te demande aujourd'hui de respecter ma souffrance. Tu m'as fait très mal. Tu peux pleurer, c'était vraiment très triste. Tu peux crier, c'était vraiment injuste et révoltant. J'ai été très malheureuse et tu en es en grande partie responsable. Tu étais ma mère. Pour une fois, regarde-moi*

> *enfin, si ce n'est avec amour, je n'en ai jamais ressenti de ta part, au moins comme un être humain qui aspire au respect. Le respect, j'en ai terriblement besoin. Besoin avant tout.* »

Josiane guettait une réponse. Sa boîte aux lettres est restée vide un certain temps… Le jour de son anniversaire, un paquet : c'était un collier de perles. Sa mère « huître » n'a pas réussi à lui écrire ou à lui parler, elle lui a tout de même offert des perles, témoignage que Josiane a entendu comme un début de reconnaissance, un premier pas.

La réparation peut être concrète et comportementale : « Je voudrais que tu me prennes dans les bras et que tu me serres fort pendant cinq minutes, je voudrais que tu me masses les épaules, je voudrais que tu m'embrasses. Je voudrais poser ma tête sur tes genoux, que tu me caresses les cheveux en prononçant doucement mon prénom. Je te demande de m'écrire une lettre tendre, une lettre dans laquelle tu parles de toi. »

La réparation peut aussi être plus matérielle :

« Je voudrais que tu m'offres un atlas »,

« Je te demande de payer cinquante pour cent de ma thérapie »,

« En guise de réparation, j'apprécierais que tu me payes les deux ans d'études que j'ai besoin de faire pour revenir dans la voie qui me convient »,

« Je te demande de m'acheter une robe rouge »,

« Je voudrais que tu m'offres un livre d'éducation sexuelle ».

Ces offres de réparation peuvent paraître dérisoires. Ce qui est important est qu'elles soient signifiantes pour les deux parties. Les objets, l'argent, les gestes ne sont que des manifestations concrètes d'un acte plus profond : la reconnaissance de l'importance de la blessure de l'autre. Tout peut être réparé. Les enfants sont prêts à pardonner les pires atrocités sitôt que ces dernières sont reconnues comme telles. Les enfants aiment désespérément leurs parents. Un seul geste de leur part et ils fondent.

Le père de Julie a abusé d'elle au vu et au su de sa mère. Comment réparer une complicité d'inceste ? Est-ce même réparable ? Oui. Cette mère a su entendre sa fille, l'écouter sans se justifier, pleurer avec elle. Comme symbole de réparation, elle lui a envoyé un pull noir tricoté de ses mains… Juste au moment où sa fille allait le lui demander. La réparation était juste. Je ne sais plus ce à quoi ce pull noir tricoté main correspondait dans l'histoire de ces deux femmes, mais il disait quelque chose de fort.

Un cadeau n'est pas nécessaire, il ne remplace pas l'empathie, il en est le témoin. Il n'est pas la réparation, il est le symbole de la réparation. **L'empathie qui mesure le degré de la souffrance est nécessaire et souvent suffisante pour réparer le lien.**

7

Les réactions des parents

Robert m'écrit :

« Sur tes conseils, j'ai écrit une lettre à ma mère rassemblant les nombreux griefs que j'avais contre elle. Je la lui ai adressée, puis je l'ai symboliquement brûlée. Mais mieux, une fois le calme revenu, j'ai pu évoquer avec elle mes souffrances d'enfant. Elle a accepté de les entendre : elle a été très étonnée car elle pensait à l'époque que tout allait bien pour moi ! Elle a bien sûr regretté ses comportements et m'a prié de lui pardonner. C'est évident que notre relation a évolué de ce fait. »

La réaction de la mère de Robert est plus fréquente qu'on ne veut le croire. Le plus souvent nos parents ne savaient pas !

Responsable de la santé, de la protection, et de l'éducation, le parent a tendance à se vivre comme au centre de tout ce qui arrive à son enfant. Sa capacité à tolérer le sentiment de culpabilité va déterminer sa réaction à votre lettre. S'il a conscience de vous avoir maltraité, soit il sera heureux de pouvoir en parler avec vous, de réparer et de se libérer de son sentiment de culpabilité. Soit, refusant d'éprouver de la culpabilité, il tentera de vous faire taire. Les parents les plus violents ont tendance à s'enferrer dans le déni, la culpabilisation de l'enfant, la dévalorisation. Comment peut-on se regarder dans la glace après avoir été trop cruel ? On préfère se convaincre qu'on ne l'a pas fait. C'est tout. Le fils, la fille se fait des idées. Cela n'a jamais existé, c'était du fantasme.

Certains parents sont terrorisés par la perspective de perdre leur pouvoir sur leur enfant. L'enjeu pour eux est d'importance. Ils ont besoin de la soumission de l'enfant pour conserver leur sentiment d'avoir une place. Ils sont incapables d'aimer leur enfant et de se centrer sur ses besoins. Ils passent avant. Sans en avoir conscience, car ils s'inquiètent volontiers, voire se sacrifient pour leur progéniture. C'est de l'attachement, certes. Ce n'est pas obligatoirement de l'amour.

Quand Luigi a exprimé à son père son étonnement devant le fait qu'il ne lui posait jamais de questions sur sa vie, son père lui a rétorqué : « Je ne veux pas te poser de questions parce que ta vie ne m'intéresse pas. » Dont acte ! Pourtant, dans la lettre suivante, répondant à Luigi, ce père écrit :

> « *Tu dis que je ne t'aime pas. Où as-tu trouvé ça, ou qui t'a raconté ça ? Un imbécile ! J'ai six photos de toi dans ma chambre.* »

Un peu plus loin : « *Je peux te dire que tous les jours je pense à toi au moins trois à quatre fois par jour, c'est pas de l'amour ça ?* » Non, ce n'est pas de l'amour. Hélas, ce père ne le sait probablement pas. Il ne manque pas une occasion de montrer à son entourage combien il est fier de son fils. Il le regarde en photo. Mais face à lui, il ne sait proférer que des critiques et des insultes. Il l'appelle rarement autrement que « petit con ». Luigi en a été tellement blessé... La mère de Luigi ne nie pas les comportements abusifs de son mari, mais elle le défend en redéfinissant : « S'il se comporte comme cela, c'est par affection. S'il t'insulte, c'est parce qu'il ne sait pas dire autrement qu'il t'aime. »

Le sentiment d'amour se nourrit d'émotions d'amour. Pour éclore, ces dernières ont besoin d'instants d'intimité. La manifestation de l'amour, c'est la tendresse. Tendresse du contact physique, tendresse du regard, tendresse de la parole… Ni la violence ni les humiliations ne font partie du vocabulaire de l'amour.

Toutes les réactions se rencontrent, du refus total de coopération, en passant par l'agression : « tu es dans une secte, je vais te dénoncer », « tu es folle », « tu as toujours été compliqué », « tu vas tuer ta mère » et jusqu'au rejet : « ne remets plus jamais les pieds dans cette maison », « je te déshérite, tu n'auras rien, tu n'es plus mon fils ». Ils résistent à toute tentative de déstabilisation de leur pouvoir. D'autres parents réagissent par la distance : « Tu fais ce que tu veux de ta vie. Nous menons la nôtre, laisse-nous tranquilles. » Ils ne nient pas, ils ne cherchent pas à comprendre ou à se défendre, ils fuient simplement la relation. Par ces mots ils disent que leur blessure est bien trop grande pour qu'ils puissent en parler.

Doit-on insister ? Nous sommes confrontés à la liberté de l'autre. Il a le droit de fermer son cœur, de refuser la relation. ET nous avons le droit d'avoir envie de cette relation et donc d'insister. Sans s'épuiser, et surtout sans attente de résultat. Si cette réconciliation est importante pour vous, si vous avez envie de pouvoir aimer votre papa ou votre maman, donnez-vous la permission d'insister. Se résigner, c'est encore accepter la loi de l'autre. Écoutons ce qu'en pense un papa ex-récalcitrant : « J'ai été touché par ton obstination. J'ai fini par comprendre que tu ne cherchais pas à me détruire et que tu voulais seulement renouer une relation franche. À vrai dire, j'avais peur de toi, je ne me sentais pas à la hauteur. Je craignais ton mépris. Je te remercie de ne pas avoir lâché. J'apprécie vraiment la qualité de notre relation aujourd'hui. Je ne l'imaginais pas. »

Après quatre années d'insistance respectueuse, voilà les mots de son père à Julien.

Si vos parents n'ont pas conscience de vous avoir blessé. S'ils vous ont infligé des blessures en toute bonne foi, ils découvrent votre vérité dans votre lettre. Soit ils réagissent par la stupeur et l'immédiat désir de réparer. Soit ils se sentent si coupables qu'ils risquent en lisant la lettre de se sentir angoissés. S'ils ont suffisamment de sécurité intérieure, ils vont chercher à vous écouter, sinon ils vont nier, refouler, ou jouer les victimes : « Je suis une mauvaise mère, je n'ai jamais rien fait de bon dans ma vie. »

Certains oublient. D'autres n'ont pas eu conscience parce qu'en réalité ils n'ont jamais voulu frapper leur enfant, le détruire ou lui faire du mal... Ils l'ont fait sans être conscients de ce qu'ils faisaient parce que leur rage ne s'adressait pas à l'enfant mais à leurs propres parents. Ils restent conscients (parfois) des blessures vécues dans leur propre enfance, mais restent inconscients de ce qu'eux-mêmes ont fait subir. D'autres refusent de considérer la vérité de ce qu'ils ont fait subir à leur enfant parce qu'ils refusent de regarder ce qu'eux-mêmes ont subi dans leur petite enfance.

« Ma mère a mis ma lettre au feu arguant : “Tu m'avais déjà dit tout ça.” Chaque fois que j'ai attendu d'elle qu'elle me comprenne, j'ai souffert au centuple. Je n'avais pas écrit pour la convaincre, juste pour lui dire. Attendre d'elle un changement, ce serait me briser. »

N'attendez pas de changement de vos parents. Préoccupez-vous de votre part de responsabilité dans la relation. De votre côté, vous faites ce qui est bon pour vous de faire, vous exprimez ce que vous avez besoin d'exprimer. Leur réaction est de leur responsabilité. Il est important de parler pour vous libérer de la dépendance. Après, la réconciliation n'est pas de votre seul ressort.

Que ces réponses négatives ne vous alertent pas, les réactions positives sont toutefois beaucoup plus fréquentes qu'on ne veut le croire. Mes clients sont souvent stupéfaits de l'écoute rencontrée. Voici la phrase de sa mère rapportée par Lola : « Maintenant que je sais ce que tu as ressenti, je t'écouterai. Je t'autorise à faire ce travail. Je ne savais pas que je t'avais fait mal. »

Il est intéressant d'entendre au passage qu'elle « l'autorise », alors que sa fille, à trente-quatre ans, est plus que majeure ! Mais passons sur ce reste de pouvoir sur l'autre pour regarder la partie positive, une réaction plus fréquente qu'on ne le croit : « Je ne savais pas, je n'avais pas conscience de ta souffrance, ce n'était pas mon intention, je désire que nous en parlions. Donne-moi des détails, je n'avais pas mesuré combien tu pouvais en souffrir, si j'avais su cela… »

Voici une autre réponse :

« Quand je vois l'étendue de souffrance dont tu parles, et l'épaisseur du baume qu'il faudrait mettre pour apaiser cela, je me sens un peu dépassée. »

Quelle belle ouverture de la part de cette maman.

> *« Quand il a reçu ma lettre, mon père a pleuré et m'a proposé de prier. Un peu plus tard, il m'a retéléphoné, mi-gentil, mi-agacé en me disant qu'il avait essayé de m'écrire, mais qu'il n'y arrivait pas. Il a fini par clore la discussion en disant : "Je n'ai pas envie de farfouiller le passé, cela ne m'intéresse pas." Avant de raccrocher, il a dit "nous en reparlerons si tu veux". »*

La réaction est émouvante. Par ces mots, ce père dit combien il entend la souffrance de son fils. Il ne l'accuse pas. Il assume sa propre difficulté à considérer le passé, mais en définitive, ne ferme pas la porte.

« *Ma chère Annette,*
« *Tout d'abord, merci infiniment pour ta lettre si affectueuse et en même temps teintée de tristesse. Depuis que j'ai reçu ta lettre, j'ai essayé deux fois d'y répondre mais je me sens incapable d'y répondre en détail actuellement ; c'est trop compliqué car il faut remonter bien loin en arrière dans le temps. J'ai été bloqué depuis mon enfance par une éducation très dure dans laquelle tout sentiment devait être apparemment banni ou simplement non manifesté. Cela ne m'empêche pas de t'aimer, mais il est certain que les échanges père à enfant étaient trop maigres. C'est dommage, mais c'est ainsi. Je reconnais que j'aurais pu faire beaucoup mieux.*
Mille gros bisous. Je t'aime de tout mon cœur. »

Ce papa est à l'écoute, il reconnaît les faits. Il ne parle pour l'instant que de lui (« j'aurais pu faire beaucoup mieux ») et Annette est encore en droit d'attendre une phrase du style : « Je mesure combien tu as manqué de contact avec moi, combien cela a dû être difficile pour toi. » Il faut du temps pour arriver à cette empathie. Ce papa montre son désir de réparer. Ses regrets sont palpables. Il se confronte à ses propres difficultés à entrer en contact avec ses émotions et à regarder le passé, mais ne juge pas Annette.

Certains parents déforment les faits, à leur avantage en général. Ils reconstruisent une histoire qui protège leur image. Voici le témoignage de Pia :

« Quant aux échanges de courriers avec ma mère, j'ai été très surprise (agréablement et désagréablement) par sa réponse et je n'ai pas su poursuivre le dialogue entamé (pas encore ?). L'image d'elle qu'elle m'envoyait ne correspondait à rien de ce que je connaissais et certains faits étaient déformés. Par exemple, elle m'a dit qu'elle avait "voulu que j'aille voir un gynéco", alors que l'histoire était très différente : j'avais pris seule un rendez-vous et n'ayant pas de réveil personnel, je lui avais demandé la veille de me réveiller plus tôt pour pouvoir me rendre à ce rendez-vous avant mes cours au lycée. Elle m'avait fait une grande scène de pleurs comme quoi elle avait tout raté, qu'elle aurait tant voulu que je lui en parle, qu'elle m'accompagne… et elle m'a finalement accompagnée, j'avais seize ans. Je ne sais pas quoi penser de cette réécriture du passé. »

Certains parents manifestent une apparente bonne volonté mais restent encore trop prisonniers de leur égocentrisme. Lisons un passage de la lettre de Stéphanie à sa mère, puis la réponse de sa maman :

> « *J'avais énormément de mal à vivre l'agressivité des autres et je réprimais toute colère en moi, au risque de laisser échapper de la violence contre mes filles. Quand la cocotte-minute était pleine, je leur donnais des fessées durant lesquelles je me sentais folle, prise par une force plus forte que moi et terrifiante. En analysant ce qui se passait en moi, et grâce à ma fille aînée, qui arrivait drôlement bien à me mettre en colère, j'ai pu identifier ce qui déclenchait ma rage. C'était quand elle niait mes besoins, imposait les siens, j'avais le sentiment qu'elle me traitait comme une esclave, alors je sentais la colère monter et la rage déborder. Je me suis dit que je ne voulais pas continuer à vivre comme ça, que j'avais besoin d'apprendre à gérer mes émotions et je me suis inscrite à ces deux stages de grammaire émotionnelle animés par Isabelle Filliozat. Je pensais avoir besoin de rencontrer ma colère, la juste colère qui empêche les autres de vous*

piétiner. Et c'est la peur que j'ai rencontrée en premier. La peur de toi, maman. J'ai retrouvé la terreur profonde que j'avais toute petite fille, seule dans mon lit, alors que j'étais censée dormir et où je t'entendais HURLER ! Hurler pendant un temps qui me semblait infini et où j'avais l'impression que tu étais folle... et ces cris me terrifiaient, me terrorisaient... et en plus, je me sentais responsable de Virginie, ma petite sœur, je devais la protéger, surtout que tes cris étaient souvent des réactions à ses actes : j'ai un souvenir terrifiant de la nuit qui a suivi son premier zéro en dictée ! »

Voici la réponse de sa mère :

« Ma chère Stéphanie,
« Pour moi ce n'est pas facile de répondre à ta longue lettre, mais je vais le faire pour te permettre d'avancer dans ta thérapie. Le rôle de mère n'est pas inné parce qu'on est femme mais il s'apprend tous les jours. [Elle se justifie] Je vais essayer de suivre ta lettre et de répondre à mesure aux points que j'ai relevés. »

Suit une page où elle ne parle que d'elle. Pas un mot de Stéphanie. Elle reste centrée sur elle en se justifiant :

« J'ai essayé de vous permettre de grandir suivant ce que vous étiez en tant que personne. »
(...)
«J'en arrive à ta peur, peur de moi parce que je hurler ! C'est vrai que c'était une façon d'exprimer mon désarroi surtout par rapport à Virginie qui avait un zéro en dictée. Tu sais, j'ai eu aussi des sentiments de culpabilité par rapport à Virginie étant donné que votre petite sœur Juliette est née l'année de son CP et que peut-être n'ai-je pas eu assez de temps à lui consacrer. »

Au lieu de manifester de l'empathie à Stéphanie, la maman parle d'elle et même de sa relation à ses autres enfants.

> *« Ta période de manque, pour toi, remonte au fait que je ne t'ai pas nourrie au sein plus de un mois et demi. Stéphanie, je n'avais que vingt-deux ans, tu ne dormais pas la nuit. Ton père et moi nous étions très fatigués et je ne trouvais pas vraiment dans ce moyen de te nourrir un réel plaisir, pour moi c'était plutôt quelque chose qui ne me convenait pas et que j'ai essayé de par les conseils ou mauvais conseils des personnes qui m'entouraient à ce moment de résoudre ce problème. Si je n'ai pas nourri au sein tes sœurs c'est que je n'avais vraiment pas un bon souvenir de ce passage-là. (encore de la justification) Mais tout s'est bien passé pour tes deux sœurs et j'étais très bien. »*

Décidément sa mère ne manifeste aucune écoute pour ce que pouvait vivre Stéphanie. Elle se justifie, comme si elle était accusée, alors que la lettre de Stéphanie était très claire, et centrée sur elle.

> *J'espère que j'ai pu répondre à quelques-unes de tes questions, si j'en ai homies qq-unes je répondrai une prochaine fois.*
>
> *Je t'embrasse, ta maman. »*

Dans cette lettre, cette mère se montre entièrement centrée sur elle-même. Elle est pleine de bonnes intentions mais ne manifeste ni écoute, ni empathie. Au point qu'elle peut raconter sans frémir ses mauvais souvenirs d'allaitement. Qu'a donc pu ressentir sa fille bébé à ce moment-là ? Elle raconte ce souvenir sans avoir conscience qu'elle renforce sa fille dans son idée de manque. Elle le lui dit, le manque était là, même avant le sevrage.

Les erreurs d'orthographe sont souvent significatives. Sans tomber dans le travers de « tout interpréter », regardons les erreurs de cette maman :

Je hurler peut souligner sa difficulté à reconnaître qu'elle hurlait…

Homies. Ce h devant *omies* invite à l'évocation du mot « honnies » d'autant que nn et m sont proches. Elle a honni ces questions, c'est certain.

Le déni est très présent, et elle procède à une reconstruction de la réalité pour ne pas voir : *« Ma mère ce n'était pas de la folie, mais un désarroi psychologique dû à trop de surmenage. Quand ma mère a eu ses problèmes psychiques, c'était dû à l'arrêt brusque d'un traitement aux neuroleptiques. »*

Comment ne prend-elle pas conscience en disant cela qu'un traitement neuroleptique est en général donné à une personne présentant des problèmes psychiques ? Cette femme maintient activement son déni. Ce n'est pas l'heure de la réconciliation…

En revanche, voici un extrait de la missive d'une autre maman, d'une profonde beauté :

> *« Je te remercie de nous avoir écrit et d'avoir partagé ta douleur. J'étais loin de l'imaginer. Il est vrai que je ne t'ai pas beaucoup embrassée. Et je t'ai très peu touchée. Je ne savais pas caresser un enfant. J'ai des difficultés avec le contact, mes parents ne me touchaient pas. Je n'en ai pas souffert. Je ne connaissais pas la tendresse et je ne t'en ai donc pas donné. Mais je n'avais jamais pensé que tu pouvais en souffrir. J'en suis profondément désolée. Dis-moi ce que je peux faire pour t'aider. Je monterai à Paris quand tu le décideras pour discuter de tout cela avec toi. »*

Recevant cet émouvant courrier, Amélie était tout à la fois heureuse et terrifiée. Heureuse d'une réponse bien plus positive qu'elle ne l'aurait imaginé, et pétrifiée par la perspective de rencontrer ses parents. Jamais elle ne s'était sentie intime avec eux, jamais ils ne parlaient d'émotions ou de sentiments, jamais ils ne se touchaient. Elle ne se sentait pas du tout à l'aise à l'idée de les recevoir après leur échange de lettres si profond. Elle me demanda de les recevoir tous les trois. « Chez toi je me sentirai protégée, je sais que tu m'aideras à m'exprimer, et que tu t'occuperas d'eux. »

8

La rencontre

Edmée travaille avec moi depuis quelques mois. Son histoire est très dure. Elle a été battue, humiliée, maltraitée de toutes les façons. À plus de quarante ans, encore terrorisée par son père, et impuissante devant sa mère, elle était aisément manipulable par les deux. Le lendemain d'un stage, je reçois ce courriel :

« Dans la cuisine, question maternelle : "Ton week-end s'est bien passé ?" Et moi, enthousiaste, je lui raconte tout ! (ou presque tout) Je prends le temps, reviens au début de ma démarche, explique le pourquoi du comment, mes souffrances, mon mal-être... Tout sans jugement, sans agressivité, restant centrée sur moi, le plus près possible de ce que j'avais compris de tes conseils, calmement, j'exposais les faits, voilà. À la fin elle me dit, un peu nostalgique : "il y a longtemps que j'ai oublié mon enfance..." Et elle ajoute avec un gentil sourire : "alors, tu es guérie ?" (!)

«Puis je suis allée saluer mon père qui n'avait rien entendu de cet échange, il me pose la même question : "Ton week-end s'est bien passé ?" Là, j'ai décidé de prendre le temps, je me suis assise. Et j'ai parlé de la même façon. Il ne m'a interrompue que pour demander des précisions, avec des remarques intelligentes, sensibles, en m'écoutant avec intérêt jusqu'au bout, et, chose extraordinaire, sans parler de lui. Je n'en revenais pas ! À la fin, je me suis levée pour partir, et mon cœur s'est mis à battre la chamade, mes jambes à faiblir. J'ai fait quelques pas. Dans ma tête je me demandais si ce que

j'avais envie de dire était juste ou pas, ça tournait vite. J'ai fait demi-tour et j'ai dit : "Le dernier stage se déroule en juillet. J'ai de quoi le financer. Mais pour réparer et guérir mes souffrances d'enfant, j'aimerais que vous me l'offriez." Je crois qu'il a un peu pâli, en tout cas son visage a changé. Il m'a regardée quelques secondes, bien dans les yeux, puis : "Je te l'offre avec grand plaisir." Moi, j'étais complètement à l'envers, je l'ai serré dans mes bras, avec la sensation d'une émotion réciproque. Et je me suis dit que mon père était un type bien. Et maintenant ? J'en fais quoi de tout ça ? Qu'en penses-tu ? C'est valable comme réparation ? ou je me fais encore des illusions ? En tous cas, c'est drôlement éprouvant. J'en tremble encore. Mais je continuerai. »

Edmée a du mal à y croire. Elle n'a pas souvenir que ses parents et surtout son père se soient préoccupés ainsi de ce qu'elle vit et ressent ! Décidément, quand nous sommes prêts, ce sont souvent les parents qui proposent la discussion... N'attendez tout de même pas qu'ils viennent d'eux-mêmes. Si c'est le cas, parfait, sinon, prenez votre courage à deux mains et allez-y.

Vous vous sentez solide ? Vous avez libéré les émotions et guéri vos blessures ? Vous êtes prêt à la rencontre ? Osez prendre un jour de congé pour débarquer chez vos parents à l'improviste. Téléphonez pour leur annoncer que vous sautez dans un avion pour être là à déjeuner. Invitez votre maman au restaurant ou votre père à marcher avec vous dans la forêt. En termes de relation, la spontanéité paye, la stratégie nuit.

Spontanéité ne signifie pas absence de préparation. Préparer par écrit en réécrivant plusieurs fois ce que nous avons à dire est toujours utile. D'une part, nos neurones sont activés et les mots justes viennent plus facilement. D'autre part, cela permet de filtrer ce qui est vraiment à dire, et ce qui ne l'est pas.

« J'ai pu, grâce à vos méthodes et conseils, me rapprocher de ma mère ; elle ne me supportait presque plus. J'ai mis en application l'expression positive de la colère et ça a marché. Le courant passe mieux entre elle et moi, et même avec mon père ! » C'est une rencontre importante, autant ne pas la négliger.

Assurez-vous de votre entourage affectif. La rencontre avec les parents est un moment de grande intensité, vous aurez besoin de soutien avant et après, parfois même pendant. France a emmené une amie avec elle en Auvergne. Elle savait qu'en présence d'une tierce personne, sa mère ne la rejetterait pas. Et elle se sentait plus robuste avec son amie à ses côtés. La présence d'un tiers diminue la violence. La plupart des gens hésitent à insulter ou à se montrer agressifs en public. Votre psychothérapeute peut aussi jouer ce rôle de tiers, nous en reparlerons plus loin.

Il est possible de parler à ses deux parents en même temps. Cela dit, il est en général plus approprié de s'adresser à chacun en particulier. Si la responsabilité face aux enfants est de 50/50, quel que soit le parent en apparence le plus maltraitant ou le plus absent, chacun est une personne, et la réparation gagne à se faire individuellement. Chacun sera plus à même de parler de sa propre histoire s'il n'est pas entendu par son conjoint. Certains secrets peuvent avoir du mal à émerger. Comment Marcel pourrait-il dire à son fils devant sa femme : « Tu dis que je ne t'aimais pas, c'est vrai que je n'étais pas là, je ne m'occupais jamais de toi. Chaque fois que je m'approchais de toi ta mère m'agressait. Tu étais son objet. » Comment Patricia pourrait-elle dire à sa fille devant son mari : « J'étais très amoureuse d'un autre homme avant de me marier avec ton père. Au début, je t'en ai voulu de ne pas être la fille de cet homme que j'aimais encore. »

Quand le couple n'est pas vraiment intime, ce qui est malheureusement souvent le cas, les parents sont moins enclins à ouvrir leur cœur en présence l'un de l'autre. Ils peuvent être en conflit (ouvert ou larvé), ils ont alors peur du jugement de l'autre, craignent de lui donner du pouvoir. Ils ont besoin de paraître et se défendront en conséquence bec et ongles tant qu'ils seront en présence de leur conjoint. D'autres sont en symbiose, et rien ne peut être dit à l'un sans que l'autre n'intervienne pour le « protéger ». « Qu'est-ce que tu oses dire à ta mère ? Tu n'as pas honte ? » La relation duelle permet davantage d'intimité. Osez séparer vos parents pour quelques heures de conversation.

Pour préparer nos parents à nous entendre, il s'agit tout d'abord d'installer un rapport propice. Si vous êtes suffisamment proche de vos parents, vous pouvez leur parler de but en blanc. Si ce n'est pas le cas, vous pouvez commencer par leur demander de parler de leur propre histoire. « Maman, tu me racontes, quand tu étais petite ? » Quand on est proche de l'enfant en soi, on entend plus facilement l'enfant à l'intérieur de l'autre. Manifestant de l'empathie envers l'enfant que votre parent a été, vous le préparez à vous offrir cette même empathie.

Une autre option très efficace est de sortir les photos de votre enfance. « Papa, tu me sors le carton des photos de quand on était petits ?... » Et, à la faveur des photos, vous posez des questions et évoquez votre histoire. « J'avais l'air triste sur cette photo, qu'est-ce qui se passait ?... Ce n'était pas l'époque où j'avais eu ce prof si dur ? Ce n'était pas le moment où tu te disputais avec maman ? Ce n'était pas au moment de votre voyage au Venezuela ? »

La réconciliation est un processus davantage qu'une parole. Beaucoup de choses ont à être parlées et écoutées pour que parent et enfant se sentent reconnus, acceptés et réparés dans la relation. Plusieurs rencontres seront nécessaires. Inutile de tenter de « tout » dire en une fois.

N'oubliez pas que vous vous êtes préparé, eux non ! Laissez-leur du temps pour intégrer, n'attendez pas une réaction immédiate dans le sens de la réparation. Restez solide face aux premières réactions de déni ou d'agressivité. Ils ne parleront et ne vous écouteront que lorsqu'ils seront certains que vous restez sans jugement ni agressivité à leur égard. Il est très, très pénible d'affronter l'idée d'avoir pu blesser son enfant, ou de l'avoir laissé blesser. Les parents ont besoin de se sentir entourés d'un climat de confiance et de respect.

9

La médiation du psy

Il peut être trop difficile de se confronter seul à ses parents. Certains ont peur de ne pas savoir s'exprimer, de ne pas réussir à formuler tout. D'autres craignent que leurs parents ne les écoutent pas, ne les comprennent pas, nient ou les agressent verbalement, voire physiquement. D'autres encore sont tout simplement trop intimidés par la perspective d'une telle intimité : « Je n'ai jamais eu ce type d'échange avec mes parents, je n'arrive pas à le concevoir, je ne veux pas être seul devant eux. » Dans ma formation, j'avais appris qu'un bon psy est un psy qui n'a pas peur des parents de ses clients. J'ai toujours retenu cette idée. Pour que nos messages positifs à nos clients puissent être entendus, ils doivent être émis avec une puissance supérieure à celle des parents. Si le psy a peur des parents de ses clients, principalement parce qu'il n'a pas encore pu confronter les siens, ses messages n'auront pas la puissance requise pour vous aider à guérir.

Comme je l'ai indiqué dans l'introduction, après qu'une de mes clientes m'eut invitée à rencontrer ses parents sur le mode « vas-y toi, si c'est si facile », il m'est arrivé de plus en plus fréquemment de recevoir dans mon cabinet des enfants et leurs parents. Pas des enfants tout jeunes, loin de là. L'enfant le plus âgé venu discuter avec un de ses parents vivant avait soixante-quatre ans. Sa mère en avait quatre-vingt-cinq. Nous avons travaillé au rez-de-chaussée, dans mon petit bureau et non dans ma salle habituelle de travail.

Inutile d'obliger cette dame à gravir les deux étages de ma maison*.

« Mes parents n'accepteront jamais » est une phrase que j'entends souvent. Les enfants hésitent à proposer ce rendez-vous. Pourtant, à ma connaissance, deux parents seulement ont refusé de venir. Une mère, catégoriquement : « Il n'en est pas question. » Et un père : « Nous n'avons pas besoin d'une personne extérieure pour parler entre nous. Si on ne peut plus se parler en famille, où va-t-on. » Il va sans dire qu'il n'y a aucune communication dans cette famille.

La simple présence d'un tiers non jugeant facilite l'écoute mutuelle. Les règles sont simples : ce qui se passe entre nous est soumis au secret professionnel, pas de violence, pas de jugement, chacun écoute l'autre et sera invité à reformuler ce qu'il a entendu. Mon rôle ? J'accompagne mes clients, les enfants, dans l'expression de leurs émotions et de leurs besoins. Et j'accompagne leur(s) parent(s) dans l'écoute et l'accueil de ces émotions. Éventuellement, je les accompagne jusqu'à la réparation.

Physiquement, je m'installe en général plus près du parent. Comme pour lui signifier que je suis à ses côtés. Pour qu'il se sente en confiance, il est important de rééquilibrer la situation. En effet, son enfant, mon client, est dans son élément, il me connaît, maîtrise les règles de la thérapie, il a l'habitude de la salle et il est le demandeur, il s'est préparé à la rencontre. Le parent en revanche découvre tout, la salle, moi, le style d'intervention, et (souvent) le monde des émotions. Je fais l'inférence que se déplaçant jusqu'à mon cabinet pour réparer sa relation à son enfant, le parent accepte mes

* Je vivais et travaillais à l'époque dans une maison en banlieue parisienne.

confrontations sur son attitude et quelques plongées dans son histoire. Je prends toutefois soin de lui demander la permission de m'approcher de lui, de lui poser certaines questions, de le toucher éventuellement. Il m'arrive de demander à l'enfant de sortir de la pièce pour établir une relation de confiance avec son parent, pour donner à ce parent toute l'empathie dont il a besoin pour pouvoir la donner à son tour à son enfant. Nombre d'adultes d'aujourd'hui n'ont jamais été écoutés et ne savent pas du tout comment s'y prendre. Ce n'est pas de la mauvaise volonté ou un manque d'affection, ils ignorent tout simplement le monde des émotions et se sentent maladroits et mal à l'aise face aux demandes de leur enfant. Je prends alors du temps pour les rassurer sur leurs possibilités, leur expliquer les besoins de leur enfant. Je leur demande parfois la permission de les guider vers des gestes de réparation.

La règle de reformulation invite à entendre ce que l'autre a voulu dire. La règle de non-jugement évite les agressions et oblige à une communication au niveau des émotions. Pas de pensée sur l'autre, pas de raisonnement, pas de leçon de morale… Juste un partage d'émotions, de sentiments et de besoins. Lors d'une première séance, souvent la seule en ma présence, le dialogue est rétabli. Certains poursuivent seuls leurs échanges, d'autres préfèrent continuer de se parler chez moi. Le simple fait que les parents, parfois âgés, acceptent de se rendre à une consultation du psy de leur enfant devenu adulte montre leur intention positive à son égard, sinon leur amour, tout au moins leur désir de l'aimer. C'est déjà immense pour l'enfant.

Certaines personnes invitent leurs parents trop tôt… Il est alors fréquent que ces derniers ne les écoutent pas.

Et, bien sûr, même si c'est l'heure, certains parents ne s'ouvrent pas, restent sur la défensive et centrés sur eux-mêmes… C'est une minorité. Un pas l'un vers l'autre est tout de même franchi. Une permission est donnée de parler de certaines choses jusque-là taboues ou trop conflictuelles pour être abordées. Et ces séances donnent des informations précieuses à la personne sur son histoire. Elles sont un point de démarrage. Même si la relation de cœur à cœur n'a pu être établie, elles sont une base pour initier un nouveau dialogue, plus intime. En témoigne la lettre suivante, écrite par Claire à sa mère après une séance :

> « *Tu as accepté de venir en séance de thérapie avec moi et je t'en remercie car c'était important pour moi. Cette séance m'a permis de mesurer à quel point je suis dans l'attente d'être comprise par toi ; combien mes attentes d'aujourd'hui sont disproportionnées par rapport à ma réalité d'adulte et de femme. Durant cette consultation, j'ai pu me rendre compte de ce qui devait se passer dans mon enfance et pourquoi je ne trouvais pas les mots pour te l'exprimer. Comment, enfant, aurais-je pu verbaliser cette distinction subtile entre ce que tu me dis et tous les messages comportementaux qui me paraissent dire le contraire. Ces deux niveaux de messages contradictoires que je ressens ont semé le doute par rapport à mes perceptions. Doute qui me paralyse devant toi et m'empêche de te parler de ce qui me tient à cœur. Dans ces comportements, ceux qui m'affectent le plus sont : la façon que tu as de coller ton menton au cou, la tête légèrement penchée vers la droite, avec un sourire paradoxal eu égard à ce que je suis en train de t'exprimer. Cette posture me laisse penser que tu ne souhaites pas accueillir mon message. J'ai la sensation que lorsque je te parle, un dialogue intérieur en toi vient te défendre*

comme si mes paroles étaient des accusations. Quand j'essaie de te parler de mon vécu d'enfant, tu cherches à te justifier en invoquant une réalité difficile pour toi. Je ne me sens pas entendue et très triste. »

Claire a pu reparler de la séance et de son vécu avec sa mère. Peu à peu, elle a réussi à faire taire les justifications et à obtenir que sa mère l'écoute vraiment. Elle a su la confronter gentiment : « Maman, ta tête, pas de côté comme ça… »

Certains parents ont énormément de mal à sortir de l'égocentrisme. Ils n'arrivent pas à écouter leur enfant, à se centrer sur sa réalité. Ils se justifient sans cesse, répètent « je ne voulais pas », « ce n'était pas mon intention », « j'ai fait de mon mieux », « j'étais une bonne mère ». Je, je, je, ils ne parlent que d'eux. Ils se sentent coupables, s'excusent, incapables de se décentrer d'eux-mêmes, incapables de se centrer sur la réalité de l'autre. Cet égocentrisme marque une fixation dans une zone de dépendance à autrui et de profond manque de sécurité intérieure. Tant que l'enfant n'a pas suffisamment confiance en ce qu'il dit, tant qu'il a encore un peu peur des réactions de son parent, cela déstabilise ce dernier qui, manquant de sécurité, va chercher à se protéger. Vous l'avez compris dans ces pages, les parents ne se protègent pas vraiment des « agressions » ou des « accusations » de leurs enfants, mais de leurs propres peurs de ne pas être à la hauteur, de ne pas être aimés, de ne pas avoir de place…

Alors que j'insistais auprès d'une mère pour qu'elle arrive à se centrer sur sa fille, j'eus la surprise de l'entendre dire soudain : « Et moi ? » Montrant la compétition de besoins dans laquelle elle était depuis probablement longtemps. Depuis toujours, malgré un apparent dévouement à ses enfants, cette mère passait en premier. Françoise, sa fille, était là pour ses besoins à elle. Sa fille était sa mère. Françoise sentait bien confusément qu'elle prenait en charge sa mère et que ses propres besoins n'étaient pas satisfaits. Cette séance lui a permis de confirmer qu'effectivement, elle n'avait pas de place en tant qu'individu. Sa mère était encore trop carencée pour pouvoir la considérer comme une personne séparée d'elle.

Yvonne, maman de Mathilde, a eu elle aussi du mal à se décentrer de son point de vue.

« Adolescente, je ne pouvais même pas mettre une affiche au mur.

– Oui, tu ne pouvais pas mettre une affiche, je voulais que ce soit propre. C'était une chambre toute neuve, repeinte, il ne fallait pas abîmer la peinture. Je ne voulais pas t'empêcher de mettre des affiches, mais c'était mieux propre. »

Yvonne ne niait pas la réalité des faits. Mais elle n'arrivait pas à envisager que ses actes pouvaient avoir altéré la croissance et l'épanouissement de la personnalité de sa fille. Quand je lui soulignais à quel point un enfant et surtout un adolescent a besoin de créer son environnement, elle acquiesçait, mais davantage par soumission à l'autorité que je représentais que par empathie. Elle n'entendait pas. Par la suite, elle n'a pas beaucoup changé dans la relation avec sa fille. Elle s'est juste montrée un peu plus précautionneuse, un peu moins critique. Avant de parler maintenant elle hésite. Elle n'a pas vraiment compris et encore moins intégré. En revanche la séance a été utile à la fille qui a vu le comportement de sa mère avec plus de clarté et pu mettre des mots sur ce qu'elle vivait.

Les rencontres avec les parents ne sont pas un outil magique qui transforme votre vie. C'est une étape ayant pour but de permettre aux parents et aux enfants de retrouver une relation harmonieuse. La guérison des blessures dépend de la libération émotionnelle, pas des parents.

Les deux parents de Daniel sont venus… et revenus. Ils se sont impliqués dans la thérapie de leur fils. Malgré la distance, ils venaient de province, individuellement ou en couple, pour parler avec leur fils devant moi. Daniel a appris nombre de choses sur son histoire. Ses parents ont admis leurs défaillances et entendu les sentiments de Daniel. Ils ont reconnu la peur qui avait pu l'étreindre. Ils ont pris conscience de la détresse dans laquelle il avait pu être enfant. Ils ont tendu leurs bras et leurs cœurs, maladroitement parfois, mais avec sincérité et authenticité. Cependant, ces séances n'ont pas soulagé Daniel. Ses parents ont pleuré, lui non. Ses émotions étaient enfouies depuis trop longtemps. J'ose espérer qu'ils se sont sentis plus proches de leur fils. Ils ont noté une amélioration de leurs rapports, mais pas suffisamment dans la vie de leur fils, ce qui était à leurs yeux le plus important. **La rencontre avec les parents ne guérit pas l'enfant. Elle permet la réconciliation, la réparation de la relation. La guérison de l'enfant lui appartient.**

Certains parents sont très déstabilisés de découvrir qu'ils n'ont pas été attentifs aux besoins de leurs enfants alors qu'ils ont le sentiment d'avoir toujours fait passer les besoins des autres et notamment des enfants avant eux-mêmes. Il peut être extrêmement douloureux de prendre conscience qu'on n'a pas toujours vu son enfant, qu'on n'a pas toujours su l'accueillir, l'accompagner, l'écouter, lui parler… Il est encore plus douloureux de le voir échouer professionnellement ou affectivement, tomber malade, sombrer dans la drogue ou dans la mort plutôt que de parler. Le sentiment de culpabilité leur est alors inévitablement renvoyé.

Nombre de parents ne savent pas qu'ils n'aiment pas leurs enfants. Ils confondent l'amour avec le fait de se faire du souci pour eux, de se sacrifier… Ils éprouvent de l'attachement, mais n'ont jamais ou peu ressenti l'émotion d'amour. Il est très délicat de les aider à en prendre conscience sans les culpabiliser. C'est une conscience qui peut être douloureuse, tout ce gâchis, tout ce temps perdu, mais c'est aussi une occasion de découvrir une nouvelle dimension à la relation. Et il n'est jamais trop tard pour être heureux. Dans cette séance, je vais les aider en réunissant les conditions de l'émergence de l'émotion d'amour : intimité, authenticité, empathie, tendresse. Si le sentiment d'amour est souvent présent, la plupart des familles n'ont pas vécu l'émotion d'amour depuis des lustres, or elle est le ferment de la relation. Je cherche donc à conclure chaque séance par l'éclosion d'une émotion d'amour. Parfois elle surgit naturellement, quand l'intimité atteint un certain degré, les personnes sont naturellement portées à se rapprocher, à se toucher, à s'embrasser, à s'étreindre. Parfois la pudeur limite les effusions de tendresse, chacun reste assis sur son fauteuil et se retient de toucher l'autre. Je ne dis jamais « prenez-vous dans les bras », je leur demande plutôt : « Qu'auriez-vous envie de faire, là tout de suite, si vous vous en donniez la permission ? » Il suffit souvent d'une permission.

Une fois l'émotion d'amour ressentie et partagée, je sais que ces deux-là pourront continuer à se dire des choses sans se déchirer. L'amour partagé donne la sécurité nécessaire à la relation pour que chacun puisse oser s'exprimer et écouter l'autre. Cela prendra peut-être encore du temps pour que la relation soit fluide mais les bases d'une nouvelle complicité sont jetées.

Deux ans après la rencontre citée au début de ce chapitre, j'ai reçu ce mot d'Amélie :

« J'ai dit à mes parents que je les trouvais plus proches, plus complices et je leur demandais ce qui avait contribué à ce changement. Je voulais te faire partager la réponse enthousiaste de mon père : "C'est depuis notre rendez-vous avec toi chez Isabelle Filliozat." »

10

Poème

Voici la lettre-poème de Nicole à sa maman. Cette dernière a quatre-vingt-six ans quand elle la reçoit. Fâchée avec toute la famille, ayant coupé les ponts avec ses enfants, elle ne parle qu'à Nicole qui insiste. Nicole est pourtant la seule des cinq frères et sœurs à avoir osé lui dire la vérité en face.

MAMAN

Je sais que tu es là
Là-bas, pas loin de moi
Nos vies sont parallèles
Mais jamais ne se mêlent…

Le temps, jour après jour
En longs silences lourds
a grandi le fossé
Qui entre nous s'est installé

Comme deux étrangères,
Pourtant tu es ma mère…

J'entends, dans le silence
Nos pensées se croiser
Et nos deux solitudes
Parfois se côtoyer.

Je cherche les mots, maman
Avant qu'il ne soit trop tard
Car ce qui nous sépare
Pourrait…

Tous ces chagrins d'antan
Lorsque petite enfant
J'attendais sans comprendre
Qu'avec moi tu sois tendre

Je voulais dans tes yeux
Quand tu me regardais
Y voir l'amour briller
Pour m'aider à grandir

Tu en aimais un autre
Tu ne pensais qu'à lui
Ton cœur était ailleurs
Et tes pensées aussi

Que s'est-il passé ?
Pendant toutes ces journées
Où je t'ai attendue
Et ton regard absent
Tes gestes d'automate

Oh tu me nourrissais,
Me lavais, m'habillais,
Tu t'occupais de moi
Mais comme d'un objet

Pendant toutes ces années
Ton amour m'a manqué
Je l'ai cherché partout

Et je le cherche encore
Tu ne m'as pas reconnue
Tu ne m'as pas voulue

Depuis, je cherche en vain
À savoir qui je suis
Et si on peut m'aimer
Et si je suis jolie
Si ma vie a un sens
Si j'ai une valeur
Et je cherche à savoir
Si je suis une erreur…

Tant d'années ont passé
Qui n'ont pas résolu
Ce qu'il y a entre nous
Les mots non prononcés
L'amour qui n'est pas dit
La tendresse inavouée
Et les regrets aussi

Car je ne peux m'empêcher
De penser à celle
Que j'aurais été
Si tu m'avais aimée…

Garder l'espoir, toujours
Et avant de partir,
Savoir qu'on a compté
Pour ceux qui nous entourent
Et qu'un seul mot de toi
Aurait pu tout changer
Ce mot, je t'en supplie
Ce mot, prononce-le
Aie ce geste envers moi

Et dis-moi que tu m'aimes
J'ai tant besoin de toi…

Souvent, je pense au jour
Où tu ne seras plus là
Et je n'accepte pas
L'idée que tu t'en ailles
Avec en toi, les mots
Qui pourraient me sauver
Et tu ne saurais pas
Combien tu m'as manqué
Et comme j'aimerais
Te prendre dans mes bras
Pour te dire à quel point
J'ai eu le mal de toi,
Et je l'ai même encore…

Car même si je ne suis plus
Une enfant, tout de même
On a toujours besoin
De savoir qu'on vous aime.

Car je suis ton enfant,
Tu es ma mère
C'est toi qui m'as conçue
C'est toi qui m'as fait naître
Tu es la première à avoir porté les yeux sur moi
C'est toi qui m'as appris la vie…

Maman, oh maman…

Nicole Toupet

Conclusion

Permettez-moi de vous offrir une dernière lettre, celle de Marie-Claude à sa mère :

« Aujourd'hui nos relations sont devenues plus neutres, moins explosives. Tu n'oublies jamais l'anniversaire de tes petits-enfants en te montrant même très généreuse financièrement. Tu t'efforces d'être serviable en nous rendant divers services de jardinage ou autres, en nous offrant des fruits, des légumes ou les fleurs de ton jardin, en nous préparant des confitures... Parfois je chasse l'idée furtive que tu te rachètes ainsi du passé. Pour t'avoir vue effacer discrètement quelques larmes lors de ton dernier anniversaire comme si tu te sentais indigne de recevoir le cadeau de tes enfants... je devine combien c'est difficile pour toi... Alors je rêve d'une vraie réconciliation, de grands moments de tendresse, de complicité, d'affection partagées avec une Maman devenue attentive. Souvent il me prend d'espérer que tu attends que ma main soit tendue... Nous ne pouvons modifier le passé, ce qui a été demeure sans qu'il ne soit possible de revenir en arrière. Nous avons en revanche, si nous le décidons, la possibilité de mieux vivre notre présent. Aujourd'hui, Maman, il est grand temps que nous nous retrouvions. Je n'aurai jamais qu'une seule Maman et toujours ce sera toi ! Je garde cette espérance... ne sachant me résoudre à l'idée que tu puisses ne pas m'aimer. Tu détiens aussi certaines

réponses qui nous permettraient pour moi de mieux comprendre et pour toi de pouvoir t'exprimer, de te libérer. ***Puisses-tu simplement entendre ma souffrance*** *et reconnaître la part de responsabilité qui te revient pour qu'enfin nous puissions toutes deux mieux intégrer, mieux accepter ce passé... »*

La réconciliation n'est pas une nécessité pour ne plus souffrir de notre enfance, en revanche, elle est nécessaire à l'intimité avec nos parents. Sans authenticité, il n'y a pas d'amour. Les non-dits pourrissent les relations. Cessons d'avoir peur de nos parents. Ce sont des personnes comme tout le monde. Ils ont droit à l'expression de notre respect, de notre considération. Osons la confrontation, sortons de la violence, de la distance ou de l'indifférence. Il est possible d'aimer ses parents. Pourquoi se contenter d'une relation superficielle quand on peut – et c'est possible dans la plupart des cas – créer une relation d'intimité et de complicité ?

Refuser de tenir nos parents pour responsables de leurs actes est dévalorisant à leur égard. C'est dénigrer leur capacité d'amour, leur désir d'empathie envers leur enfant. Je les crois, dans l'immense majorité des cas, désireux du meilleur pour leur enfant. La plupart d'entre eux sont aptes à reconnaître leurs erreurs, capables d'empathie pour leur enfant et désireux de réparer dès lors qu'ils sont informés de son vécu et comprennent ce qu'il a traversé.

Il y a un avant et un après la rencontre. Pour certains, la différence est du tout au tout, d'autres notent simplement une amélioration des rapports en termes de tendresse, de proximité, d'intimité. J'entends régulièrement des phrases du type : « Avant, j'évitais tout simplement toutes les occasions de croiser mes parents, j'étais tellement mal à l'aise avec eux. Maintenant, j'ai plaisir à me rendre aux fêtes de famille. » Les parents aussi expriment leur contentement : « Je marchais sur des œufs avec ma fille. J'avais peur de ses réactions. Depuis notre conversation, je me sens plus à l'aise avec elle. »

Quand les parents acceptent d'entendre la vérité de leur enfant, quand ils écoutent ses besoins et réparent, il se dégage tant d'amour de cette rencontre, quel dommage de ne rien tenter. Dans le cas contraire, vous aurez essayé, il vous restera à faire le deuil de l'idée d'avoir des parents aimants. Le chemin est parfois malaisé et le travail ardu. La médiation d'un tiers est vraiment pertinente quand une relation est blessée. Un psychothérapeute n'est pas seulement quelqu'un à qui confier vos souffrances, il vous accompagnera dans la décharge de vos émotions anciennes puis dans le travail de réconciliation avec vos parents. L'espace sans jugement du cabinet du psy facilite l'authenticité et aide à reconstruire l'espace d'intimité nécessaire pour laisser s'épanouir entre vous l'émotion d'amour.

J'espère vous avoir donné envie de prendre contact avec vos propres parents pour leur parler vrai, leur parler de vous. Je répondrai volontiers à vos questions concernant la formulation de vos lettres sur le forum de discussion de mon site Internet : www.filliozat.net.

Je clôture la rédaction de ce livre le jour de l'anniversaire du drame qui a secoué le monde un 11 septembre. Je me prends à rêver à d'autres réconciliations... Toutes suivent le même processus et requièrent reconnaissance des blessures de chacun, expression et accueil de la colère, respect du vécu de l'autre, justice et empathie pour les souffrances subies. Pour faire la paix dans le monde, commençons toutefois par nos proches.

« **Puissent mes mots toucher ton cœur…** » C'est notre prière intérieure, notre espoir secret, quand nous postons notre lettre à un de nos parents.

Puissent mes mots avoir touché votre cœur et vous accompagner sur le sentier de la réconciliation avec vos parents et peut-être avec d'autres.

Aix-en-Provence, le 11 septembre 2003

Pour prendre contact avec Isabelle Filliozat,
recevoir le programme des conférences, des stages
et de la formation spécifique
pour psychothérapeutes :

par courrier
(merci de joindre une enveloppe libellée à votre nom
et affranchie – plus de 20 g) :
454 carraire de Verguetier –
13090 Aix-en-Provence

par courriel : sur le site www.filliozat.net
Sur ce site, vous pourrez aussi acheter en ligne
livres, K7, CD d'exercices de relaxation
et enregistrements de conférences.

Table des matières

De la blessure au symptôme

Le travail de guérison

Comprendre nos résistances

Devenir adulte

Vers la réconciliation

Au catalogue Marabout

Psychologie

- **100 % Ados**
  Mc Graw - Marabout Pratique
- **150 tests d'intelligence**
  J. E. Klausnitzer - Poche n° 3529
- **80 tests de logique**
  J. E. Klausnitzer - Poche n ° 3530
- **Ados, les bons plans**
  S. Turcaud - Marabout Pratique
- **Amour, sexualité, travail... tous les tests pour faire les bons choix**
  G. d'Ambra - Poche n° 3685
- **Amour sans condition (L')**
  L. I. Hay - Poche n° 3662
- **Analyse transactionnelle (L')**
  R. de Lassus - Poche n° 3516
- **Apprivoiser le deuil**
  M. Ireland - Poche n° 3677
- **Be happy**
  D. Koffman - Poche n° 3697
- **Bonne mère, mauvaise mère**
  L. Bonara-Ades - Actualité
- **Ce que veulent les hommes**
  Gertsmam, Pizzo, Seldes - Poche n° 3672
- **Ces amours qui nous font mal**
  P. Delahaie - Actualité
- **Ces gens qui vous empoisonnent l'existence**
  L. Glas - Poche n° 3597

- **Cette famille qui vit en nous**
  C. Rialland - Poche n° 3636
- **Communication efficace par la PNL (La)**
  R. de Lassus - Poche n° 3510
- **Couple : le check-up**
  G. d'Ambra - Poche n° 3670
- **Des frères et des sœurs**
  Dr S. Angel - Poche n° 3681
- **Développer votre intelligence sexuelle**
  G. d'Ambra - Poche n° 3684
- **Dictionnaire Marabout des rêves**
  L. Uyttenhove - Poche n° 3542
- **Digestion et bien-être**
  Dr. D. Chopra - Poche n° 3661
- **Efficace et épanoui par la PNL**
  R. de Lassus - Poche n° 3563
- **En finir avec la violence conjugale**
  E. Millet - Actualité
- **Ennéagramme (L')**
  R. de Lassus - Poche n° 3568
- **Et moi, alors !**
  P. Mc Graw - Actualité
- **Être la fille de sa mère et ne plus en souffrir**
  P. Delahaie - Actualité
- **Femmes, le sexe, etc. (Les)**
  E. Willer - Actualité
- **Force est en vous (La)**
  L. l. Hay - Poche n° 3647
- **Gérer les conflits du quotidien**
  B. Reynaud - Poche n° 3687

- **Gestalt, l'art du contact (La)**
  S. Ginger - Poche n° 3554
- **Guide des jeunes homos (Le)**
  X. Héraud et C. Roncier - Hors collection
- **Guide Marabout des tests (Le)**
  A. Bacus et C. Romain - Référence
- **Guide psy (Le)**
  V. Lamour - Actualité
- **Grand livre des tests de Q.I. (Le)**
  A. Bacus - Actualité
- **Hommes, le sexe etc. (Les)**
  E. Willer - Actualité
- **Hommes, les femmes etc. (Les)**
  E. Willer - Actualité
- **Hommes, les femmes etc. (Les)**
  E. Willer - Poche n° 3679
- **Intelligence du cœur (L')**
  I. Filliozat - Poche n° 3580
- **Interprétation des rêves (L')**
  P. Daco - Poche n° 3501
- **J'élève mon mari**
  F. Barjot - Poche n° 3676
- **Je t'aime moi aussi**
  B. Muldorf - Poche n° 3674
- **Journal d'un psychanalyste (Le)**
  S. Tisseron - Poche n° 3694
- **Kilos Ados**
  Dr. Cocaul et M. Belouse - Marabout Pratique
- **Langage des gestes (Le)**
  D. Morris - Poche n° 3590

- **Libérez-vous**
  Dr Bareffot - Actualité
- **Méditer au quotidien**
  H. Gunaratana - Poche n° 3644
- **Mesurez votre Q.I.**
  G. Azzopardi - Poche n° 3527
- **Méthode Coué (La)**
  E. Coué - Poche n° 3514
- **Notre capital chance**
  Dr R. Wiseman - Poche n° 3691
- **Nouveaux sexes (Les)**
  F. Ploton - Poche n° 3692
- **Nouveaux tests de QI (Les)**
  G. d'Ambrarris - Poche n° 3710
- **On gère sa vie, on ne la subit pas**
  P. Mc Graw - Poche n° 3704
- **Oser être soi-même**
  R. de Lassus - Poche n° 3603
- **Osez briser la glace**
  S. Jeffers - Poche n° 3673
- **Parents et toujours amoureux**
  S. Biddulph - Poche n° 3680
- **Parents toxiques**
  S. Forward - Poche n° 3678
- **Pères d'aujourd'hui, filles de demain**
  V. Colin - Poche n° 3693
- **Petit guide pratique de la scène de ménage**
  P. Lemoine - Poche n° 3686
- **Petit livre de sagesse du Dalaï-Lama (Le)**
  B. Baudouin - Poche n° 3702

- **Plénitude de l'instant (La)**
  T. Nhat Hanh - Poche n° 3655
- **Pouvoir de la bonté (Le)**
  Dalaï-Lama - Poche n° 3703
- **Prodigieuses victoires de la psychologie (Les)**
  P. Daco - Poche n° 3504
- **Psy de poche (Le)**
  S. Mc Mahon - Poche n° 3551
- **Puissance de la pensée positive (La)**
  N. V. Peale - Poche n° 3607
- **Que se passe-t-il en moi ?**
  I. Filliozat - Poche n° 3671
- **Rupture : petit guide de survie**
  D. Hirsh - Poche n° 3689
- **Sauvez votre couple**
  P. Mc Graw - Actualité
- **Se libérer de ses dépendances**
  P. Senk et F. de Gravelaine - Poche n° 3668
- **Secrets de famille, mode d'emploi**
  S. Tisseron - Poche n° 3573
- **Sexe des larmes (Le)**
  Dr P. Lemoine - Poche n° 3688
- **Sexo ados**
  Dr. C. Solano - Marabout Pratique
- **Thérapie du bonheur (La)**
  E. Jalenques - Poche n° 3682
- **Tout ce que les hommes ignorent et que les femmes n'avoueront pas**
  D. Mc Kinlay - Poche n° 3708
- **Tout se joue en moins de 2 minutes**
  Boothman - Poche n° 3675

- **Transformez votre vie**
  L. I. Hay - Poche n° 3633
- **Tremblez mais osez**
  S. Jeffers - Poche n° 3669
- **Triomphes de la psychanalyse (Les)**
  P. Daco - Poche n° 3505
- **Un peu de sagesse dans un monde de brutes**
  Barefoot Doctor - Actualité
- **Vie à bras le corps (La)**
  S. Jeffers - Poche n° 3690

3699

IMPRIMÉ EN ESPAGNE PAR LIBERDUPLEX

pour le compte des
Nouvelles Éditions Marabout
D.L. n° 61874 - Septembre 2005
ISBN : 2-501-04321-9
40.9275.5/01